新 視 野
中華經典文庫

新 視 野
中華經典文庫

墨子

名譽主編 饒宗頤

導讀及譯注 李賢中

中華書局

新視野中華經典文庫

墨子

□
導讀及譯注
李賢中

□
出版
中華書局（香港）有限公司
香港北角英皇道 499 號北角工業大廈一樓 B
電話：（852）2137 2338 傳真：（852）2713 8202
電子郵件：info@chunghwabook.com.hk
網址：http：//www.chunghwabook.com.hk

□
發行
香港聯合書刊物流有限公司
香港新界大埔汀麗路 36 號
中華商務印刷大廈 3 字樓
電話：（852）2150 2100 傳真：（852）2407 3062
電子郵件：info@suplogistics.com.hk

□
印刷
深圳中華商務安全印務股份有限公司
深圳市龍崗區平湖鎮萬福工業區

□
版次
2014 年 5 月初版
2019 年 1 月第 2 次印刷

□
規格
大 32 開（205 mm × 143 mm）

□
ISBN：978-988-8290-22-2

出版說明

為甚麼要閱讀經典？道理其實很簡單——經典正正是人類智慧的源泉、心靈的故鄉。也正是因此，在社會快速發展、急劇轉型，因而也容易令人躁動不安的年代，人們也就更需要接近經典、閱讀經典、品味經典。

邁入二十一世紀，隨着中國在世界上的地位不斷提高，影響不斷擴大，國際社會也越來越關注中國，並希望更多地了解中國、了解中國文化。另外，受全球化浪潮的衝擊，各國、各地區、各民族之間文化的交流、碰撞、融和，也都會空前地引人注目，這其中，中國文化無疑扮演着十分重要的角色。相應地，對於中國經典的閱讀自然也就有不斷擴大的潛在市場，值得重視及開發。

於是也就有了這套立足港臺、面向海外的「新視野中華經典文庫」的編寫與出版。希望通過本文庫的出版，繼續搭建古代經典與現代生活的橋樑，引領讀者摩挲經典，感受經典的魅力，進而提升自身品位，塑造美好人生。

本文庫收錄中國歷代經典名著近六十種，涵蓋哲學、文學、歷史、醫學、宗教等各個領域。編寫原則大致如下：

（一）精選原則。所選著作一定是相關領域最有影響、最具代表性、最值得閱讀的經典作品，包括中國第一部哲學元典、被尊為「群經之首」的《周易》，儒家代表作《論語》、《孟子》，道家代表作《老子》、《莊子》，最早、最有代表性的兵書《孫子兵法》，最早、最系統完整的醫學典籍《黃帝內經》，大乘佛教和禪宗最重要的經典《金剛經》、《心經》、《六祖壇經》，中國第一部詩歌總集《詩經》，第一部紀傳體通史《史記》，第一部編年體通史《資治通鑒》，中國最古老的地理學著作《山海經》，中國古代最著名的遊記《徐霞客遊記》，等等，每一部都是了解中國思想文化不可不知、不可不讀的經典名著。而對於篇幅較大、內容較多的作品，則會精選其中最值得閱讀的篇章。使每一本都能保持適中的篇幅、適中的定價，讓普羅大眾都能買得起、讀得起。

（二）尤重導讀的功能。導讀包括對每一部經典的總體導讀、對所選篇章的分篇（節）導讀，以及對名段、金句的賞析與點評。導讀除介紹相關作品的作者、主要內容等基本情況外，尤強調取用廣闊的「新視野」，將這些經典放在全球範圍內、結合當下社會生活，深入挖掘其內容與思想的普世價值，及對現代社會、現實生活的深刻啟示與借鑒意義。通過這些富有新意的解讀與賞析，真正拉近古代經典與當代社會和當下生活的距離。

（三）通俗易讀的原則。簡明的注釋，直白的譯文，加上深入淺出的導讀與賞析，希望幫助更多的普通讀者讀懂經典，讀懂古人的思想，並能引發更多的思考，獲取更多的知識及更多的生活啟示。

（四）方便實用的原則。關注當下、貼近現實的導讀與賞析，相信有助於讀者「古為今用」、自我提升；卷尾附錄「名句索引」，更有助讀者檢索、重溫及隨時引用。

（五）立體互動，無限延伸。配合文庫的出版，開設專題網站，增加朗讀功能，將文庫進一步延展為有聲讀物，同時增強讀者、作者、出版者之間不受時空限制的自由隨性的交流互動，在使經典閱讀更具立體感、時代感之餘，亦能通過讀編互動，推動經典閱讀的深化與提升。

這些原則可以說都是從讀者的角度考慮並努力貫徹的，希望這一良苦用心最終亦能夠得到讀者的認可、進而達致經典普及的目的。

「弘揚中華文化」是中華書局的創局宗旨，二〇一二年又正值創局一百週年，「承百年基業，傳中華文明」，本局理當更加有所作為。本文庫的出版，既是對百年華誕的紀念與獻禮，也是在弘揚華夏文明之路上「傳承與開創」的標誌之一。

需要特別提到的是，國學大師饒宗頤先生慨然應允擔任本套文庫的名譽主編，除表明先生對本局出版工作的一貫支持外，更顯示先生對倡導經典閱讀、關心文化傳承的一片至誠。在此，我們要向饒公表示由衷的敬佩及誠摯的感謝。

倡導經典閱讀，普及經典文化，永遠都有做不完的工作。期待本文庫的出版，能夠帶給讀者不一樣的感覺。

中華書局編輯部

二〇一二年六月

目錄

《墨子》導讀

李賢中

我們要了解一位哲學家的思想，必須從多方面去考察，首先是這個人的個性，而要了解一個人的個性又必須了解他所生活的環境，因為一個人的個性要從他與環境的互動中才能看得出來；再者，就是他思考的方式，即可以從個性、環境、思維方法三方面來了解一個哲學家的思想。還有就是要對他著作中的思想內涵有系統的把握，如此就可以比較準確地掌握這位哲學家的思想。以下我們就從墨子其人、其書、其思想與方法及其影響這幾方面入手，向讀者介紹墨子，最後再談一談研讀、了解墨子的方法。

一、墨子是個怎樣的人？

（一）他的姓名為何？

從先秦著作《孟子》、《莊子》、《荀子》、《韓非子》等來看，既有稱他「墨翟」的，也有稱他為「墨子」的。漢代司馬遷《史記．孟子荀卿列傳》說：「墨翟，宋之大夫，善守禦，為節用。」點出墨子節用與非攻而善守備的思想。從漢代以後，學者們都主張墨子姓墨，名翟。

再從先秦典籍相關稱謂的比較來看，《莊子．天下》說：「墨翟、禽滑釐聞其風而說之。」唐代成玄英的疏指出，「禽滑釐，姓禽字滑釐，墨翟弟子也。」《墨子》中也有稱「子禽子」的。禽滑釐既然是姓禽，那麼相應的，《莊子．天下》裏將墨翟、禽滑釐二人同列，可推知墨子姓墨，名翟。此外，《呂氏春秋．博志》也說：「孔丘、墨翟，晝日諷誦習業。」孔丘既然是姓孔名丘，那墨翟當然也就是姓墨名翟。還有《荀子．非十二子》說：「上功用，大儉約……是墨翟、宋鈃也。」也可為證。

並且，在《墨子》一書中，墨子也自稱為「翟」，如〈耕柱〉篇有「子墨子曰：『且翟聞之為義非避毀就譽，去之苟道，受狂何傷！』」墨子主張，實踐仁義如果不能避免別人詆譭，就應該堅持下去，千萬不能因為追求所謂的美譽而妥協；離去高官之位只要是符合正道的原則，就算被人譏評為瘋子又有甚麼關係。〈貴義〉篇也提到「子墨子曰：『翟上無君上之事，下無耕農之難，吾安敢廢此？』」墨子以周公旦的勤政愛民、日理萬機輔佐天子，仍不忘每日用功讀書為例，說明自己不像周公那麼忙碌，當然更要用功讀書。〈公孟〉篇則有「子墨子曰：『今翟曾無稱於孔子乎？』」墨子說，只要孔子所說的是正確不易的道理，他怎能不引用、稱道呢？〈魯問〉篇有：「子墨子曰：『翟嘗計之矣。』」墨子曾估計衡量天下之利為何。

那麼，「翟」是甚麼意思？那是一種羽毛鮮艷的長尾雉雞，也是古代樂舞所用的雉羽。或許「翟」象徵着雄雞司晨，在他們的時代喚出清晨的一道光明。《孟子・滕文公下》云：「聖王不作，諸侯放恣，處士橫議，楊朱、墨翟之言盈天下。天下之言不歸楊，則歸墨。」墨子的思想在戰國時代是非常有影響力的。從以上各點考證可知，墨子姓墨，名翟。

（二）墨子是哪裏人？

為甚麼需要知道墨子是哪裏人、他在哪裏出生、在哪裏成長及活動？因為一個人的思想與他成長的環境有關，不同地域的風俗、文化對於一個人的思想有很大的影響。雖然考察古人的出生地，實在有相當的困難度，但是我們還是可以就有限的線索，勾勒出一個大概的輪廓。有關墨翟的里籍，《呂氏春秋・慎大覽》高誘注：「墨子名翟，魯人也。」《荀子・修身》楊倞注：「墨翟，魯人。」從這些記載來看，墨子是魯國人。但是也有些文獻作宋人的，如葛洪《神仙傳》就認為墨子為宋人。《昭明文選・長笛賦》李善注：「墨翟，宋人也。」還有的文獻說墨子是楚國人，如清代的畢沅《墨子注・序》認為，前人以為墨子是魯人，應為楚之魯陽（今河南魯山縣）人。孫詒讓則認為畢沅的看法與古書不合，墨子不是楚人而是魯國人；又因為墨子曾做過宋國大夫，於是被認為是宋國人。嚴靈峰在他的《墨子簡編》裏闢有專章，對「現存墨子諸篇內容之分析及其作者的鑒定」予以分析，他指出：「墨子名翟，姓墨氏，魯人；或曰宋人。」但之後的墨學研究者，如薛保綸、周長耀、李漁叔、馮成榮、蔡仁厚、王冬珍、陳問梅等皆認定墨子是魯國人。

眾說紛紜，到底墨翟是哪裏人呢？楊向奎在《中國古代社會與古代思想研究》一書中指出，墨翟原籍是宋國，但後來長期居住在魯國。張知寒〈墨子里籍新探〉一文則認為墨翟是今山東滕州市人。滕州市東南有目夷亭，為宋公子目夷之封地，也是古國名，目夷又轉音為墨臺。墨翟為墨臺氏之後，也就是目夷氏之後。目夷地最早屬於小邾國，墨翟實為小邾國人。小邾國是宋國的附庸，所以墨翟可以被視為宋人。春秋晚期，小邾國為魯國佔有，因而墨翟成為魯人。這種從歷史的發展來考察墨子里籍問題的角度，可以化解前述眾說紛紜的情況，因為各種說法，各有所本，但卻是在某一特定的情境下所下的結論。

這讓我們看到，有關墨翟的里籍問題，與他的生卒時間有關，如果墨翟出生的時間定在春秋末期或戰國初期，那麼他就是魯國人了。

（三）墨子生卒於何時？

清代學者孫詒讓根據《墨子》現存的五十三篇內容進行推斷，從墨子與公輸盤（也作般、班）、魯陽文子相問答，而後及見到齊太公和與齊康公興樂、吳起之死等歷史事件的年代推算，認為墨子差不多是與子思同一個時代，而墨子生年還在子思之後，子思生於魯哀公二年、周敬王二十七年。於是，錢穆與蔡仁厚在《墨家哲學》中，將墨翟生卒年定在周敬王四十年至周安王十一年之間，大約是孔孟年代之間。根據孫詒讓的考證，墨翟的生卒年約在周定王之初年到周安王之季，也就是大約在公元前四六八到前三七八年之間。

其實，在司馬遷的時代已經不能明確指出墨子的生卒年代，《史記・孟子荀卿列傳》稱：「或曰並孔子時，或曰在其後。」班固的《漢書・藝文志》認為「在孔子後」。

我們從墨子與孔、孟的關係來看，可以得出一個比較確定的生卒範圍。孔子在世時從未提過墨翟，由此可見墨翟的活動年代是在孔子之後，這是可以確定的。此外，我們看到，在《墨子》一書裏面則從未提過孟子。孟子周遊四方之時，曾非常激烈地攻擊墨翟的學說，可是墨翟卻從不曾提過他，由此推測墨翟的活動年代要比孟子來得早。所以墨翟的生卒年代，很可能是生於孔子（公元前五五一—前四七九）之後，而卒於孟子（公元前三七二—前二八九）出生之前，這也正是前述大約從公元前四六八到前三七六之間。

（四）墨子的身份與背景

有不少學者認為墨翟出生於勞工階層。如譚家健所彙整的根據有：《墨子・貴義》記載墨子並不否認自己為「賤人」。又《墨子・魯問》載：「公輸子削竹木為鵲，成而飛之，三日不下。」

其中的竹鵲可能是類似風箏的東西。墨子對公輸子說：「子之為鵲也，不如翟之為車轄，須臾刻三寸之木，而任五十石之重。」車轄是輪軸上的一種機關，貫穿車軸的金屬鍵，以防輪子脱落，可以增加載重量。又在《韓非子・外儲說左上》記載：「墨子為木鳶，三年而成，飛一日而敗。弟子曰：先生之巧，至能使木鳶飛。墨子曰：不如為車輗之巧也，用咫尺之木，不費一朝之事，而引三十石之重。」其中車輗是古代大車連接車轅與橫木的插銷。又據《墨子・公輸》，墨子能造守城器械，連著名巧匠公輸盤也比不過他。可見墨子在當時是個能工巧匠。

此外，根據《墨子・魯問》、《莊子・天下》等記載，墨子生活十分清貧，以野菜為食、清水為飲，吃了上頓沒有下頓，短褐為衣，草索為帶，居無常所。《淮南子・修務訓》說：「孔子無黔突，墨子無暖蓆。」從這些記載來看，墨子是工匠出身，過的是勞動者或手工業者的生活。

但其他典籍的記載所勾勒的墨子形象，卻與上述大不相同。據《呂氏春秋・當染》記載，墨子曾經向東周史官史角留於魯國的後人求學。根據《淮南子・要略訓》記載：「墨子學儒者之業，習孔子之術。」可見他與儒者的關係密切，是個讀書人。此外，《墨子・明鬼下》中，墨子自稱曾讀周、燕、宋、齊等國《春秋》，可見他是博覽群書的人。又據《墨子・貴義》記載，墨子前往衞國時，車中載了許多書，有人問他為甚麼要帶那麼多書，他說：「翟上無君上之事，下無耕農之難，吾安敢廢此？」可見他不是體力勞動者，而是一個讀書的「士人」。

依照上述資料綜合觀之，墨翟有可能是出身勞動階級的工匠，經過學習、實踐，自創一家之言，提出「兼愛」、「非攻」等思想，吸引弟子跟隨而成為人師，進而超越了他原本的勞工階層。正如他在《墨子．尚賢上》所主張的：「官無常貴，而民無終賤，有能則舉之，無能則下之。」一個人在社會上的階層是會隨着他的努力和際遇而變動的。

（五）墨子有哪些特別的事跡？

墨子最有名的事跡就是「止楚攻宋」，見《墨子．公輸》：墨子聽說公輸盤為楚國造雲梯，要去攻打宋國，就從齊國出發，走了十天十夜才趕到楚國國都會見公輸盤。見到公輸盤後，墨子說：「北方有一個欺侮我的人，希望你幫我殺了他。」公輸盤一聽很不高興。墨子看到他不悦的表情，就說：「我可以給你十鎰黃金做代價，如何？」公輸盤說：「我乃正義之士，決不殺人。」墨子就等着他說這樣的話，於是站起身來，對公輸盤恭敬地拜了又拜，說：「你的正義很奇怪，我在北方聽説你幫楚王建造雲梯，將用它去攻打宋國，戰爭一旦爆發，有多少無辜的百姓會喪命？你奉行正義，不願幫我殺一個人，卻願去殺害眾多的百姓，這怎麼能算明智、正義呢？」公輸盤無言以對，只好帶墨子去見楚王，一場戰爭就此被制止。

關於墨子其他的活動事跡，《墨子》及其他古籍上也有零星的記載，但是並沒有系統的介紹。許多活動的時間不明，無法作先後的排列，只能依其活動地區進行大致的歸納。

馮成榮的《墨子行教事跡考》對墨子生平、重要事跡、國籍、著述、傳授組織、思想淵源等課題做了考證，並引錄前人與時賢在該課題上的見解予以比較、批評。他指出墨子周遊列國的區域大致在宋國、衛國、楚國、齊國和越國。《史記》、《漢書》均曾記墨子為宋大夫，但在《墨子》書中卻不見記述。墨子曾經去過幾次宋國，也曾經在宋國碰到麻煩。宋國有一個大臣叫子罕，因家派之爭，用計要抓墨子，想把他關起來。此外，墨子在「止楚攻宋」時，曾說他派了弟子禽滑釐等三百人，持守禦之器在宋城上以待楚寇，使楚王打消了攻打宋國的念頭。墨子成功阻止戰爭之後，經過宋國時，天下大雨，但守門的人卻拒絕他入城。《墨子．魯問》記載，墨子介紹其弟子曹公子出仕於宋，三年之後，由貧而富，處高爵祿，多財而不以之分人，墨子就把他教訓了一頓。這些是墨子到宋國所經歷的一些事。

墨子也曾去過衞國。《墨子．貴義》曾提到，墨子南遊衞國，車中載書甚多，有一名為弦唐子的人覺得奇怪而問之，墨子答以無事不可以不讀書。同篇又記：墨子推薦弟子到衞國做官，結果那弟子去了又回來，墨子問他是甚麼原因，弟子回答說，因為原本許諾的俸祿少了一半，墨子把他給教訓了一頓。可見墨子並不在乎俸祿的多少，而看重信義與能否為百姓謀福利。同篇還記，墨子對衞國的公良桓子說：「衞，小國也，處於齊晉之間，猶貧家之處於富家之間也，貧家而學富家之衣食多用，則速亡必矣。」墨子非常強調節用的理念，認為此一經濟問題處理不好，將會有亡國之憂。此外，《墨子．耕柱》記載墨子推薦高石子到衞國做官，衞國國君給他的俸祿很優渥，但是對於高石子進諫的忠言卻不採納，後來高石子辭去厚祿的官位，則受到墨子的肯定與讚揚。這些是墨子到衞國所經歷或與衞國相關的一些事。

在楚國方面，《墨子・貴義》記載：墨子南遊到了楚國，去拜見楚獻惠王，獻惠王藉口自己年老婉拒了，派他的臣子穆賀會見墨子。和墨子交談之後，穆賀非常高興，對墨子說：「你的主張確實好啊，但君王是天下的大王，恐怕會認為這只是一個普通百姓的看法而不會採用的。」墨子答道：「只要它能在施政上推行有效，為何不用呢？就像吃藥，雖然只是一些草根，天子吃了它，具有療效可以調理他的疾病，難道會因為是一些草根就不吃了嗎？」墨子雖然作了一番解釋，但還是沒有說動他們。

另外，墨子也曾到過齊國，齊國是當時的強國，為政者不喜歡墨子的學說。還有，《墨子・貴義》記載墨子從魯國到齊國探望老朋友。老朋友對墨子說：「現在天下沒有人行義，你何必獨自苦行為義，不如就此停止。」墨子說：「現在這裏有一人，他有十個兒子，但只有一個兒子肯耕種，其他九個兒子都閒着，該怎麼辦呢？因為吃飯的人多而耕種的人少，耕種的這一個兒子不能不更加勤奮啊。現在天下沒有人行義，你應該勸我繼續努力行義，為甚麼還要制止我呢？」這是墨子在齊國經歷的一些事。

除了齊國之外，墨子也到過越國。墨子曾多次派他的弟子到各國去擔任一些公職，希望能夠把墨家的思想發揚光大，其中他的弟子公尚過就曾到越國宣傳墨子的學說。越王很高興，並且願意把他佔領吳國的五百里土地封給墨子。可是墨子對這封地並不感興趣，墨子所在意的是推行墨家理想，真正去實踐兼愛、非攻的思想。在這一點上，當然越王並沒有同意，所以這件事也就擱置了。這是墨子到越國所發生的事。

整體而言，墨翟周遊各國的目的是服膺實踐「天所欲之義」。所謂的「義」就是《墨子·經說上》提到的：「志以天下為分，而能能利之，不必用。」墨家立志以謀求天下人的福利為每一個人的本分，並且認為每一個人都有能力去做有利於天下人的事，但不一定要出來當官才能對天下有貢獻。因此，墨子周遊列國之目的是為了宣揚兼愛、非攻、興天下之利的思想。

二、《墨子》其書

《墨子》一書的作者為墨翟及其弟子，因為其中有許多內容出現「子墨子曰」，明顯是墨家弟子對於老師所述的記錄，還有《墨辯》中的許多內容與戰國末期辯者、名家的論題相回應，可知是後期墨家弟子的思想。《漢書·藝文志》著錄墨子七十一篇，清人畢沅《墨子注序》說：「宋亡九篇，為六十二篇。見《中興館閣書目》，實六十三篇。又亡十篇，為五十三篇，即今本也。」現今只存五十三篇，已亡十八篇，其中〈節用〉〈節葬〉〈明鬼〉〈非樂〉〈非儒〉五種，各有所缺，共計八篇外，尚有十篇不知篇目。

依任繼愈、李廣興主編的《墨子大全》收錄的注本來看，明代有《墨子》（明嘉靖三十二年唐堯臣刻本（十五卷））等十四種，清代有《墨子與墨者》（清馬驌撰，清康熙九年刻本（一卷））等二十種。其中以孫詒讓集諸注家之大成，其《墨子閒詁》至今仍然是較好的原文版本。孫詒讓將明正統《道藏》本《墨子》跟畢沅校本、明吳寬寫本、顧廣圻校本、日刻本等互相校勘，參考綜合畢沅、蘇時學、王念孫、王引之、張惠言、洪頤瑄、俞樾、戴望等人的成果，以很大功力撰就《墨子閒詁》一書，俞樾《墨子序》稱：「自有墨子以來，未有此書。」現存的五十三篇，內容可分為五類：

第一類：〈親士〉〈修身〉〈所染〉〈法儀〉〈七患〉〈辭過〉〈三辯〉（共七篇）。畢沅認為〈親士〉〈修身〉篇中，沒有「子墨子曰」，可能是墨翟自作。徐希燕在《墨學研究——墨子學說的現代詮釋》中表示，此「七篇係弟子根據墨子早期思想所做的記載，並略加發揮所成的」。秦彥士的《墨子考論》也認為「七篇基本上還是反映了墨家的思想，不過我們應將它視為墨子的早期思想，屬於他在脱離儒家學說之後不久的時間所述，是他早期講學時弟子的記錄」。這七篇內容涉及尚賢、天志、節用、非樂等主張之發揮。〈法儀〉篇則為墨子學說的綱領、立論的根據與標準。因此，第一類可視為墨子的早期思想。我們將導讀其中的〈親士〉〈修身〉〈所染〉〈法儀〉四篇。

第二類：〈尚賢〉〈尚同〉〈兼愛〉〈非攻〉〈節用〉〈節葬〉〈天志〉〈明鬼〉〈非樂〉〈非命〉〈非儒〉。每種若皆上、中、下三篇齊全的話，該有三十三篇，但因缺了八篇，加上〈非儒〉原本就無「中」篇，因此現僅有二十四篇。梁啟超認為這些是墨學的大綱目，為墨家學派主要的代表作。除了〈非攻〉〈非儒〉外，其餘各篇皆有「子墨子曰」字樣，乃是墨子門人弟子所記，現今學者多以第二組為《墨子》的精華。徐希燕在《墨學研究——墨子學說的現代詮釋》中表示，「諸篇係墨子思想精華所在，當為墨子本人所著，或弟子在墨子據其書講授時所作的完整記錄……但〈非命〉〈非樂〉篇，弟子略有發揮」。同樣的觀點見於《墨子思想研究》，胡子宗認為「這是墨子思想的真實記錄，是研究墨子思想的最根本性材料」。第二類除〈非儒〉僅上下篇外，其他主題原各皆有上中下三篇，文意大同小異，是墨家的中心思想。我們將導讀其中的〈尚賢上〉〈尚同下〉〈兼愛下〉〈非攻上〉〈節用中〉〈節葬下〉〈天志上〉〈明鬼下〉〈非樂上〉〈非命上〉十篇。

第三類：〈經上〉〈經下〉〈經說上〉〈經說下〉〈大取〉〈小取〉（共六篇）。東晉魯勝曾著《墨辯注》，他在序文中寫道：「墨子著書，作辯經以立名本……《墨辯》有上下經，經各有說，凡四篇，與其書眾篇連第，故獨存。」（《晉書‧隱逸傳》）欒調甫的《墨學研究》也肯定《墨辯》由墨子及其後學所作。與魯勝不同的是，欒氏認為僅〈經上〉〈經下〉由墨子自著，餘四篇則出自墨家後學之手。李漁叔在《墨子今注今譯》的墨學導論中說：「〈大取〉和〈小取〉兩篇，都是墨家重要的著作……其與墨經上下四篇，如不是墨子自撰，至少也是墨子生前或稍後，及門弟子筆錄而成的。」此六篇合稱《墨經》或《墨辯》，乃後期墨家之作。其中，〈經上〉對人類認知、思維、倫理的眾多概念範疇做出定義、分類，〈經下〉列舉光學、力學等科學原則、定理。〈經說上〉〈經說下〉則是對於〈經上〉〈經下〉進一步的解釋與舉例說明。〈大取〉討論愛利問題，屬於大者；〈小取〉探究辯說理論之目的、作用、方法、規則等問題。我們將導讀其中的〈小取〉及〈經上〉〈經說上〉的部分內容。

第四類：〈耕柱〉〈貴義〉〈公孟〉〈魯問〉〈公輸〉（共五篇）。梁啟超說此五篇記墨子言論行事，乃門人後學所記。胡適《中國古代哲學史》認為乃「墨家後人把墨子一生的言行輯聚來做的，就同儒家的《論語》一般。其中有許多材料比第二組還為重要」。方授楚《墨學源流》也說這是「墨家後學記墨子一生言論，體裁近《論語》，作『墨子言行錄』讀可也」。基本上學界皆肯定第四組的重要性，認為是研究墨學的重要素材。我們將導讀其中的〈耕柱〉、〈公輸〉。

第五類：〈備城門〉〈備高臨〉〈備梯〉〈備水〉〈備突〉〈備穴〉〈備蛾傳〉〈迎敵祠〉〈旗幟〉〈號令〉〈雜守〉（共十一篇）。這十一篇為墨家兵法，墨子反對侵略性的不義之戰，故所傳兵法皆為防禦戰法，述守禦之事。其中，〈備城門〉〈備高臨〉〈備梯〉〈備穴〉〈備蛾傳〉〈雜守〉六篇乃墨子對禽滑釐言守禦之法，有「子墨子曰」字樣，乃是墨子門人或禽滑釐弟子所記述，主要講墨子教導弟子禽滑釐的守城方法。墨子雖提倡兼愛卻未反對以戰爭的方式自衛，孫中原《墨學通論》認為，「墨子的戰爭觀有兩個基本點，一個是非攻，即反對大國、強國對小國、弱國的攻伐掠奪；另一個是救守，即主張積極防禦。」換句話說，墨子所「非」之「攻」乃是「不義之戰」，也就是國君為其私欲、野心罔顧百姓之「利」所發動的戰爭。但對於聖王，像夏禹、商湯、周武王為了「興天下之利，除天下之害」所發動的戰爭，就是墨子在〈非攻下〉篇所稱之「誅」，以及為了對抗大國侵略而採取的防守戰爭，墨子仍然表示贊同。我們將導讀其中的〈備高臨〉和〈備水〉。

《墨子》一書的核心思想，一般而言以第二類思想為代表。《墨子．魯問》記載：「凡入國，必擇務而從事焉。國家昏亂，則語之尚賢、尚同；國家貧，則語之節用、節葬；國家憙音湛湎，則語之非樂、非命；國家淫僻無禮，則語之尊天、事鬼；國家務奪侵凌，即語之兼愛、非攻。」其中的尚賢、尚同、節用、節葬、非樂、非命、尊天、事鬼、兼愛、非攻就是一般所謂的「墨家十論」，這也是本書導讀的核心部分。

《墨子》一書的哲學思想，其理想的根據在於「天」，不論學者們如何詮釋「天」之內涵，人生在世的最高目標是順從天的意志，而最終的理想是人人彼此相愛、天下太平。在一個理想的社會關係中，個人對社會和他人所做出的貢獻，最終會以各種方式得到「交相利」。人人將一己之所長貢獻給需要幫助的人，使人人衣食無缺、安全無虞，使大家生活在有秩序的社會中，人際關係和睦，國際關係和諧，人人相愛，天下太平，這是墨家兼愛的理想社會。

三、《墨子》其思想

近代學者研究墨家學說時，經常將墨學區分為政治、經濟、倫理、教育、科學、語文、邏輯、軍事等門類，其中政治、經濟、倫理思想涉及十論，即前述第二類思想。教育思想涉及前述第一類與第四類墨子言論行事。科學、語文、邏輯涉及前述第三類墨辯思想。至於軍事思想則是涉及前述第五類〈備城門〉以下的十一篇。

墨家思想的特點，譚家健《墨子研究》認為：一是有實踐性，不是只供空談的虛玄之學、無益之辯，而是要求付諸社會實踐的行動綱領；二是有批判性，在在皆針對時弊而發，有確定的革故鼎新目標；三是通俗性，淺顯明白，易懂好記，而不是艱奧高深，所以被稱為「賤人」之學。以下分為方法論、價值論與道德實踐論三方面加以介紹。

（一）方法論

相較於先秦各家，墨家具有較強的方法意識，對於達成目的所使用的方法有相當的自覺，並且建立了有關方法的理論，這也就是墨家思想的開墾之路，藉着這些方法來展示、提倡、辯護他們的思想。以下分別就效與法、三表法、推類法及故式推論加以介紹。

1. 效與法

在古代，「效」與「法」的意義相關而接近，是同一個推論作用的兩個要素，「法」有法則、標準之意，「效」則是仿效之意，所仿效的對象即為「法」，兩者的關係可由〈小取〉篇看出：「效者，為之法也。所效者，所以為之法也。故中效則是也；不中效則非也；此效也。」其中「效者，為之法也」之「效」，是作為某種標準或根據，及驗證思想或言論。凡是符合「效」的為正確，可以成立；凡不合「效」的為不正確，不可成立，就像「無規矩，不成方圓」一般。

〈法儀〉篇說：「百工從事，皆有法可度。」由此可見，在墨家看來，「法」的原意是含有工具性的法度與標準。之後擴大到工藝製作範圍之外，用以檢驗思想言論是否成立及運用於施政的方法與法則，如墨子之有「天志」此一「法」可以如〈天志中〉所謂：「上將以度天下之王公大人為刑政也，下將以量天下之萬民為文學出言談也。」〈法儀〉篇也說：「天下從事者，不可以無法儀，無法儀，而其事能成者，無有也。雖志士之為將相者，皆有法，雖至百工從事者，亦皆有法。」所有辦事的人，不能沒有標準、法則；沒有法則而能把事情做好，是不可能的。即使最優秀的士人做了將相，他也必須遵從法則；即使從事於各種行業的工匠，也都有法度。「法」的應用就是「效」，「效」的標準就是「法」。符合標準就是中效，不符合標準就是不中效，如此「效」與「法」的意義就十分接近了。

在墨家思想中，最高的標準就是「天志」，思想、言談中的標準就是「三表法」。墨子的「天」是兼愛思想的根據，也是尚同的最高權威，更是墨家思想的理論基礎。以下我們再看看三表法。

2. 三表法

墨學十論的思想大多以三表法為其論證的骨幹，雖然只是墨家獨特的思想準則，而不具備有效論證的嚴格性，但三表法的提出卻有一定的價值，它令中國哲學的發展進入以方法為研究探討對象的新階段。《墨子．非命》中明白提出了三表法。〈非命上〉說：「言必有三表。」〈非命中〉〈非命下〉說：「使言有三法。」可見三表法是檢證言論以及言論所代表的思想的三個標準。綜合〈非命〉各篇的不同提法，我們可以歸結如下：

第一表，本之者：(1)本之於古者聖王之事。
(2)考之天鬼之志。

第二表，原之者：(1)原察眾人耳目之實。
(2)徵以先王之書。

第三表，用之者：發以為刑政，觀其中國家百姓人民之利。

由於古者聖王的行事也是以天鬼之志為依歸，因此「本之者」的兩種提法並不衝突。「原之者」的眾人耳目之實，是距考證時間比較近的客觀根據，徵以先王之書的記載，則是距考證時間比較遠的客觀根據。此外，三表法彼此之間也有一定的關連性，並非斷然無關的三種標準。三表法在時間上囊括着過去、現在與未來，「本之者」是根據過去聖王的經驗效用；「原之者」是根據過去及現在眾人的共同感官經驗；「用之者」則是以現在和將來的經驗效用為準則。在推論上，符合三表者為正確，不符者為錯誤，三表法雖不符合純粹形式論證的架構，但其中已有歸納法與演繹法的推理形式，如：原之者，是歸納眾人耳目之實的結果，而本之者，則視古者聖王之事的成功案例為演繹推論的大前提。

在墨學十論中，〈尚賢〉篇所用之三表是以聖王之事、先王之書及施政能否符合人民之利為根據。〈尚同〉篇所用之三表則包括：以古者聖王之事及天鬼之志、徵以先王之書及施政能否符合人民之利為根據。〈節用〉〈節葬〉篇所用較明顯的是「本之者」與「用之者」。此外，〈非樂〉〈天志〉〈明鬼〉〈兼愛〉〈非攻〉等篇皆用三表法為墨家推論的方法。

3. 推類法

所謂的「類」就是若干事物經比較後所呈現的「共同性」，這也是「名」的形成因素之一。有些「名」如人、馬、牛等就是一個種類的「類名」，「名」是構成語句之辭的基本元素，〈大取〉

篇的「辭以類行者也」與〈小取〉篇的「以類取，以類予」，說明了墨家推類以立辭的依據是「類」。然而推論必然運用不同的辭以及各語句間的關係，以呈現推理的「說」，在〈小取〉篇中，典型的四種推類法即辟、侔、援、推。

〈小取〉：「辟也者，舉他物而以明之也。侔也者，比辭而俱行也。援也者，曰子然，我奚獨不可以然也？推也者，以其所不取之，同於其所取者，予之也。」辟是比喻、比方。辟有兩種功能，一是形象描繪，這相當於修辭學上的比喻；一是抽象思維，這相當於邏輯上的類比式論證。就其為類比推理而言，如《墨子．耕柱》所載，墨子的學生問墨子：「甚麼是實行正義最重要的事呢？」墨子回答：「就像築牆一樣，能築的人築，能填土的人填土，能測量的人測量，這樣牆就可以築成。實行正義也是這樣，能演說辯論的人演說辯論，能解說典籍的人解說典籍，能做事的人做事，這樣就可以共同完成正義的事。」墨子用分工合作的「築牆」為譬喻，來說明如何分工合作「實行正義」。

〈小取〉：「白馬，馬也。乘白馬，乘馬也。」此顯示兩個辭義相當的語句，加字之後也可以說得通。也就是將白馬與馬的關係，類比乘白馬與乘馬的關係。因此，「侔」是一種「關係類比的推理方式」，其推論根據在於「語句關係間的相似性」。

「援」是援引對方所說的話來作類比推論的方法，亦即援引對方所贊同的觀點，來論證對方所不贊同的事物，以證成自己的論點。例如在〈耕柱〉篇中，巫馬子問墨子：「你兼愛天下，沒有甚麼利益；我不愛天下，也沒有甚麼害處。因為從興天下之利的效果來看都沒有達到，結果是一樣的。你為甚麼認為你的做法正確，而認為我的作法不正確呢？」墨子回答：「現在這裏有個火勢很大的火場，一個經過的人捧着水要澆滅它，另一個經過的人還在一旁煽火，想使火勢燒得更旺，他們對於火勢都無法構成影響。在這兩個人之中，你認為哪一個的做法正確呢？」巫馬子回答說：「我認為那個捧水救火的人做法是正確的，而那個在一旁煽火的人做法是錯誤的。」墨子說：「我也認為我兼愛天下的做法是正確的，而你不愛天下的做法是錯誤的。」其中墨子的推論就包含着「援」的方法，也就是巫馬子你可以認同捧水者行為的價值（子然），那麼，我為甚麼不可以肯定我兼愛天下做法的價值呢？（我奚獨不可以然？）

「推」也是雙重關係的「關係類比」，也稱歸謬式的類比推理。它的方法是用對方所不贊同的，來論證對方所贊同的，以推翻對方的論點。如《墨子．公輸》記載墨翟對公輸盤說：「北方有一個欺侮我的人，希望能拜託你幫我殺了他。」公輸盤說：「我奉行正義，決不殺人。」墨翟就指出公輸盤造雲梯幫楚國攻打宋國，必將殺害許多無辜的宋國百姓，這是「義不殺少而殺眾」的自相矛盾，公輸盤終為墨翟所折服。此處就用了「推」的方法，而「推」比「援」更增加了類比的複雜性。

4. 故式推論

墨家談辯中的「故」有重要的作用，「故」在墨學材料中，共出現四百多次，如：「是其何故也？」（〈尚賢上〉、〈兼愛中〉、〈天志下〉）「此其何故也？」（〈尚賢中〉）等等，此外，也有以「姑嘗本原」（〈兼愛下〉）的方式來探究事象產生的原因。例如〈天志下〉：「今有人於此，入人之場園，取人之桃李瓜薑者，上得且罰之，眾聞則非之，是何也？曰不與其勞，獲其實，已非其有所取之故。」其中的「故」就是說明偷盜行為乃眾人所「非」，應予處罰的理由是不勞而獲。

「故」式推論，是墨家由果溯因的推論方法。以〈兼愛下〉為例，墨子把握住一個天下混亂的現象——天下之害：大國攻小國，大家亂小家，強劫弱、眾暴寡、詐謀愚、貴敖賤。（果）再探究何以會有此現象：是由愛人利人而生，或由惡人賊人而生，或由其他原因所生？並加以推理論述。此外，〈小取〉篇說：「其然也，有所以然也，其然也同，其所以然也不必同。」某一個現象的產生，有產生此一現象的原因；雖然現象是相同的，但是造成這種現象的原因卻不一定相同。因此，墨子對於天下亂象所找出的原因並非只是單一的原因，而是從多方面考察導致社會失序的原因。

所謂「故」是指產生結果的原因或理由，不同的「故」對於結果影響的效力也有不同，《墨經》中對此也有分析。〈經上〉：「故，所得後成也。」得到或促成了原因就會導致成果。〈經說上〉：「故，小故有之不必然，無之必不然。體也，若有端。大故有之必然，無之必不然，若見之成見也。」小故的意思是指一件事的「必要條件」，有了這個條件，不見得會產生想要的結果，但是沒有這個條件，就一定不會產生想要的結果。就像由端點而構成的體一樣，有了端點未必能構成體，但是沒有了端點，一定無法構成體。大故，則是指一件事的充分必要條件，有它必定產生某一結果，沒有它必不產生某一結果。例如眼睛能看見東西需要合宜的光線、適當的距離、正常的視覺官能及專注力等等相關因素的整體，這就是完成「見」的充分必要條件。

墨家的故式推論，已經能掌握因果關係的多方位觀察與應用。

（二）價值論

梁啟超《墨子學案》說：「墨學所標綱領，雖說十條，其實只從一個根本觀念出來，就是兼愛。」雖然許多研究者皆同意兼愛為墨子思想基點，不過對此並非沒有爭議。崔青田在《顯學重光——近現代的先秦墨家研究》中表示，除了「兼愛中心說」，另有「『天』、『鬼』中心說」和「『義』中心說」。

主張「天」、「鬼」中心說的代表學者為郭沫若和杜國庠，前者主張「墨子有『天志』以為他的法儀……這是他一切學術思想的一根脊椎。他相信上帝，更信仰鬼神……這上帝鬼神的存在是絕對的，不容許懷疑的」（見蔡尚思主編《十家論墨》）；以「義」作為根本觀念的代表為唐君毅、陳問梅和蔡仁厚。唐君毅在《中國哲學原論——原道篇》以「義道」貫穿他的《墨子》研究，他指出：「其〈兼愛〉〈尚同〉〈天志〉〈明鬼〉〈節用〉〈非攻〉〈節葬〉諸篇，無不本於『義』以立論……墨子之學以義道為本甚明。」陳問梅在《墨學之省察》雖同意天志的重要性，但他進一步指出：「以義為根本觀念比以天之意志為根本觀念之所以適當，主要即在理論上的詳盡和細密……義就是天之所以為天的本質，也就是天之意志的全幅內容。」蔡仁厚的《墨家哲學》論點與陳氏相近，他說：「說到最後，那作為法儀或標準的『天』，實在只是一個『義』字。義不但出於天，而且根本就是天的本質。」

兼愛、天、義的關係為何？從《墨子》原文來看，〈天志上〉有「天欲義而惡不義」，以及「順天意者，兼相愛，交相利」，可見「天志」還是墨學的價值根源。「價值」是道德判斷和推理的重要依據，《墨子》指出構成「價值」活動的條件既非純然客觀的，也不是純然主觀的，而是客觀事態存在於主觀思維之中的一種評價活動。在此活動背後的價值根源正是「天志」；評價的標準不僅有「義」，還有生、愛、仁、忠、孝、信、利等許多重要觀念；此外，被評價的對象、評價主體的權衡以及評價的結果等一系列的相關思想，也是其價值論所考量的。

從天與義的關係看，〈天志上〉：「何以知天之欲義而惡不義？曰天下有義則生，無義則死。……然則天欲其生而惡其死。」天志意欲人類得以生生不息，其條件在於經由正義的方式。從天與兼愛的關係看，「天」是兼愛的最後根據，同時，「天」也是使天下人得以生存發展的主宰者，因為「天」是「至仁者」。在《墨子‧法儀》中，墨子指出，百工在做事時，都有一些標準，如規、矩、繩、墨、懸等各種度量標準，同樣的，將相治理國家也需要一些標準才治理得好，那麼甚麼原則、甚麼對象可以成為價值標準呢？墨子認為「仁」是可以作為標準的。《經說上》對「仁」的解釋是：「愛己者，非為用己也，不若愛馬。」仁就是體己之愛，以愛自己的方式愛別人，人愛自己時不會把自己當成一種工具來使用，若是為了「用」，那就像養一匹馬是為了利用牠來拉車一樣，只是為自己的益處，而不是真正為所愛的對象着想。由於天愛天下人的愛是真正無私的愛，天愛人不是把愛人當成一種手段，而是一種以人為目的之愛。這就是墨子兼愛倫理學中最高的價值根源，以「天」為法儀。因此，透過天作為法儀的內涵「仁」，我們可以了解墨家之愛的意涵。

然而，「天」又有哪些特性？又該如何法天呢？《墨子‧法儀》說：「天之行廣而無私，其施厚而不德，其明久而不衰。」於此，王讚源指出：天的愛猶如陽光和雨水，是普遍的施予供給所有的人，這就是「行廣而無私」的普遍性。另外「施厚而不德」是無私的，具備了一種客觀性。再從「明久而不衰」可以看出，天還有明確性和持久性，因此「天」此一價值根源具有普遍性、客觀性、明確性與持久性。墨子的「天」要求人與人彼此之間要「相愛相利」；〈天志〉上、下篇都提到「天欲義而惡不義」，也就是「天」要人以「義」為價值原則。

〈經上〉對「義」的解釋：「義者，利也」，〈天志下〉：「義者，正也」，義指的是一種「正利」，一種公正的利益，包括「以上正下」的善政，在上位者要匡正在下位者，這裏指的「上」需直推到最高的「天」。〈經說上〉：「志以天下為分，而能能利之，不必用。」以天下作為自己的職分，自己的才能能夠發揮出來而有利於天下人，不必出仕為官，這就是義。

高晉生《墨經校詮》指出：「儒家以義利為相反之物，墨家以義利為相成之物者，蓋儒家所謂利，乃一人之私利，墨家所謂利，乃天下之公利也。墨家所云『義，利也』者，謂其心以利天下為自己之職分，其才能又能利天下，故曰：『志以天下為分，而能能利之。』至於利天下之功，係乎見用於世。見用於世，屬於人不屬於己。而義之界說，則在乎己不在乎人。所以見用於世而成利天下之功，在義字界說之外。故曰：『不必用。』見用而有利天下之功，仍不失為義也。要之，〈墨辯〉對於義之觀點有五：其一，義即是利；其二，利之對象是天下；其三，義者之存心以利天下為自己之職分；其四，義者才能能做到利天下之事；其五，不必見用於世，有利天下之功，而後為義。」

如此，以動機和效果的觀點來看，在心志方面，義者必須有利天下的存心，行為者不必見用於世，但在效果方面，則必須有利天下之功。其中，動機與效果之間，墨家十分重視實踐。不可只有存心，而沒有行動，即只停留在理論而沒有實踐。如此才能深刻把握「義」作為倫理原則的內涵。

基於「天志」的價值根源，興天下之利，墨家主張「兼愛」。甚麼是「兼愛」？從字源意義上來看，在金文中，「兼」字像手持二禾，是一個會意字。許慎《說文解字》釋「兼」為「並也，又從持秝，兼持二禾」。引申為同時涉及幾種事物，而不專於其中之一；或由各部分匯成一整體，此整體即「兼」，而各部分是平等的。因此，「兼愛」的意義也就是整體的愛、平等的愛。

墨家的「兼愛」是一種實際的利益，也是公眾的利益，因此，墨子肯定了人際間「投我以桃，報之以李」的互動性。嚴靈峰說：「要兼愛，就必須雙方同時履行『相愛』，這樣才能達到『兼相愛，交相利』這個理想的實現。」這提示我們了解到「兼愛」的互動性原則，人與人之間會相互感應，投桃報李。但深入思考，我們會發現這種互動性開始之前，必有一方意識到「兼愛」的意義，肯定這種努力的價值，因此願意主動「先愛」，如此才有可能達致互利的結果。

因此，墨家的「兼愛」是超越時空的整體人類之愛、平等之愛，追求實際的利益、公利，其方法乃愛人若己，藉着人際間的互動性與個人的主動性來完成的互利之愛。

簡言之，墨家的價值論，以「天」為價值根源，以仁、義為價值原則，以兼相愛、交相利為價值目標。

（三）道德實踐論

墨家了解因果關係的複雜性，在每一次道德實踐時，總有一些無法準確估計的因素摻雜其中，因此一個行為者在面臨倫理情境的抉擇時，他必須對情境中的事態進行多方認知，並且在動態的發展過程中，不斷尋求適宜的動態調整，這也是〈大取〉篇中所謂的「權」。

〈大取〉：「於所體之中，而權輕重之謂權。權非為是也，亦非為非也。權，正也。斷指以存腕，利之中取大，害之中取小也。害之中取小也，非取害也，取利也。其所取者，人之所當執也。遇盜人，而斷指以免身，利也；其遇盜人，害也。斷指與斷腕，利於天下相若，無擇也。死生利若一，無擇也。」體會進行中的事，衡量它的輕重叫「權」。權，並不是一定對的，也不是一定錯的，權，是適當的。不得已的情況下被砍斷手指以保存手腕，那是在利之中選取比較大的，在害之中選取比較小的。在害中選取小的，並不是取害，這是取利。他所選取的，正是應當把握的。遇上強盜，被砍斷手指以避免殺身之禍，從整件事來看這是利；但就遭遇強盜來看，這是害。砍斷手指和砍斷手腕，對天下的利益是相似的，那就沒有選擇。不論生死，只要有利於天下，也就沒有選擇了。

兼愛天下人是全面考量的基礎，但因為現實外力的限制，有時不得不衡量事態的輕重、做出取捨，這就是所謂的「權」，就像「指」與「腕」，在不能兼存的情況下，由於腕重於指，指輕於腕，故斷指以存腕，較為有利。斷指之事單獨來看，是一件有害之事，但是與斷腕合觀比較，則斷指可以存腕就變成一件有利的事。因此〈大取〉說：「害之中取小，非取害也，取利也。」

再者，「權」不是知識中的是非判斷，而是人在現實情境中的適宜性抉擇，是對於情境中的不同事態衡量其輕重利害。〈經上〉指出：「正，欲正，權利；惡正，權害。」〈經說上〉：「權者，兩而勿偏。」正就是衡量，欲正，就是從你想要得到的方向衡量，衡量利的大小；惡正，從你所厭惡的方向衡量，衡量害的大小。權衡要從利、害兩方面評估，不能只偏向其中一方。因此，墨家的「權」有以下的特性：

對於未來事態發展的可能性加以認知把握。

對於未來事態發展的可能性予以評估。

比較評估之後的利害關係。

依「利之中取大，害之中取小」的原則做出取捨。

墨家的「義」即「公利」，因此在需要抉擇的情境中，墨家強調抉擇在於權衡輕重，權衡在於趨利避害，而利害的承受者乃天下人。如何抉擇？〈大取〉：「利之中取大，害之中取小也。害之中取小也，非取害也，取利也。」因此，一個行為的當行不當行，以是否有利於多數人為判準。

除此之外，〈大取〉篇還指出，情境中的事態可以歸類，再與更重要的事態相比較，例如：斷指可以利天下，斷腕也可以利天下，斷指與斷腕就可歸為一類，相對於「利天下」而言，墨家的立場是以「犧牲之愛」為價值規範，不會計較自身之利害，亦即不會僅取斷指以利天下，而不取斷腕來利天下。也就是說，如果利在天下，而害在己身，則不論害的輕重都該去做，即所謂「斷指與斷腕，利於天下相若，無擇也。死生若一，無擇也」。

「權」是在一種周全的思慮之下所做的抉擇，是在行事作為過程中的思慮，是在客觀情勢中有不得不取捨之處。雖然在道德實踐中，有許多變化的因素影響「權」的活動，但墨家仍提供明確的思想，作為抉擇時可以依循的原則。

四、墨學之影響

墨學曾是先秦時期的「顯學」之一，當時即「言盈天下」。如《韓非子・顯學》所謂：「世之顯學，儒、墨也。儒之所至，孔丘也。墨之所至，墨翟也。」墨家學說在當時產生了廣泛而深刻的影響，之後卻日漸式微，原因首先是其思想與統治階級的利益衝突愈來愈明顯，如《韓非子·五蠹》所謂：「儒以文亂法，俠以武犯禁，而人主兼禮之，此所以亂也。」其中的任俠指的就是墨者，韓非批評當時許多國君禮遇儒者和墨者的做法是破壞法治，所以秦漢統一天下以後，對墨家影響下的俠義團體和個人的打壓不遺餘力。其次，墨家不像儒家這麼幸運，孔子以後有孟子、荀子等重要的大思想家，而墨子以後沒有出色的繼承者出現。至漢武帝又採董仲舒「罷黜百家，獨尊儒術」之議，導致墨學沉寂千百年。不過，在民間社會，墨家的精神並沒有中斷，而且在歷史上還一直活躍着。

韋政通在《墨學與現代文化·俠義精神》中指出：墨家後來形成了一種俠義的傳統，正因此一俠義傳統而使中華文化不致僵化，墨家在浩瀚歷史上有種種的變形但仍然延續下來，甚至對我們今天的社會還有影響力。這在中國歷史上活躍兩千多年且不斷發揮影響力的俠義精神是甚麼？

第一是急難相救的精神，也就是所謂「摩頂放踵，利天下為之」的精神。這種精神影響下產生的，就是後來中國歷史上許多公而忘私、國而忘家的那些團體和人物。

第二點影響就是超越親情。司馬遷在《史記·遊俠列傳》裏寫的那些大俠，不顧父母之恩、不惜妻子之愛，似乎跳出家族親情才能當大俠。在俠義的傳統中產生這種精神、人物，這在儒家的禮教上是不允許的。

第三點則是重信諾。在俠義的傳統裏面就是言必信、行必果。傳統所謂的「任俠」，「任」

就是信任的「任」，如〈墨經上〉：「任，士損己而益所為也。」〈經說上〉謂：「任，為身之所惡，以成人之所急。」任俠就是一種一諾千金的人物。

第四點是與權勢為敵，與有權有勢的人為敵就會產生社會發展上的基本矛盾，它是社會上偏差發展的制衡力量。墨家就代表着這種力量，這一點，跟儒家也有非常明顯的區隔。其他各家在不同程度上都認同專制的統治，只有這個俠義的傳統在秉持更具超越性的天志、社會公義，敢與現實權勢相抗衡。

第五點是劫富濟貧的精神。劫富濟貧是中國傳統社會中特許的道德觀，這在現代法治社會是不允許的，但是在傳統文化中，沒有法治的社會裏往往就有賴墨家這種俠義的團體針對那些為富不仁者主持正義。

如今，許多西方漢學家如葛瑞漢（A.C.Graham）、何莫邪（Christoph Harbsmeier）、陳漢生（Chad Hansen）等也都關心墨學的研究；其他像郝大維（David L. Hall）、安樂哲（Roger T. Ames）也曾討論過墨家復興的問題，他們在《漢哲學思維的文化探源》中指出：「十六世紀時，對後期墨家的再發現，並不能為這種形式的理性主義取得重要的立足點提供機會。實際上，到了十九世紀和二十世紀，那時只是為了對西方的挑戰作出回應，墨家才再一次被加以比較認真的研究。」鴉片戰爭之後，西學東漸，俞樾為孫詒讓《墨子閒詁》作序，驚歎找到了安內攘外的法寶。梁啟超在《子墨子學說》中也曾宣稱：今日欲救中國「厥惟墨學」。舒大剛指出，由於尚公重實用的墨家學說與杜威「實用主義」深相契合，因此，胡適與梁啟超俱倡復興墨學。墨翟所創墨家的「興天下之利」，「兼相愛，交相利」等思想，對於今日地球村的世界公民而言，落實於節約能源、環境保護、和平共存等方面，仍有積極的意義。

五、如何系統把握《墨子》思想？

怎樣才能有系統地把握墨子的思想？當然，第一步是要了解《墨子》各篇的思想；接着，是要了解這些思想彼此的關係、這些思想所要解決的是哪些問題；然後，要將這些問題間的關係予以釐清，分辨出哪些是主要問題、哪些是次要問題；進一步設法找出墨子思想中最根本的問題，透過這些問題的整理、關係的釐清，就可以對墨子的思想有全面而系統的了解。

這種問答型的基本結構，可以呈現墨子思路的發展方向，使讀者系統把握墨子思想。其實本書所導讀的每一篇，都有自身的內在結構與理路，並與其他各篇有一定的理論關係。這種由點而線、而面，由面而體、由局部而整體的方式，可以幫助讀者全面把握墨家思想，若想進一步深入理解、研究，也可以藉此作為基礎，來一一檢視每一篇、每一段的內容。至於希望將墨學思想應用於現代社會的人，則可以從中提煉出超越時空的抽象原則與處世精神，來思考解決現代社會亂象的方法。

本書選錄墨子原典有四個原則：普遍性、代表性、相關性與系統性。所謂普遍性，是指在清代孫詒讓《定本墨子閒詁》十五卷中除第十二卷、十五卷未選注之外，其他十三卷皆有選注；並且，第十二卷中的〈貴義〉篇，在導論的「墨子事跡」部分也有不少的引述說明；第十五卷的墨家軍事思想各篇，在最後〈備水〉篇的賞析與點評中，也有概要性的說明。所謂代表性，是指在前述墨子其書的五組分類中，每一類都選擇具有代表性的篇章注釋、語譯、賞析與點評。其中第一類有四篇、第二類有十篇、第三類有三篇、第四類有兩篇、第五類有兩篇，都是墨子各類思想的代表之作，其中第二類的十篇，正是墨子十論的核心思想。所謂相關性與系統性，是指本書所選注導讀的各篇，其思想內容彼此相關，並可構成一個具有理論結構的系統，此一系統的四大主題為：

天下之亂象為何？
天下何以會亂？
如何治天下之亂？
如何實際改善社會大眾的生活？

統合這四大主題的基源問題是如何成為明君以治天下之亂，進而實際改善人民生活。也就是《墨子》十論各篇多次提出的：「仁人、聖王之事者，必務求興天下之利，除天下之害。」在此基源問題與四大主題的理論系統中，收攝了本書所導讀的各篇思想內涵，並呈現各篇內涵的相關性。本書所導讀的各篇有一半以上會將該篇的思路以問答的形式展示出來，這也是本書與一般導讀書籍不同的地方，讀者們可多加利用。

讀者朋友如果有讀古文原典的經驗或學術背景，可以直接按照各篇的原文順序研讀，先讀一遍原文，再依譯文、賞析與點評的順序看下去，如果沒有讀古文原典的經驗背景，則可先看各段譯文，對每一篇有一整體概括的認識之後，再依譯文、賞析與點評的順序閱讀。因為理解的過程是由部分到整體，再由模糊的整體到清楚的部分，以構建比較清楚的整體；理解是一個整體與部分交互往來的動態過程。掌握各篇的思路之後，你就可以逐步建構出墨子思想的整體系統。本書的「賞析與點評」會提供《墨子》思路的初步系統模型與發展線索，讀者可以參照建構更細緻的理論脈絡。

寫作本書的目的並不止於系統地介紹《墨子》思想，而是期待本書成為一個媒介或準備，從而觸發讀者自己的思考。希望每一位讀者朋友都可以藉由這本書進入墨子的思想世界，並對《墨子》或讀者自己的思想有所拓展。

卷一

親士

本篇導讀——

「士」本是中國古代社會中具有一定身份地位的社會階層，在平民之上，貴族之下，後演變為對知識分子的泛稱，在〈墨經上〉有：「任，士損己而益所為也。」本篇〈親士〉指出國君親近並任用那些有知識、有能力、有節操的人，對於治理好一個國家是非常重要的；而能否任用賢士，則在於國君，國君的胸襟、眼界要寬廣，才能成就大事。所謂：「良才難令，然可以致君見尊。」因此，〈親士〉篇分析了國君應該如何親近賢士、了解賢士、任用賢士，可與〈尚賢〉篇合觀，將有助於我們了解墨家如何從人才任用方面思考治理國家、平定天下的主張。

入國而不存其士[1]，則亡國矣。見賢而不急[2]，則緩其君矣[3]。非賢無急，非

士無與慮國，緩賢忘士而能以其國存者，未曾有也。

注釋

1 存：《說文》：「存，恤問也。」乃體恤關懷之意。

2 急：快速把握時機任用。

3 則緩其君矣：緩其君乃《論語．顏淵》孔子所謂「君君、臣臣、父父、子子。」若不能任用賢能者，一個國君要盡其治國職責，就會因缺乏賢人相助而延宕了。

譯文

成為一國的統治者，若不關懷賢士，國家就會滅亡。見到賢士而不馬上任用，他們就不能為君主分勞解憂。沒有比任用賢者更急迫的了，若缺乏具有能力與知識的人，就沒有人和君主共同謀劃國事。怠慢賢者遺忘能人而可使國家長治久安，這是從未發生過的。

昔者文公出走而正天下[1]，桓公去國而霸諸侯，越王句踐遇吳王之醜[2]，而尚攝中國之賢君[3]。三子之能達名成功於天下也，皆於其國抑而大醜也[4]。太上無敗[5]，其次敗而有以成，此之謂用民。

注釋

1 文公出走而正天下：文公，指晉文公重耳。晉文公曾為諸侯盟主，因此說正天下。

2 醜：同於恥，越王句踐戰敗受到吳王的羞辱。

3 尚攝：尚同「上」，攝通「懾」，指越王的威勢足以震懾中原之國的君主。

4 抑而大醜：是指他們三王都曾在本國遭受到壓抑和極大的屈辱。

5 太上：是指最好的狀況。

譯文

從前，晉文公曾被迫逃亡國外，後來成為天下盟主；齊桓公曾被迫離開國家，之後卻能稱霸諸侯；越王句踐戰敗而受盡吳王的羞辱，但是後來成為威懾中原諸國的賢君。他們三人之所以能成功揚名於天下，是因為他們都能忍辱負重，在國內忍受委屈壓抑。由此看來，最好的情況是不遭受失敗，其次是雖然先前失敗但有辦法轉敗為勝，這種成功就在於善於任用士民。

吾聞之曰：「非無安居也，我無安心也；非無足財也，我無足心也。」是故君子自難而易彼[1]，眾人自易而難彼，君子進不敗其志，內究其情，雖雜庸民[2]，終無怨心，彼有自信者也。是故為其所難者，必得其所欲焉，未聞為其所欲，而免其所惡者也。是故偪臣傷君[3]，諂下傷上。君必有弗弗之臣[4]，上必有詻詻之下[5]。分議者延延[6]，而支苟者詻詻[7]，焉可以長生保國。

注釋

1 自難而易彼：是對自己要求多，而難做到；對別人則要求少。

2 雖雜庸民：雖然雜處於平庸群眾之中。

3 偪臣：指權臣逼迫，偪同「逼」。

4 弗弗：拂逆而敢說正直之言。

5 詻詻：正直不顧阿諛討好的人。

6 分議者延延：分議者指有異議的人。延延，反覆辯論。

7 支苟：支，依孫詒讓疑為「交」，苟為敬之壞字。交敬者即交相儆戒的人。

譯文

我聽說：「並不是沒有安定的居所，而是自己沒有安定之心；並不是沒有豐足的財產，而是懷着無法滿足的心。」所以君子嚴以律己，寬以待人。而一般人則寬以律己，嚴以待人。君子仕進順利時不改變他所堅持的志向，向內反省；即使雜處於平民百姓之中，也終究沒有怨尤之心，他們是有自信的人。所以，凡事能從難處做起，就一定能達成自己的願望；但卻沒有聽說專挑自己所喜歡的事情，而能免於所厭惡之後果的。所以權臣欺壓君主，佞臣傷害君主。君主必須有敢於導正其過失的臣僚，上面必須有直言極諫的下屬。分辯議事的人爭論鋒起，互相儆戒者嚴正以對，這才可以長養民生，保衛國土。

賞析與點評

這裏歸納前述晉文公、齊桓公、越王句踐的遭遇，說明在流離困頓時重要的是要有安定的內心，堅持志向，不斷反省，不畏艱難，做事要思考長遠的結果，並有能力分辨哪些人才是值得親近的賢士。

臣下重其爵位而不言，近臣則喑[1]，遠臣則唫[2]，怨結於民心，諂諛在側，善議障塞，則國危矣。桀紂不以其無天下之士邪？殺其身而喪天下！故曰：「歸國寶[3]，不若獻賢而進士。」

注釋

1 喑：形同喑啞般不願直言。

2 唫：與「吟」同，噤口。

3 歸國寶：歸，與「餽」同。餽贈國家的寶物。

譯文

如果臣下只以爵祿官位為重，不願對國事直接表達真實想法，近臣則緘默不言，遠臣也閉口不語，怨恨就鬱結於民心，諂諛阿奉之人圍在身邊，好的建議被他們阻障難進，那國家就危險了。桀、紂不是不重視天下之士嗎？結果遭殺身之禍而失去天下。所以說：「贈送國寶，不如推薦能者，進用賢士。」

今有五錐，此其銛[1]，銛者必先挫；有五刀，此其錯[2]，錯者必先靡，是以甘井近竭，招木近伐，靈龜近灼，神蛇近暴[3]。是故比干之殪[4]，其抗也；孟賁之殺[5]，其勇也；西施之沈[6]，其美也；吳起之裂[7]，其事也。故彼人者，寡不死其所長[8]，故曰：「太盛難守也。」

注釋

1 銛：尖銳。
2 錯：磨也，鋒利之意。
3 神蛇近暴：古代天旱，以蛇曝曬於日中求雨。
4 殪（粵：意；普：yì）：與「戮」同。
5 孟賁：衞國勇士，能生拔牛角。後因與秦武王舉鼎而獲罪被誅。
6 西施之沈：吳國滅亡之後，西施遭沉於水中而亡。
7 吳起之裂：吳起為戰國初期兵家代表人物，在楚國變法，後遭車裂之刑。
8 寡：鮮少之意。

譯文

現在有五把錐子，其中一把最尖銳，那麼這一把必定先折斷；現在有五把刀，一把磨得最鋒利，那麼這一把必定先損壞，所以甜的水井最易用乾，高的樹木最易被砍伐，靈驗的神龜最先被火灼燒用來占卦，神異的蛇最先被捉去曝曬求雨。所以，比干之死，是因為他耿直抗命；孟賁被殺，是因為他逞一時之勇；西施被沉江而亡，是因為長得美麗；吳起被車裂，是因為他有事功。這些人很少不是死於他們的所長，所以說：「太盛了就難以持久了。」

故雖有賢君，不愛無功之臣；雖有慈父，不愛無益之子。是故不勝其任而處其位，非此位之人也；不勝其爵而處其祿，非此祿之主也。良弓難張，然可以及高入深；良馬難乘，然可以任重致遠；良才難令[1]，然可以致君見尊[2]，是故江河不惡小谷之滿己也，故能大。聖人者，事無辭也[3]，物無違也，故能為天下器。是故江河之水，非一源之水也。千鎰之裘[4]，非一狐之白也[5]。夫惡有同方取不取同而已者乎[6]？蓋非兼王之道也。

注釋

1 良才難令：好的人才不容易駕馭。

2 致君見尊：致使國君受人尊重。

3 事無辭也：勇於任事，無所推辭。

4 千鎰之裘：二十四兩黃金為一鎰，千鎰形容極為貴重的皮襖衣裘。

5 一狐之白：極貴重的白色狐毛所做成的衣裘，是從許多狐狸身上收集白毛製作而成，不是從一隻白狐身上取得的。

6 夫惡有同方取不取同而己者乎：係「夫惡有同方不取而取同己者乎」，意思是，哪有不取合乎道理的意見，只採納同於自己想法的意見？

譯文

因此，即使有賢君，他也不愛無功之臣；即使有慈父，他也不愛無用的孩子。所以，凡是不能勝任其事而佔據一個職位的，他就不應居於此位；凡是不能勝任其爵位而平白享受其俸祿的，他就不當享有該俸祿。良弓不容易張開，但射得高、刺得深；良馬不容易駕馭，但載得重、行得遠；好的人才不容易駕馭，但可以使國君受人尊重。所以，大江大河不嫌小溪灌注在它裏面，才能讓水量增大。聖人勇於任事，不違背事理，所以能成為治理天下的幹才。正因為大江大河裏的水，不是從同一水源流入的；價值連城的白狐裘，不是從一隻狐狸腋下收集而成的，所以，哪裏有與自己相同的意見才採納，與自己不同但有道理的意見竟不採納的呢？這不是兼容相愛統一天下的方法。

賞析與點評

這也是以前段歷史上的人物，因為鋒芒太露而招致殺身之禍的例證，使賢士因此領悟而收斂、保守；但是另一方面，為人臣下的賢士又不能無功而受祿。因此，為一國之君者，對於深藏不露的能人賢士，要有更大的耐性、更寬廣的胸襟，如此才能知人善任。

是故天地不昭昭，大水不潦潦[1]，大火不燎燎[2]，王德不堯堯者[3]，乃千人之長也。其直如矢，其平如砥[4]，不足以覆萬物，是故谿陝者速涸[5]，逝淺者速竭[6]，墝埆者其地不育[7]。王者淳澤不出宮中[8]，則不能流國矣[9]。

注釋

1 潦潦：大而靜止的積水。

2 燎燎：明亮的樣子。

3 堯堯：高遠的樣子。

4 砥：磨刀石。

5 陜：同「狹」。

6 逝：與「澨」同，水涯。

7 墝埆（粵：敲確；普：qiāo què）：與「磽确」同，指瘠土而多石的地方。

8 淳澤：淳厚的德澤。

9 流國：流行於中國。

譯文

所以天地不是經常光明，大水也未必永遠清澈，大火也不會常盛不滅，君王的德行也不是高遠不可及，這樣才能做千萬人的首領。若像箭一樣直，像磨刀石一樣平，那就不能覆蓋萬物了。所以狹隘的山溪乾得快，平淺的溪岸枯得早，貧瘠多石的土地五穀不生。做君王的深恩厚澤若只能施及宮中，就不能遍及全國了。

賞析與點評

〈親士〉篇在理路上容易給人不連貫的感覺，除了從國君的立場談如何親士，也從賢士的角度談如何與國君相處，其中「五錐」之喻，有道家物極必反的意味，此外墨子何以能知道較其時代為晚「吳起之裂」，也令人懷疑。因此本篇有可能是墨子弟子所作，所根據的很可能是墨子的早期思想，且有所增補。

修身

本篇導讀——

本篇談的是「君子之道」，也就是一個君子立身處世所應遵循的原則，在各種不同的情境中都有兩種相對的狀況，從墨家的取捨中，我們可以思考其價值標準為何。此外，既然以「修身」為篇名，也就意味着墨家提醒一個人如何從較差的一端朝向理想的一端努力，進而成為名實合一的君子。

君子戰雖有陳[1]，而勇為本焉。喪雖有禮，而哀為本焉。士雖有學，而行為本焉。是故置本不安者，無務豐末[2]。近者不親，無務來遠。親戚不附，無務外交。事無終始，無務多業[3]。舉物而闇[4]，無務博聞。

注釋

1 陳：與「陣」同，迎敵接戰的陣式。

2 置本不安者，無務豐末：置，與「植」通。種樹若沒有做好紮根的工作，就不可能枝葉茂盛。

3 事無終始，無務多業：做事情若不能把握本末始終，就不必談開展業務。

4 舉物而闇：闇與「暗」同。舉出一件事，自己卻弄不清楚。

譯文

君子作戰雖用陣勢，但必以勇敢為根本。辦喪事雖講究禮儀，但必以哀痛為根本；做官雖然講學識，但必以德行為根本。所以紮根不牢固的，就不必談甚麼枝葉繁盛。周遭的人不能親近，就不必談甚麼招徠遠方之民。親戚不能使之歸附，就不必談甚麼廣結外人。做一件事情不能把握本末始終，不必談甚麼開展業務。舉出一件事自己尚且弄不明白，就不必談甚麼廣見博聞。

賞析與點評

此處從許多不同的現象歸納出共通的道理，戰爭、喪禮、學識都有各自的根本，既然有了根本，也就會有細枝末節和發展歷程；先做甚麼，後做甚麼，也因為本末的關係而有先後的不同。其中「近者不親，無務來遠。親戚不附，無務外交」，是探討墨家「兼愛」思想在實踐層次上的重要根據。

是故先王之治天下也，必察邇來遠，君子察邇而邇修者也[1]。見不修行[2]，見毀[3]，而反之身者也[4]，此以怨省而行修矣。譖慝之言[5]，無入之耳，批扞之聲[6]，無出之口，殺傷人之孩[7]，無存之心，雖有詆訐之民[8]，無所依矣。

注釋

1 察邇：察指省察，邇與「近」同。修：與「治」同。
2 見不修行：看見行為不檢點。
3 見毀：遭遇別人的詆譭。
4 反之身者也：自我反省與檢討。
5 譖慝（粵：浸剔；普 zèn tè）：邪惡毀謗。

6 批扞（粵：浸汗；普 hàn）：批評干擾。
7 孩：念頭。
8 詆訐（粵：竭；普 jié）：詆譭謾罵，揭人隱私。

譯文

所以先王治理天下，必定要明察左右而招徠遠人。君子能明察自己身邊的人，左右之人也就能修養自己的品行了。君子發現他人的品行不良而受人詆譭，那就應當自我反省檢討，因而埋怨減少而品德日修。讒害誹謗之言不入於耳，攻擊他人之語不出於口，傷害人的念頭不存於心，這樣，即使遇到好詆譭、攻擊的人，對方也無從施展了。

故君子力事日彊[1]，願欲日逾[2]，設壯日盛[3]。君子之道也，貧則見廉，富則見義，生則見愛，死則見哀。四行者不可虛假，反之身者也。藏於心者，無以竭愛。動於身者，無以竭恭。出於口者，無以竭馴[4]。暢之四支，接之肌膚，華髮墮顛[5]，而猶弗舍者[6]，其唯聖人乎！

注釋

1 力事日彊：彊與「強」同。努力工作，能力越發強大。

2 願欲日逾：逾，同「越」，進的意思。指志向遠大。

3 設壯：張之銳云：「與設備同。」畢沅云：「疑作飾莊。」修養之意，乃品性的表現。

4 竭馴：竭為缺乏。馴猶雅馴，乃善之意。

5 華髮隳顛：隳與「墮」同。白髮脫落而禿的樣子。

6 舍：同「捨」。

譯文

所以君子勤奮從事，力量會日益強大，志向、理想日益遠大，莊敬的品行也日益完善。君子之道表現在：貧窮時表現出廉潔，富足時表現出公義，對生者表現出慈愛，對死者表現出哀痛。這四種品行不能是虛情假意，而要發自內心。內心不缺乏仁愛之意，身體行動不缺乏恭敬的態度，口中的表達不缺乏合理之善言。各種品行暢達於四肢，交接於肌膚，直到白髮禿頂之時仍不捨棄，大概只有聖人能做得到吧！

賞析與點評

修身的原則在於由近及遠，反求諸己，心存善良的動機，無畏外在的壓力，不受貧賤富貴的影響而失去真誠之心，愛護百姓，真情以對，由內而外，持之以恆。這是墨子思想受儒家影響的部分。

志不彊者智不達，言不信者行不果。據財不能以分人者，不足與友。守道不篤，偏物不博[1]，辯是非不察者，不足與游。本不固者末必幾[2]，雄而不修者[3]，其後必惰，原濁者流不清，行不信者名必秏[4]。名不徒生而譽不自長，功成名遂，名譽不可虛假，反之身者也。務言而緩行，雖辯必不聽。多力而伐功[5]，雖勞必不圖[6]。慧者心辯而不繁說，多力而不伐功，此以名譽揚天下。言無務為多而務為智，無務為文而務為察。故彼智無察[7]，在身而情[8]，反其路者也[9]。善無主於心者不留，行莫辯於身者不立。名不可簡而成也，譽不可巧而立也，君子以身戴行者也[10]。思利尋焉[11]，忘名忽焉[12]，可以為士於天下者，未嘗有也。

注釋

1 徧物不博：徧，周遍。對於普遍事務不能博通其理。
2 幾：與「危」同。
3 雄：勇鋭之意。
4 秏：與「耗」同。敗之意。
5 伐功：誇張其功勞。
6 圖：謀取之意。
7 彼：畢沅云：「彼」應為「非」。
8 情：孫詒讓云：「情」應作「惰」，形近之誤。
9 路：當為「務」。
10 以身戴行：戴與「載」同。指言行合一。
11 尋：看重而搜尋。
12 忽：忽視。

譯文

意志不堅定的，智慧一定不高；説話不講信用的，行動一定不果敢。擁有財富而不肯分給別人的，是不能和他交朋友的。守道不堅定、閱歷不廣博、辨別是非不清楚的，不值得和他交遊。根本不牢固的，枝節必危險。勇敢卻不注重品行修養的，日後必定怠惰。水源混濁的河流，其水必不清澈，行為無信用的人，其名聲必破敗，名聲不會無故產生，聲譽也不會自己增長，功成了必然名就，名譽不可虛假，必須反求諸己。只會說而行動遲緩的人，雖然能說巧辯，但沒有人願意聽信他。出力多而自誇功勞的人，雖勞苦而不可取。有智慧的人心裏明白而不多說，努力做事而不誇耀自己的功勞，因此成為天下有名的人。說話不圖繁多而講求智慧，不圖文采而講求明白。所以若沒有智慧又不能明察，加上自身又懶惰，則必會背離正道。善行不從內心生出就不能保留，行為不由本身明辨就不能樹立，名望不會輕易獲得，聲譽更不能用投機取巧的方式得到，君子是言行合一的。以圖利為重，忽視立名，以為這樣可以成為天下賢士的人，還不曾有過。

賞析與點評

本篇讓我們看到墨家對於人的多方面觀察，包括身與心、意志與理性、言與行、本與末、名與實。必須注意這些相對的概念的相關性與一致性，不能只看重表面的虛榮，而應注重實質的根本。

同時，墨家也注意到事態的發展性，許多事情都受到之前的因素影響，所以若希望有好的結果，就必須在事態發展之初就好好下工夫，修身的重點就在於此了。

所染

本篇導讀——

本篇是用染絲為喻，白絲受到不同染料的浸染，顏色也會跟着改變，就好像天子、諸侯、士君子受到外在環境中的臣僚、部屬、朋友的影響，也會改變原本的個性，而有不同的行為，產生不同的後果。

此篇與〈親士〉、〈尚賢〉兩篇的思想相關，〈親士〉篇指出由賢士來擔任管理者，對於國家的發展興盛有正面價值，因此國君必須要親近賢士；〈尚賢〉篇則論及賢士的特質，以及國君要如何任用賢士。本篇則以對比的方式指出國君周遭的大臣有好有壞，如果受到好的影響則可以使國家興盛、事業發達，倘若受到壞的影響則造成國家衰敗、性命不保，因此，天子、諸侯、士君子必須謹慎地任用賢士、結交朋友。

子墨子言見染絲者而歎曰[1]：「染於蒼則蒼，染於黃則黃。所入者變，其色亦變。五入必[2]，而已則為五色矣。故染不可不慎也。」

注釋

1 言：孫詒讓認為是衍文，應刪。

2 五入必：五入與五次同，必即畢。

譯文

我們的老師墨子，他看見人染絲而感歎：「絲若染了青顏料就變成青色，染了黃顏料就變成黃色。放進不同的染料中，絲的顏色也跟着變化。經過五次之後，顏色也就變換了五次。所以染色這件事是不可不謹慎的。」

非獨染絲然也，國亦有染。舜染於許由、伯陽[1]，禹染於臯陶、伯益[2]，湯染於伊尹、仲虺[3]，武王染於太公、周公[4]。此四王者所染當，故王天下，立為天子，功名蔽天地[5]。舉天下之仁義顯人，必稱此四王者。

注釋

1 許由、伯陽：許由為唐堯時高士，堯曾聘之而不至。伯陽乃堯時賢人。

2 皋陶、伯益：皋陶為舜、禹屬下之能臣。伯益名大費，佐禹治水有功。

3 伊尹、仲虺：伊尹又名尹摯，是商湯重用的賢臣。仲虺是商湯的左相，《尚書》有〈仲虺之誥〉。

4 太公、周公：太公即姜太公，名尚，又稱呂望，是周武王的能臣。周公及周公姬旦，是周武王的弟弟，世稱賢德。

5 蔽：與「極」同。

譯文

不僅染絲如此，治國者也會有「染」。舜被許由、伯陽所染，禹被皋陶、伯益所染，湯被伊尹、仲虺所染，武王受姜太公、周公所染。這四位君王因為所染得當，所以能統一天下，立為天子，功名遠揚天下各方，凡是提起天下著名的仁義之人，必定要稱頌這四位帝王。

夏桀染於干辛、推哆[1]，殷紂染於崇侯、惡來[2]，厲王染於厲公長父、榮夷終[3]，幽王染於傅公夷、蔡公穀[4]。此四王者所染不當，故國殘身死，為天下僇[5]。舉天下不義辱人，必稱此四王者。

注釋

1 干辛、推哆：干辛為桀之諛臣。推哆，古書也作「雅侈」、「推侈」，是夏桀的力士。
2 崇侯、惡來：崇侯，為崇國侯爵，名虎，商紂王的佞臣。惡來，姓嬴，商紂王的力士。
3 厲公長父、榮夷終：厲公長父，一作虢公長父，虢，國名，厲為其謚，厲公長父是周厲王的佞臣。榮夷終，即榮夷公，《史記》：「厲王好利，近榮夷公。」
4 傅公夷、蔡公穀：傅公夷，無考，可能是當時的諛臣。蔡公穀依《呂氏春秋》當作祭公敦，為周卿士，「祭」為周畿內國。
5 僇：同「戮」。

譯文

夏桀被干辛、推哆所染，殷紂被崇侯、惡來所染，周厲王被厲公長父、榮夷公所染，周幽王被傅公夷、祭公敦所染。這四位君王因為受到周遭臣子的不當影響，結果身死國亡，貽羞天下。凡是提起天下不義可恥之人，必定要說到這四王。

齊桓染於管仲、鮑叔，晉文染於舅犯、高偃[1]，楚莊染於孫叔、沈尹[2]，吳闔閭染於伍員、文義[3]，越句踐染於范蠡、大夫種[4]。此五君者所染當，故霸諸侯，功名傳於後世。

注釋

1 舅犯、高偃：舅犯即狐偃，字子犯，晉文公之舅，故稱舅犯，曾隨文公流亡並輔佐他稱霸。高偃，即郭偃，是晉國大夫。

2 孫叔、沈尹：孫叔即孫叔敖，是楚國有名的賢相。沈尹，名蒸，一作莖，沈為封邑，尹為其官。

3 伍員、文義：伍員即伍子胥，本是楚人，逃到吳國，輔佐闔閭、夫差，是有名的忠臣。文義，《呂氏春秋》作「文之儀」，闔閭曾尊他為師。

4 范蠡、大夫種：范蠡是越王句踐的大臣，幫助越國轉敗為勝。大夫種，即文種，本是楚人，輔佐句踐轉弱為強。

譯文

齊桓公被管仲、鮑叔牙所染，晉文公被舅犯、高偃所染，楚莊王被孫叔敖、沈尹莖所染，吳王闔閭被伍子胥、文之儀所染，越王句踐被范蠡、文種所染。這五位君主因為所染得當，所以能成就霸業，名聲傳於後世。

范吉射染於長柳朔、王胜[1]，中行寅染於籍秦、高彊[2]，吳夫差染於王孫雒、太宰嚭[3]，智伯搖染於智國、張武[4]，中山尚染於魏義、偃長[5]，宋康染於唐鞅、佃不禮[6]。此六君者所染不當，故國家殘亡，身為刑戮，宗廟破滅，絕無後類，君臣離散，民人流亡，舉天下之貪暴苛擾者，必稱此六君也。凡君之所以安者，何也？以其行理也，行理性於染當[7]。故善為君者，勞於論人，而佚於治官。不能為君者，傷形費神，愁心勞意，然國逾危，身逾辱。此六君者，非不重其國、愛其身也，以不知要故也。不知要者，所染不當也。

注釋

1 范吉射：即范昭子，范獻子鞅的兒子，是春秋後期晉國范氏的首領。長柳朔、王胜：長柳朔，《左傳》及《呂氏春秋》作張柳朔。王胜，一作王生，與張柳朔皆為范吉射的家臣。

2 中行寅：即荀文子，晉大夫中行穆子的兒子，是春秋後期晉國中行氏的首領。籍秦、高彊：籍秦是晉大夫籍游之孫、籍談之子。高彊，本是齊人，逃到晉國做中行寅的家臣。

3 王孫雒、太宰嚭：王孫雒是吳國大臣。太宰嚭，本是楚國伯州犁的孫子，入吳國為太宰，吳敗越，他建議同越國講和，後來越國反擊，致使吳國滅亡。

4 智伯搖：「搖」一本作瑤，即智襄子，是春秋後期晉國智氏的首領，曾掌大權，後被韓、趙、魏三家所滅。智國、張武：智國即智伯國，智氏的族人。張武即長武子，智伯的家臣。

5 中山尚：戰國時代中山國的國君，孫詒讓以為其或即中山桓公。魏義、偃長：為中山尚的兩個臣子。

6 宋康：即宋康王，名偃，是宋國末代國君，後來被齊湣王所滅。唐鞅、佃不禮：唐鞅為宋康王相，唆使康王誅殺無辜，後來自己也被康王所殺。佃不禮，也作田不禮，宋康王的臣子。

7 性：畢沅認為應為「生」。

譯文

范吉射被長柳朔、王勝所染，中行寅被籍秦、高彊所染，吳王夫差被王孫雒、太宰嚭所染，智伯搖被智國、張武所染，中山尚被魏義、偃長所染，宋康王被唐鞅、佃不禮所染。這六位君主因為受到不當的影響，所以國破家亡，身受刑戮，宗廟毀滅，子孫滅絕，君臣離散，百姓逃亡。凡是提起天下貪暴苛刻的人，必定會提到這六位君主。大凡人君能夠安定，是甚麼原因呢？是因為他們行事合理。而行事合理源於所染得當。所以善於做國君的，選拔人才甚為費力，實際用人時反而閒逸。不善於做國君的，勞神傷身，用盡心思，然而國家卻更危險，自己反而更受屈辱。上述這六位國君，並非不重視他們的國家、不愛惜他們的身體，而是因為他們不知道治國要領的緣故。所謂不知道治國要領，就是受到不當的熏染、影響而不自知。

非獨國有染也，士亦有染。其友皆好仁義，淳謹畏令[1]，則家日益，身日安，名日榮，處官得其理矣，則段干木、禽子、傅說之徒是也[2]。其友皆好矜奮[3]，創作比周[4]，則家日損，身日危，名日辱，處官失其理矣，則子西、易牙、豎刀之徒是也[5]。《詩》曰：「必擇所堪[6]。」必謹所堪者，此之謂也。

注釋

1 淳謹畏令：淳厚謹慎，恪守法令。

2 段干木、禽子、傅說：段干木，複姓段干，名木，子夏的學生，品行高尚。禽子，禽滑釐，墨子的弟子。傅說，原為築牆之奴隸，有才能，被殷高宗武丁任命為相。

3 矜奮：指狂妄。矜，妄自尊大。

4 創作比周：創作，指胡作非為。比周，乃結黨營私之意。比是近，周為密。

5 子西、易牙、豎刀：子西，楚公子申，曾信用白公勝，後來白公勝叛亂，他反而被殺。易牙、豎刀（也做刁），二人皆齊桓公之倖臣。

6 堪：與「湛」同，染之意。

譯文

不僅國君受「染」的影響，士人也一樣。一個人所交的朋友都愛好仁義，都淳樸謹慎，恪守法令，那麼他的家道就日益興盛，身體日益平安，名聲日益光榮，居官治政也合於正道了，如段干木、禽子、傅說等人即屬這類朋友。一個人所交的朋友若都不安分守己，胡作非為結黨營私，那麼他的家道就日益衰落，身體日益危險，名聲日益低落，居官治政也不得其道，如子西、易牙、豎刀等人即屬此類朋友。《詩經》上說：「染東西時必須選好染料。」所謂謹慎選好染料，正是這個意思。

賞析與點評

整篇讀下來可以看到墨子用的是歸納法來說明「所染」的重要，天子方面，他在正反兩方分別列舉了四王；諸侯方面，正面案例舉了五君，負面案例舉了六君；士方面則在正反兩方各舉了三個例證。而所謂的正面評價就是仁義，反面則是不義；正面所染恰當的結果是他們王天下、霸諸侯、家益、身安、名榮、得理，反面所染不當則造成國殘身死、國危、身辱、家損、身危、名辱、失理。從上述的歸納、比較來看，墨家認為一個領導者或有影響力的人，千萬別忽視周遭環境、人物對他的影響，至於天子、諸侯更要親近任用仁義的賢者，才是治國的根本。

法儀

本篇導讀——

墨子主張世間一切行事，必定有個法則或標準，各種工匠必須藉規、矩、繩、懸等測量工具來完成他們的工作，治理天下的君主也必須要有所根據的法度、原則。一般人或許會以父母、師長、國君的行事為人作為模範，但是墨子認為這些人的仁德有限，並不足以為普遍的標準，只有「天」才足以作為治理天下的終極標準。為甚麼「天」可以作為最高的準則？「天」有哪些特性？「天」與「人」有甚麼關係？這是〈法儀〉篇所要強調的重點。〈法儀〉篇與〈天志〉篇有密切的關係，「法儀」或「天志」是墨子兼愛、非攻、尚同等思想的根據，因此是墨學理論的基礎。

子墨子曰：天下從事者，不可以無法儀[1]，無法儀而其事能成者無有也。雖至士之為將相者[2]，皆有法；雖至百工從事者，亦皆有法。百工為方以矩，為圓以規，直以繩，正以縣[3]。無巧工不巧工，皆以此五者為法[4]。巧者能中之，不巧者雖不能中，放依以從事[5]，猶逾己[6]。故百工從事，皆有法所度[7]。今大者治天下，其次治大國，而無法所度，此不若百工辯也[8]。

注釋

1 法儀：法度、儀表，衡量事物的標準。

2 至士：最優秀的人。

3 縣：同「懸」，即用線懸物，測定牆面是否垂直的儀器。

4 此五者為法：前述「為方以矩，為圓以規，直以繩，正以縣」只有四者，孫詒讓説據《考工記》應還有「平以水」。

5 放依以從事：放即「仿」。仿效依照上面五種方法來做。

6 逾己：勝過自己不用工具的能力。

7 度：衡量。

8 辯：即明辨、明顯之意。

譯文

我們的老師墨子說：所有辦事的人，不能沒有標準、法則；沒有法則而能把事情做好，是不可能的。即使最優秀的士人做了將相，他也必須遵從法則；即使從事於各種行業的工匠，也都有法度。工匠們用矩劃成方形，用圓規劃成圓形，用繩墨劃成直線，用懸錘定好偏正（，用水平器定好平面）。不論是巧匠還是一般工匠，都要以這五者作為法則。巧匠能準確符合這五者的標準，一般工匠雖達不到這樣的水準，但仿效依照這五種標準來做，還是要勝過自身本來的能力。所以工匠們製作物品時，都是遵行法則來度量。現在大的方面如治天下，其次如治大國，卻沒有標準、法則，這就不如工匠是十分顯而易見的。

賞析與點評

工匠能做出精美的器具，在於使用精準的測量工具，測量工具的功能在於操作的便利性與客觀的準確性，也就是任何人使用該法度，都要比不使用測量工具而憑自己主觀的技術要來得好，這也就是文中所謂：「巧者能中之，不巧者雖不能中，放依以從事，猶逾己。」這類比於治國，治國者也有巧者不巧者，有些人能力強，有些人能力弱，墨家認為，不論治理的人能力好壞，若能依照一種客觀、有效的統治規範，就能將國家治理好。

然則奚以為治法而可[1]？當皆法其父母奚若[2]？天下之為父母者眾，而仁者寡，若皆法其父母，此法不仁也。法不仁不可以為法，當皆法其學奚若[3]？天下之為學者眾，而仁者寡，若皆法其學，此法不仁也。法不仁不可以為法，當皆法其君奚若？天下之為君者眾，而仁者寡，若皆法其君，此法不仁也。法不仁不可以為法。故父母、學、君三者，莫可以為治法。

注釋

1 治法：治理國家的方法或法則。
2 奚若：即口語的「怎麼樣」。
3 學：所學習的人，即老師。

譯文

那麼，用甚麼作為治理國家的標準、法則才行呢？以自己的父母為法則，何如？天下做父母的人很多，但真正仁愛的卻很少。倘若人人都以自己的父母為法則，這實為效法不仁。效法不仁，這當然是不可以的。以自己從學的師長為法，何如？天下做師長的人很多，但真正仁愛的卻很少。倘若人人都以自己的師長為法則，這實為效法不仁。效法不仁，這當然是不可以的。以自己的國君為法則，何如？天下做國君的人很多，但真正仁愛的卻很少。倘若人人都以自己的國君為法則，這實為效法不仁。效法不仁，這當然是不可以的。所以父母、師長和國君三者，都不可以作為治理國家的標準。

然則奚以為治法而可？故曰莫若法天。天之行廣而無私，其施厚而不德[1]，其明久而不衰，故聖王法之。既以天為法，動作有為必度於天[2]，天之所欲則為之，天所不欲則止。然而天何欲何惡者也？天必欲人之相愛相利，而不欲人之相惡相賊也。奚以知天之欲人之相愛相利，而不欲人之相惡相賊也？以其兼而愛之，兼而利之也。奚以知天兼而愛之，兼而利之也？以其兼而有之，兼而食之也。

注釋

1 不德：不自以為有德。

2 動作有為：所有活動作為。

譯文

那麼用甚麼作為治理國家的法則、標準才行呢？最好是以天為標準、法則。天的運行廣大而無私，祂施恩深厚而不居功，祂的光明久照而不衰，所以聖王以祂為法則。既然以天為法則，行事作為就必須以天為標準。天所希望的就去做，天不希望的就應禁止。那麼天希望甚麼不希望甚麼呢？天必然希望人們相愛相利，而不希望人們相互厭惡、彼此殘害。如何知道天希望人們相愛相利，而不希望人們相互厭惡和殘害呢？因為天是普遍愛所有人和利所有人的。怎麼知道天是普遍愛所有人和利所有人呢？因為人類都屬於天所有，天普遍養育所有的人。

賞析與點評

墨家認為客觀的管理法度、標準，必須是至仁者，父母、老師、君王都達不到這個標準，只有天的大愛具有普遍性、客觀性、恆久性，才足以作為所有統治者的法度與標準。

今天下無大小國，皆天之邑也。人無幼長貴賤，皆天之臣也。此以莫不犓

羊[1]、豢犬豬[2]，絜為酒醴粢盛[3]，以敬事天，此不為兼而有之，兼而食之邪？天苟兼而有食之，夫奚說以不欲人之相愛相利也！故曰愛人利人者，天必福之；惡人賊人者，天必禍之。曰殺不辜者，得不祥焉。夫奚說人為其相殺而天與禍乎？是以知天欲人相愛相利，而不欲人相惡相賊也。

注釋

1 犓羊：應為芻牛羊。芻是用草、莖餵牛羊。

2 豢：置圈以穀類餵養牲畜。

3 絜：同「潔」。醴：甜酒。粢：供祭祀用的稻餅。盛：放祭品的器皿。

譯文

現在天下不論大國小國，都是天的國家。人不論長幼貴賤，都是天的臣民。因此人無不餵牛羊、豢養豬狗，潔淨地準備好酒食黍稷米餅等祭品，以恭敬事天。這難道不是天擁有全人類並供給人類食物的明證嗎？天既然擁有全人類又供給人們食物，怎能說天不要人們相愛相利呢！所以說愛人利人的人，天必定賜給他福分；厭惡和殘害別人的人，天必定降禍給他。所以說殺害無辜的人，會得到不祥的後果。為何說人若相互殘殺，天就降災禍給他呢？這是因為（我們）知道天希望人們相愛相利，而不希望人們相互厭惡和彼此殘害。

賞析與點評

人與天的關係是相當密切的，人的生存、發展都與「天」有着密切的聯繫，天普遍地愛所有的人，人也對天表達酬恩與感謝。天是慈愛的也是公義的，因此對於那些殘害無辜的人，天必定予以懲罰。

昔之聖王，禹、湯、文、武，兼愛天下之百姓，率以尊天事鬼，其利人多，故天福之，使立為天子，天下諸侯皆賓事之。暴王桀、紂、幽、厲，兼惡天下之百姓，率以詬天侮鬼[1]。其賊人多，故天禍之，使遂失其國家[2]，身死為僇於天下。後世子孫毀之[3]，至今不息。故為不善以得禍者，桀、紂、幽、厲是也；愛人利人以得福者，禹、湯、文、武是也。愛人利人以得福者有矣，惡人賊人以得禍者亦有矣！

注釋

1 詬：辱罵。

2 遂：同「墜」，殞落。

3 毀：詆譭。

譯文

從前的聖王夏禹、商湯、周文王、周武王，愛護全天下的百姓，帶領他們崇敬上天，侍奉鬼神。他們給人們帶來許多利益，所以天降福給他們，立他們為天子。天下的諸侯，都恭敬地服侍他們。暴虐的君王夏桀、商紂、周幽王、周厲王，厭惡全天下的百姓，帶領他們咒罵上天，侮辱鬼神。他們殘害的人很多，所以天降禍給他們，使他們喪失了國家，身死還要受辱於天下。後代子孫詛咒他們，至今不休。所以做壞事而得禍的，夏桀、商紂、周幽王、周厲王就是典型；愛人利人而得福的，夏禹、商湯、周文王、周武王則是典型。愛護人幫助人而得福報的有人如此，厭惡人殘害人而得災禍的，也是大有人在！

賞析與點評

除了用類比法來論述應然的道理之外，墨家也常用歷史上已經發生過的事實作為例證，古代的聖王、暴王的施政成敗與他們是否以「天」為法儀有決定性的關係，整篇讀下來我們可以看出，墨家在政治思想上已經有從人治向以客觀標準治理的方向轉變，雖然，這個客觀標準還有人格天的內涵，但是以「天」作為法儀，就已經隱含着未來朝向法治開展的可能性。以下我們也用一種標準化的方式來理解墨家的思想，這種方法就是將墨家的文章各段轉換成問答的形式，幫助我們了解墨家的理路為何。

1. 百工如何完成他們的工作？利用規、矩、繩、懸、水平等法度。
2. 辦成一件大事，如治天下、治大國，其重要條件是甚麼？治理的法儀或標準。
3. 有哪些人也許能夠作為法儀？父母、老師、國君、天。
4. 真正能作為法儀的是甚麼？天。
5. 「天」具有哪些特性？仁、普遍的愛、標準明確、恆久性，有所欲惡。
6. 「天」之所欲、所惡為何？欲人相愛相利、不欲人相惡、相賊。
7. 「天」與人的關係如何？兼而愛之、有之、食之，人乃天之臣民。
8. 各國與「天」的關係是甚麼？皆天之都邑。
9. 為「天」所欲該如何做？其結果如何？兼愛天下百姓，尊天事鬼。結果是被立為天子，如禹、湯、文、武等聖王。

10. 為「天」所惡的作為與結果如何？兼惡天下百姓，詬天侮鬼，天禍之。下場將如桀、紂、幽、厲等暴王。

卷二

尚賢上

本篇導讀——

墨家的尚賢思想是為了更好的治理國家，因為在古代，貴族不能任用賢能的人擔任官職，會導致社會秩序紊亂，所以墨子主張必須任用有能力的賢者來擔任管理者。在這一篇當中，墨子首先說明了賢人的內涵。怎樣才算是賢能的人呢？墨子認為必須要具備深厚的德性，有很好的溝通表達能力，此外還必須擁有豐富的知識。

「尚賢」就是要崇尚那些賢能的人，給予他們高官厚祿，並賦予他們任事的責任和決斷事務的權力。國家的各級管理階層都是賢能的人，就能使國家富有、人民眾多、治安良好。

子墨子言曰：「今者王公大人為政於國家者，皆欲國家之富，人民之眾，刑

政之治[1]，然而不得富而得貧，不得眾而得寡，不得治而得亂，則是本失其所欲[2]，得其所惡，是其故何也？」子墨子言曰：「是在王公大人為政於國家者，不能以尚賢事能為政也。是故國有賢良之士眾，則國家之治厚[3]；賢良之士寡，則國家之治薄[4]。故大人之務，將在於眾賢而已[5]。」

注釋

1 刑政：泛指政治事務。
2 本失其所欲：應為「失其本所欲」。
3 厚：根基穩定。
4 薄：單薄脆弱。
5 眾：為動詞，乃增加之意。

譯文

我們的老師墨子說：「現在王公大人治理國家，都希望國家富強，人民眾多，刑政治理得好，然而實際情況卻是國家不得富強反而貧困，人口不得眾多反而減少，國家治理不好反而混亂，失去本來所希望的，而得到所厭惡的，這是甚麼原因呢？」我們的老師墨子說：「這是因為王公大人治理國家不能做到尊敬賢者，任用有能力的人。在一個國家中，如果賢良之士多，那麼國家會政績好而穩定；如果賢良之士少，那麼國家會政績差而脆弱。所以王公大人的當務之急，就是使賢人增多而已。」

曰：「然則眾賢之術將奈何哉？」子墨子言曰：「譬若欲眾其國之善射御之士者[1]，必將富之，貴之，敬之，譽之，然后國之善射御之士，將可得而眾也。況又有賢良之士：厚乎德行，辯乎言談，博乎道術者乎，此固國家之珍，而社稷之佐也[2]，亦必且富之，貴之，敬之，譽之，然后國之良士[3]，亦將可得而眾也。」

注釋

1 善射御之士：精於射箭、駕馬車技術的人。

2 社稷之佐：國家的輔佐者。

3 良士：善良而又有能力的人。

譯文

有人問：「那麼，使賢人增多的方法是甚麼呢？」我們的老師墨子說：「譬如要使一個國家善於射御之人增多，就必須使他們富裕，使他們顯貴，尊敬他們，讚譽他們，如此之後，國家善於射御的人就會增多了。何況還有賢良之士：他們德行敦厚，道德操守良好；言談辯給，溝通能力強；道術宏博，知識豐富。他們確實是國家的珍寶、社稷的良佐呀！也必須使他們富裕，使他們顯貴，尊敬他們，讚譽他們，如此之後，國中善良而又有能力的人也就會增多了。」

賞析與點評

墨家從為政的目的、達成目的的方法以及方法中的因果關係進行說明。治理國家的目的在於國富、民眾、刑治，而達成的方法在於由賢能的人來治理；至於使賢能的人眾多的方法則在於物質層面、心理層面、社會地位的提升。

是故古者聖王之為政也，言曰：「不義不富，不義不貴，不義不親，不義不

近。」是以國之富貴人聞之，皆退而謀曰：「始我所恃者，富貴也，今上舉義不辟貧賤[1]，然則我不可不為義。」親者聞之，亦退而謀曰：「始我所恃者，親也，今上舉義不辟疏，然則我不可不為義。」近者聞之，亦退而謀曰：「始我所恃者，近也，今上舉義不避遠，然則我不可不為義。」遠者聞之，亦退而謀曰：「我始以遠為無恃，今上舉義不辟遠，然則我不可不為義。」逮至遠鄙郊外之臣[2]、門庭庶子[3]，國中之眾、四鄙之萌人[4]，聞之皆競為義。是其故何也？曰：上之所以使下者，一物也；下之所以事上者，一術也。譬之富者有高牆深宮，牆立既[5]，謹上為鑿一門[6]，有盜人入，闔其自入而求之，盜其無自出。是其故何也？則上得要也[7]。

注釋

1 辟：與「避」同。

2 遠鄙郊外：鄙，邊邑。郊外，據《爾雅》，城都之外稱郊。郊之範圍，據郝懿行注，謂王畿千里，則範圍在百里之內；王畿百里則範圍在十里之內。郊外，謂遠在國都之外。

3 門庭庶子：古代公族和卿大夫的兒子，宿衞宮中的叫士庶子。宿衞位置皆在內外朝門庭之間，故稱為門庭庶子。

4 **四鄙之萌人**：四鄙，指國家四邊疆界之內。萌，指農民，與「氓」同。

5 **牆立既**：應為「牆既立」之誤倒。

6 **謹上**：應作「僅止」。《墨子・辭過》篇有：「謹此則止。」謹與「僅」通，意指在牆間僅開一門，不敢多為門戶。

7 **要**：要領、扼要。

譯文

所以古時聖王為政，說道：「不義的人不使他富裕，不義的人不使他顯貴，不義的人不與之相親，不義的人不與之接近。」所以國家中富貴的人聽到了，都退下來思考：「當初我所依仗的是富貴，現在上面舉義而不避貧賤，那我不可不為義。」原本親近君王的人聽到了，也退下思考：「當初我所倚仗的是與君王有親近關係，現在上面舉義而不避疏遠，那我不可不為義。」其他關係相近的人聽到了，也退下思考：「當初我所倚仗的是與君王關係接近，現在上面舉義而不避遠人，那我不可不為義。」關係疏遠的人聽見了，也退下思考：「當初我以為與君王太疏遠而無所倚仗，現在上面舉義而不避遠，那我不可不為義。」從邊鄙郊外的臣僚到宮廷宿衛人員，國都的民眾、四野的農民，聽到都爭先為義，這是甚麼原因呢？這是因為君上用來支使臣下的是一件事，臣下用來侍奉君上的也是同一條道術。這好比富人有高牆深宮，牆已經立好了，僅在上面開一個門，有強盜進來了，關掉他進入的那扇門來捉拿，強盜就無路可逃了。這是甚麼原故呢？這就是在上位的管理者得到了要領。

賞析與點評

此處進一步指出使賢能者增多的背後有着更深一層的價值觀，其標準在於「義」，這也是檢驗賢良之士的唯一標準。賢者之「義」在墨經中的定義是：能立志為天下人謀福利，並且切身去實踐此一目標。聖王施政，必須要形成一種追求踐行「義」的風氣，使所有臣民都受此風氣的影響，如此社會上的賢良之士自然就會增多。

故古者聖王之為政，列德而尚賢[1]，雖在農與工肆之人[2]，有能則舉之，高予之爵，重予之祿，任之以事，斷予之令[3]，曰：「爵位不高則民弗敬，蓄祿不厚

則民不信，政令不斷則民不畏。」舉三者授之賢者，非為賢賜也[4]，欲其事之成。故當是時，以德就列，以官服事，以勞殿賞[5]，量功而分祿。故官無常貴，而民無終賤，有能則舉之，無能則下之，舉公義，辟私怨[6]，此若言之謂也。故古者堯舉舜於服澤之陽[7]，授之政，天下平；禹舉益於陰方之中[8]，授之政，九州成；湯舉伊尹於庖廚之中，授之政，其謀得；文王舉閎夭、泰顛於罝罔之中[9]，授之政，西土服。故當是時，雖在於厚祿尊位之臣，莫不敬懼而施[10]，雖在農與工肆之人，莫不競勸而尚意[11]。

注釋

1 列德：以德行高下論居官位次。
2 工肆之人：市場中的工匠。
3 斷予之令：斷，與「決」同。給予決斷事情的權力。
4 非為賢賜：不僅因為他的賢良而賞賜。賜，與「惠」同。
5 以勞殿賞：以功勞定獎賞。殿乃定之意。
6 辟私怨：避免私人的因素糾葛。
7 服澤之陽：服澤，古地名。陽為山的南面或水的北面。

8 益：即伯益，為舜典掌三禮之臣。陰方：古地名，未詳其所。

9 閎夭、泰顛：皆文王賢臣，一說泰顛即太公望。罝（粵：狙；普：jū）罔：罝，是捕兔子的工具；罔是羅鳥的工具。

10 施：與「惕」同。敬懼之意。

11 意：孫詒讓認為乃悳字之誤，悳，古「德」字。

譯文

所以古時聖王為政，任德尊賢，即使是從事農業或手工、經商的人，有能力的就舉用他，給他高的爵位，給他豐厚的俸祿，給他任務為民辦事，給他權力足以貫徹命令。否則，爵位不高，民眾對他就不會敬重；俸祿不豐厚，民眾對他就不信任；權力不大，民眾對他就不畏懼。拿這三種東西給予賢人，並不是對賢人予以無端的賞賜或恩惠，而是要他將事情辦成。所以在此時，根據德行高低來任命官位大小，根據官職授予權力，根據功勞定出獎賞，衡量各人的功勞而分予俸祿。所以做官的不會永遠富貴，而民眾不會永遠貧賤。有能力的就舉用他，沒有能力的就罷黜他。高舉公義，避免私怨，說的就是這個意思。所以古時堯把舜從服澤之陽拔舉出來，授予他政事，結果天下大治；禹將伯益從陰方之中拔舉出來，授予他政事，結果天下統一；湯把伊尹從庖廚之中拔舉出來，授予他政事，結果謀劃成功；文王把閎夭、泰顛從狩獵者中拔舉出來，授予政事，結果西土大服。在這些時候，即使是處在厚祿尊位的大臣，也沒有不敬懼而警惕的，即使是從事農業與手工業、經商的百姓，也沒有不爭相勉勵而崇尚道德的。

賞析與點評

擔任管理者的必須是賢良之士，但在現實中管理者未必能持續堅守正義的原則。因此在墨家的構想中，管理者之「位」是隨時可被其他賢能者所取代的，而取代者可以是社會中任何階層的賢能者，因為從天的觀點來看，每一個人都是平等的。另一方面，要使在位的賢良之士發揮有效的管理功能，則必須賦予他權力、財富與地位；如此一來，人人若想成為擁有權力、財富與地位的管理者，就必須努力成為有才德的賢良之士。墨家對於現實社會中的人性有冷靜觀察，認為必須將道德與實利相結合才能形成向善的社會風氣；不過，墨家所謂「義，利也」的觀點，主要還是為了達成大眾的公利。

故士者所以為輔相承嗣也[1]。故得士則謀不困，體不勞，名立而功成，美章而惡不生[2]，則由得士也。」是故子墨子言曰：「得意賢士不可不舉，不得意賢士不可不舉，尚欲祖述堯舜禹湯之道[3]，將不可以不尚賢。夫尚賢者，政之本也。」

注釋

1 輔相承嗣：輔弼君王，承接嗣位。

2 美章：章同「彰」，謂美好的行為得到彰顯。

3 尚：王尹之認為同「倘」，即倘若。

譯文

所以賢士是用來作為輔佐和接替工作的人選。因此，得到了士，謀劃就不會困乏，身體也不會勞苦，名立而功成，美好的政績更加彰著，惡事不會發生。這都是因為得到了賢士的輔佐。所以我們的老師墨子說道：「得意之時不可不舉用賢士，不得意之時也不可不舉用賢士。如果想繼承堯舜禹湯的大道，就不可不尚賢。尚賢是為政的根本所在。」

墨子最後強調作為最高的統治者，不要受自己情緒好惡的影響，必須始終任用賢良之士，因為這是為政的根本。

〈尚賢〉和〈尚同〉篇有密切的關係。因為墨子認為，在金字塔型的管理階層中，在下位的必須要認同在上位的理念，而最上位的天子則必須要認同「天」作為價值根源。在這樣的政治架構中，賢能的人擔任管理者或統治者，才能夠實現墨子「興天下之利，除天下之害」的理想。並且，墨子主張，一般的百姓如果有能力也能夠擔任管理者，因此他說：「官無常貴，民無終賤，有能則舉之，無能則下之。」這種思想在當時是很特別的，認為社會上的階級是可以因德行、能力而有所調整，同時，它也打破以往由貴族來擔任管理者或因為血緣關係而獲得統治權力的看法。這種思想即使在今日也都有其價值。

以下我們以問答的形式來回顧一下〈尚賢上〉的思路：

1. 王公大人為政於國家的目的為何？皆欲國家之富，人民之眾，刑政之治。
2. 為何上述目標無法達成？不能以尚賢事能為政也。
3. 執政大人的要務為何？眾賢。
4. 「眾賢」的方法為何？必將富之，貴之，敬之，譽之。
5. 何謂「賢良之士」？厚乎德行，辯乎言談，博乎道術者。

6. 古者聖王之為政的原則為何？不義不富，不義不貴，不義不親，不義不近，且以「義」為獲得富、貴、親、近的唯一門道。

7. 此一原則有何效用？使各種關係、各階層的人競相為義。

8. 舉用賢者的原則為何？列德而尚賢，雖在農與工肆之人，有能則舉之。

9. 如何使賢者發揮管理功能？高予之爵，重予之祿，任之以事，斷予之令。

10. 在位之人若不能善盡職守、發揮功能，將如何？官無常貴，而民無終賤，有能則舉之，無能則下之。

11. 上述管理原則可有根據？禹舉益於陰方之中，授之政，九州成；湯舉伊尹於庖廚之中，授之政，其謀得；文王舉閎夭、泰顛於罝罔之中，授之政，西土服。

12. 「尚賢」何以是為政之本？得意賢士不可不舉，不得意賢士不可不舉，尚欲祖述堯舜禹湯之道，將不可以不尚賢。

卷三

尚同下

本篇導讀——

〈尚同〉的目標，就是要達成國家統一，因為墨子主張兼愛，希望國與國、人與人都「兼相愛，交相利」。在兼愛的原則下，要把別人的國家當成自己的國家一樣。因此他主張非攻，就是要避免發生侵略性的戰爭，以免殘害別國的百姓。因此，他的政治理想，是希望能夠有一個統一的國家，而且國家的成員都依循「天志」，而有共同的正義目標。

墨子認為，國家會亂的重要原因之一，就在於每一個人對世事都有不同的意見，不同的社會階層有不同的想法，而且往往都自以為是，而缺乏客觀正確的標準，因此，必須要以「尚同」的方式來統一國家。墨子將當時國家的不同階層依序劃分為天子、三公、諸侯、宰相、將軍、大夫、各級政長等，在上位者所肯定的理念、政策，在下位的也必須要肯定、遵從；在上位的所反對的事情，在下位者也必須要反對。但是，層層向上認同的最高指導原則必須要認同於

「天」，唯有天子及在上位者認同於「天」，才是在下位者必須認同於上的根據和基礎。

子墨子言曰：「知者之事，必計國家百姓所以治者而為之，必計國家百姓之所以亂者而辟之[1]。然計國家百姓之所以治者何也？上之為政，得下之情則治，不得下之情則亂。何以知其然也？上之為政，得下之情，則是明於民之善非也[2]。若苟明於民之善非也，則得善人而賞之，得暴人而罰之也。善人賞而暴人罰，則國必治。上之為政也，不得下之情，則是不明於民之善非也。若苟不明於民之善非，則是不得善人而賞之，不得暴人而罰之。善人不賞而暴人不罰，為政若此，國眾必亂[3]。故賞不得下之情[4]，而不可不察者也。」

注釋

1 辟：同「避」。
2 善非：善與惡。
3 國眾：國家與民眾。
4 賞：下脱一「罰」字。

譯文

我們的老師墨子說道：「智者行事，必須考慮國家百姓之所以治理的原因而後行事，也必須考慮國家百姓之所以混亂的根源而事先迴避。然而考慮國家百姓得以治理的原因是甚麼呢？居上位的人施政，能得到下面的實情則安定，不能得到下面的實情則混亂。怎麼知道是如此呢？居上位的施政，得到了下面的實情，這就明了百姓的善惡。清楚百姓的善惡，那麼得到善人就獎賞他，得到壞人就懲罰他。善人受賞而壞人受罰，國家必然安定。如果居上位的施政，不能得知下面的實情，就是對百姓的善惡不清楚。不了解百姓的善惡，就不能得到善人而賞賜他，不能發現壞人而懲罰他。善人得不到賞賜而壞人得不到懲罰，像這樣施政，國家、民眾就必定混亂。所以賞（罰）若得不到下面的實情，是不可不加以考察的。」

賞析與點評

國家能夠治理得好，有兩個條件：一是在上位的執政者能夠得下之情，二是依照所得的下情來賞善罰暴。所謂「下之情」就是在下位的人善與不善，而善與不善的分野就涉及一價值判準。

然計得下之情將奈何可？故子墨子曰：「唯能以尚同一義為政，然後可矣。何以知尚同一義之可而為政於天下也？然胡不審稽古之治為政之說乎[1]？古者，天之始生民，未有正長也，百姓為人[2]。若苟百姓為人，是一人一義，十人十義，百人百義，千人千義，逮至人之眾不可勝計也，則其所謂義者，亦不可勝計。此皆是其義，而非人之義，是以厚者有鬭，而薄者有爭。是故天下之欲同一天下之義也[3]，是故選擇賢者，立為天子。天子以其知力為未足獨治天下[4]，是以選擇其次立為三公。三公又以其知力為未足獨左右天子也，是以分國建諸侯。諸侯又以其知力為未足獨治其四境之內也，是以選擇其次立為卿之宰。卿之宰又以其知力為未足獨左右其君也，是以選擇其次立而為鄉長、家君。是故古者天子之立三公、諸侯、卿之宰、鄉長、家君，非特富貴游佚而擇之也[5]，將使助治亂刑政也。故古者建國設都，乃立后王君公，奉以卿士師長，此非欲用說也[6]，唯辯而使助治天明也[7]。」

注釋

1 審稽：審查。治為政之說乎：治，「始」字的誤寫，依俞樾校改。古代開始施政時的說法。

2 百姓為人：百姓處事各執己見，自認有理。

3 天下：孫詒讓指此二字疑當作「天」。

4 知力：即智力。

5 游佚：遊樂安逸。

6 說：同「悦」。

7 辯：分別授官。助治天明：協助治理使天下清明。

譯文

然而想獲知下情，應該怎樣才行呢？所以我們的老師墨子說：「只有能用尚同統一價值標準的施政，才可以做到。怎麼知道由上而下的統一價值標準，就可以在天下施政呢？何不審察一下古代施政時的情況呢？古時上天開始生育下民，還沒有行政長官的時候，百姓各自為主自認有理。如果百姓人人各自為主，這就一人有一個道理，十人有十個道理，百人有百個道理，千人有千個道理。及至人數多得不可勝數，那麼他們各自主張的道理也就多得不可勝數。這樣人人都認為自己的道理正確，別人的道理不正確，因而嚴重的發生鬥毆，輕微的發生爭吵。於是上天希望使天下人對於事理有一致的看法，就選擇賢人立為天子。天子發現他的智慧能力不足以單獨治理天下，所以選擇其他的賢人立為三公。三公又認為自己的智慧能力不足以獨自輔佐天子，所以分封諸侯；諸侯又認為自己的智慧能力不足以獨自治理國家，因此又選擇其他的賢人，立為卿與宰；卿、宰又認為自己的智慧能力不足以單獨輔佐他的君主，因此選擇其他的賢人，立為鄉長、家君。所以古時天子設立三公、諸侯、卿、宰、鄉長、家君，不是為了讓他們富貴遊樂而選擇他們，而是為了使他們協助自己治理刑政。所以古時建國立都，就設立了帝王國君，又輔佐以卿士師長，這不是想用來取悅自己喜歡的人，乃是分授職責，使他們協助治理，使天下政治清明。」

賞析與點評

從此段可以看出尚同與選立賢者的關係，因為賢者有共同的價值標準，各階層的管理者由賢者擔任，可以收到令社會上價值觀一致的效果。此外，賢者是由上一級的政長選出，而最高的天子則是由「天」選出。

今此何為人上而不能治其下，為人下而不能事其上，則是上下相賊也，何故以然？則義不同也。若苟義不同者有黨，上以若人為善[1]，將賞之，若人唯使得上之賞[2]，而辟百姓之毀；是以為善者，必未可使勸[3]，見有賞也。上以若人為暴，將罰之，若人唯使得上之罰，而懷百姓之譽；是以為暴者，必未可使沮[4]，見有罰也。故計上之賞譽，不足以勸善，計其毀罰，不足以沮暴。此何故以然？則義不同也。」

注釋

1 若人：某人。
2 唯：與「雖」同。
3 勸：勸導為善。
4 沮：阻止作惡。

譯文

現在為甚麼居上位的人不能管治他的下屬，居下位的人不能事奉他的上級？這就是上下相互殘害了。為甚麼會這樣？就是各人對於事理的看法不同。假若對事理看法不一的人結黨偏私，上面認為某人為善，將賞賜他，此人雖然得到了上面的賞賜，卻還要逃避百姓的非議；因此，所謂善的人得到獎賞這件事，就不能發揮勸導人為善的作用。上面認為某人行為暴戾，將懲罰他，此人雖得到了在上者的懲罰，卻擁有百姓的讚譽；因此，所謂行暴得罰這件事，也就產生不了嚇阻作惡的作用。所以，上面的賞賜讚譽，不足以勉勵向善；上面的非毀懲罰，也不足以阻止暴行。為甚麼會如此呢？就在於各人對事理的看法不同。

賞析與點評

在上位的執政者賞賢罰暴要想收到好的效果，必須得到人民的認同，而人民能否認同的根據，又在於管理者和被管理者是否具有同樣的評價標準，於是從中又可見尚同的重要。

然則欲同一天下之義，將奈何可？故子墨子言曰：「然胡不賞使家君試用家君[1]，發憲布令其家，曰：『若見愛利家者，必以告；若見惡賊家者，亦必以告。若見愛利家以告，亦猶愛利家者也，上得且賞之，眾聞則譽之。若見惡賊家不以告，亦猶惡賊家者也，上得且罰之，眾聞則非之。』是以偏若家之人[2]，皆欲得其長上之賞譽，辟其毀罰。是以善言之，不善言之，家君得善人而賞之，得暴人而罰之。善人之賞，而暴人之罰，則家必治矣。然計若家之所以治者，何也？唯以尚同一義為政故也。」

注釋

1 賞使家君：王念孫認為「賞」應作「嘗」，「使家君」三字衍，應刪。

2 若：「其」的意思。

譯文

既然如此，想統一天下各人的道理，要怎麼做呢？所以墨子說道：「為何不嘗試使家君對他的下屬發佈政令說：『你們見到愛護和有利於家族的，必須向上報告，你們見到憎恨和危害家族的，也必須向上報告。你們見到愛護和有利於家族的向上報告，也就和愛護、有利於家族的人一樣，上面得知了必將賞賜他，大家聽到了也將讚譽他。你們若發現了憎惡家族的人卻不向上報告，也就和憎惡家族的人一樣了，上面得知了將懲罰他，大家聽到了也會非議他。』以此遍告其全家人，令大家都希望得到長輩、上司的賞賜、讚譽，而避免非議、懲罰。所以，見了好事來報告，見了不好的事也來報告。家君得到善人而賞賜他，得知暴人而懲罰他。善人得賞而暴人得罰，那麼這個家族就會治理得好。然而總結這一家治理得好的原因是甚麼呢？只是以尚同的道理來為政啊。」

賞析與點評

所謂尚同一義的實質內容，就是愛利家、國、天下者，而得下之情的方法是下級將所觀察到的人事情況向上報告，但人們又為何願意向上報告他人之善惡？因為有告者視同愛利家者而得賞，不以告者視同惡賊家者而得罰。基本上墨家將人的行為歸諸欲賞惡罰，現實中，人們的確有此傾向，但是僅僅止於此，易讓人認為墨家的價值理論只是停留在個人外在利益的考量上，而缺乏內在應然的價值自覺。

家既已治，國之道盡此已邪[1]？則未也。國之為家數也甚多，此皆是其家，而非人之家，是以厚者有亂，而薄者有爭。故又使家君總其家之義，以尚同於國君。

國君亦為發憲布令於國之眾，曰：「若見愛利國者，必以告，若見惡賊國者，亦必以告。若見愛利國以告者，亦猶愛利國者也，上得且賞之，眾聞則譽之；若見惡賊國不以告者，亦猶惡賊國者也，上得且罰之，眾聞則非之。」是以偏若國之人，皆欲得其長上之賞譽，避其毀罰。是以民見善者言之，見不善者言之，國君得善人而賞之，得暴人而罰之。善人賞而暴人罰，則國必治矣。然計若國之所以治者，何也？唯能以尚同一義為政故也。

注釋

1 邪：同「耶」，疑問詞。

譯文

家已經治好了，治國的辦法就都完備了嗎？那還沒有。一國之中的家族很多，他們都認為自己的家對而別人的家不對，所以嚴重的就會發生動亂，輕微的就發生爭執。所以又使家君總結其家族的道理，用以上同於國君。國君也對國中民眾發佈政令說：「你們看到愛護和有利於國家的必須向上報告，你們看到憎惡和殘害國家的也必須向上報告。你們看到愛護和有利於國家的向上報告，也就和愛護、有利於國家的人一樣。上面得悉了將予以賞賜，大家聽到了，也將予以讚譽。你們看到了憎惡和殘害國家的不向上報告，那就像憎惡和殘害國家的人一樣。上面得悉了將予以懲罰，大家聽到了，也將予以非議。」以此遍告這一國的人。人們都希望得到長輩、上司的賞賜和讚譽，避免其非議與懲罰，所以人民見到好的來報告，見到不好的也來報告。國君得到善人予以賞賜，得知暴人而予以懲罰。善人得賞而暴人得罰，國家必然治理得好。然而總結這一國治理好的原因是甚麼呢？只是以尚同的道理來為政啊。

國既已治矣，天下之道盡此已邪？則未也。天下之為國數也甚多，此皆是其國，而非人之國，是以厚者有戰，而薄者有爭。故又使國君選其國之義[1]，以尚同於天子。天子亦為發憲布令於天下之眾，曰：「若見愛利天下者，必以告，若見惡賊天下者，亦以告。若見愛利天下以告者，亦猶愛利天下者也，上得則賞之，眾聞則譽之。若見惡賊天下不以告者，亦猶惡賊天下者也，上得且罰之，眾聞則非之。」是以徧天下之人，皆欲得其長上之賞譽，避其毀罰，是以見善不善者告之。天子得善人而賞之，得暴人而罰之，善人賞而暴人罰，天下必治矣。然計天下之

所以治者，何也？唯而以尚同一義為政故也[2]。

注釋

1 選：與「總」及「齊」的意思相同。

2 而：與「能」同。

譯文

國家已經治理好了，治理天下的辦法就已經完備了嗎？那還沒有。天下有許多國家，這些國家都認為自己的國家對而別人的國家不對，所以嚴重的就發生動亂，輕微的就發生爭執。因此又使國君統一他們國家的價值標準，來上同於天子。天子也對天下民眾發佈政令說：「你們看到愛護和有利於天下的必須向上報告，你們看到憎惡和殘害天下的也必須向上報告。你們看到愛護和有利於天下的來報告，就和愛護和有利於天下的人一樣，上面得悉了將予以賞賜，大家聽到了將予以讚譽。你們看到憎惡和殘害天下的而不向上報告，也將同憎惡和殘害天下的人一樣，上面得悉了將予以懲罰，大家聽到了將予以非議。」以此遍告天下的人。人們都希望得到長輩、上司的賞賜、讚譽，避免其非議、懲罰，所以看到好的事來報告，看到不好的事也來報告。天子得到善人予以賞賜，得到暴人而予以懲罰，天下必定可治理好。然而總結天下治理好的原因是甚麼呢？只是能以尚同的道理來為政啊。

天下既已治，天子又總天下之義，以尚同於天。故當尚同之為說也，尚用之天子，可以治天下矣；中用之諸侯，可而治其國矣；小用之家君，可用而治其家矣[1]。是故大用之，治天下不窕[2]；小用之，治一國一家而不橫者[3]，若道之謂也。

注釋

1 而：與「以」同。

2 不窕：不空缺的意思。

3 橫：阻塞。

譯文

天下已經治理好了，天子又總結天下的道理，用來上同於天。所以尚同作為一種主張，上可用之於天子，足以治理天下；中可用之於諸侯，足以治理他的國家；下可用之於家長，足以治理他的家族。所以大用之治理天下不會不足，小用之治理一國一家而不會橫阻，說的就是這尚同的道理。

故曰：治天下之國若治一家，使天下之民若使一夫。意獨子墨子有此，而先王無此其有邪？則亦然也。聖王皆以尚同為政，故天下治。何以知其然也？於先王之書也，《大誓》之言然，曰：「小人見姦巧，乃聞不言也，發罪鈞[1]。」此言見淫辟不以告者[2]，其罪亦猶淫辟者也。

注釋

1 發罪鈞：其罪相同。鈞與「均」同。

2 辟：與「僻」同。

譯文

所以說：治理天下之國，就如同治理一家，使用天下之民就如同使用一人。難道只有我們的老師墨子有這種主張，而先王沒有嗎？其實先王也是一樣的。聖王都用尚同的原則治理，所以天下治理得好。這又從何而知呢？先王之書《大誓》這樣說過：「人民若看到奸巧之事，知而不言的，他的罪行與奸巧者均等。」這說的就是看到淫僻之事不向上報告的，他的罪行也和淫僻的人一樣。

賞析與點評

尚同的道理在家、國、天下各層面是一樣的，墨家不厭其煩地一個層級一個層級說明，表明他們希望所確立的思想與方法是普遍有效的，就像法儀一樣具有普遍性，不僅在墨子之前的古代適用，在墨子的時代也適用。

故古之聖王治天下也，其所差論[1]，以自左右羽翼者皆良，外為之人[2]，助之視聽者眾。故與人謀事，先人得之；與人舉事，先人成之；光譽令聞[3]，先人發之，唯信身而從事[4]，故利若此。古者有語焉，曰：「一目之視也，不若二目之視也；一耳之聽也，不若二耳之聽也；一手之操也，不若二手之彊也。」夫唯能信身而

從事，故利若此。是故古之聖王之治天下也，千里之外有賢人焉，其鄉里之人皆未之均聞見也，聖王得而賞之。千里之內有暴人焉，其鄉里未之均聞見也，聖王得而罰之。故唯毋[5]以聖王為聰耳明目與[6]？豈能一視而通見千里之外哉！一聽而通聞千里之外哉！聖王不往而視也，不就而聽也。然而使天下之為寇亂盜賊者，周流天下無所重足者[7]，何也？其以尚同為政善也。

注釋

1 差論：選派。
2 外為之人：相對於左右羽翼，是在外圍工作的人員。
3 光譽令聞：廣譽善聞，指有好名聲的人。
4 信身而從事：做事講信用，已獲得大家的信任。
5 唯毋：發聲詞。
6 與：即「歟」，疑問詞。
7 重足：立足。

譯文

所以古代的聖王治理天下，他選擇的輔佐之人，都是賢良者。在外圍做事的人，幫助他觀察和打聽的人也很多。所以和大家一起謀劃事情，要比別人先考慮周到；和大家一起辦事，要比別人先成功，他的榮譽和美好的名聲要比別人先傳揚出去。唯其以誠信從事，所以有這樣多的利益。古時有這樣的話，說：「一隻眼睛所看到的，不如兩隻眼睛所看到的；一隻耳朵聽到的，不如兩隻耳朵聽到的；一隻手操作，不如兩隻手強。」惟其以誠信從事，所以有這樣多的利益。所以古代聖王治理天下，千里之外的地方有了賢人，其鄉里的人還未全都聽到或見到，聖王已經得悉而予以賞賜了。千里之外的地方有一個暴戾之人，其鄉里的人還未全部聽到或見到，聖王已經得悉而予以懲罰了。所以（大家）會以為聖王是耳聰目明吧？難道張眼一望就能達到千里之外嗎？側耳一聽就能達到千里之外嗎？聖王不會親自前去查看，也不會靠近去聽。然而使天下從事寇亂盜賊的人走遍天下無處立足的原因，是甚麼呢？那就是以尚同治理天下的好處啊。

是故子墨子曰：「凡使民尚同者，愛民不疾[1]，民無可使，曰必疾愛而使之，

致信而持之，富貴以道其前[2]，明罰以率其後。為政若此，唯欲毋與我同[3]，將不可得也。」

注釋

1 疾：與「力」同。

2 道：引導。

3 唯欲毋與我同：唯即「雖」，雖使之不與我同。

譯文

所以我們老師墨子說：「凡是使百姓尚同的，如果愛民不力，就不能使百姓服從驅使。也就是說，必須切實愛民才能用民，並保持誠信而管理他們。用富貴引導於前，用嚴明的懲罰督率於後。若這樣施政，即使要人民不與我一致，也是不可能的。」

是以子墨子曰：「今天下王公大人士君子，中情將欲為仁義[1]，求為上士，上欲中聖王之道，下欲中國家百姓之利，故當尚同之說，而不可不察尚同為政之本，而治要也。」

注釋

1 情：與「誠」通。

譯文

所以我們老師墨子說：「現在天下的王公大人、士君子們，如果心中真誠想行仁義，追求成為高尚之士，上要符合聖王之道，下要符合國家百姓的利益，因此對尚同這一主張，不可不予以審察，尚同是施政的根本和治理的要領啊。」

賞析與點評

尚同之所「同」就在於被管理者要愛利家、國、天下，而就管理者而言，則強調要愛護百姓，為國家百姓謀求利益。如果在上位者的思想偏邪、不同於「天志」而有過犯時，在下位者可以規勸他改正。《墨經》中也曾經提到，「勉強國君去做對國家有利的事才叫忠」，在墨家看來，忠於國家並不是樣樣都要服從國君才是「忠」。因此，「尚同」的根本精神是認同於天；而天，又是要人從事公義的、兼愛的活動，如此「尚同」才能夠達成墨子「興天下之利，除天下之害」的理想。「尚同」的理想，奠基在「天志」與「尚賢」的思想上，因為只有在每一個階層的管理者都是賢能者，且認同於「天」的前提之下，墨子尚同的理想才能夠達成。

以下我們以問答的形式來回顧一下〈尚同下〉的思路，由於問題的層次比較複雜，因此在問答形式上也分為主要問題與相關問題，兩層呈現：

1. 知者之事為何？計治而為，計亂而避。
1.1 國家百姓如何得治？上得下之情；明民善非；賞善罰暴。
1.2 國家百姓何以致亂？上不得下之情；不明民善非；善人不賞，暴人不罰。
2. 上如何得下之情？尚同一義以為政。
2.1 何以「尚同一義」可為政於天下？審稽古之治。
2.2 古之治如何？天始生民，眾人異議。
2.3 如何使眾人異議的情況改善？天選賢者立為天子；天子選立三公；三公分國建諸侯；諸侯立卿宰；卿宰立鄉長家君以助治亂刑政。
3. 上下相賊之亂何以致？上下不同義。
3.1 上下不同義會如何？義不同者有黨，上賞下毀，上罰下譽，不足以勸善沮暴。

4. 如何一同天下之義？家君一同一家之義，國君一同一國之義，天子一同天下之義。

4.1 家君如何一同一家之義？使愛利家者與見而必上告者皆受賞，且上賞眾譽；使惡賊家者與見而不上告者皆受罰，且上罰眾非。

4.2 家何以必治？家君賞善罰暴；一家之人皆欲得其賞譽，避其毀罰。

5. 國君如何一同一國之義？使國中各家尚同國君。

5.1 若各家不同義如何？厚者有亂，薄者有爭。

5.2 如何使各家尚同國君？各家總其家之義以尚同國君：使愛利國者與見而必上告者皆受賞，且上賞眾譽；使惡賊國者與見而不上告者皆受罰，且上罰眾非。

5.3 國何以必治？國君賞善罰暴；一國之人皆欲得其賞譽，避其毀罰。

6. 天子如何一同天下之義？各國君齊其一國之義以尚同於天子。

6.1 若各國不同義如何？厚者有戰，薄者有爭。

6.2 如何使各國尚同天子？使愛利天下者與見而必上告者皆受賞，且上賞眾譽；使惡賊天下者與見而不上告者皆受罰，且上罰眾非。

6.3 天下何以必治？天子賞善罰暴；天下之人皆欲得其賞譽，避其毀罰。

7. 天下已治之後要如何維持？天子總天下之義以尚同於天。

7.1 「尚同」之說可用於何處？上用於天子，中用於諸侯，下用於家君。

7.2「尚同」之說只有墨子主張嗎？古之聖王亦以為政。

7.3 何以知古之聖王皆以「尚同」為政？見諸先王之書。（原之者）如《大誓》曰：「小人見姦巧乃聞，不言也發罪鈞。」

8. 古之聖王如何治天下？內良外助；先得下情，先得先成；誠信從事；速賞速罰。

9.「尚同」何以為善政？惡人不存。

10.「尚同」的配套措施為何？愛民力，誠信持，重賞，明罰。

11.「尚同」的目的為何？求為上士、中聖王之道、中百姓之利以實現仁義。

卷四

兼愛下

本篇導讀——

兼愛是墨子提出的有別於儒家等差親疏之愛的理論。他認為，當時天下亂象的主要原因，來自於人與人的不相愛，擴大來看，國與國、家與家之間的攻伐、相爭，也都和人與人之間的不相愛有關，因此，他提出了兼愛的思想。兼愛，就是普遍而平等的愛。墨子為甚麼要提出普遍而又平等的愛呢？因為墨家站在平民百姓的立場，希望執政者能有所改革，然而，當時的王公貴族是以血緣關係的遠近作為施愛厚薄的標準，一般的平民百姓沒有辦法被他們照顧到。於是，墨子從「天」這個高度指出，天是普遍愛所有人的，因此，人也應該要普遍愛所有的人。

墨家的「兼愛」蘊含普遍性，不只是愛當時的人，連古代的人以及未來的人都要愛，那麼，要如何實踐兼愛呢？墨子提出要「愛人若己」。如果大家能夠愛別人就像愛自己、愛別人的家就像愛自己的家、愛別人的國就像愛自己的國，這樣天下就能夠太平了。並且，兼相愛也常和交相利連結在一起，因為，當人與人彼此幫助、互相關愛的時候，彼此就能夠獲得最大的利益，也可以達到墨家的最高理想：「興天下之利」。

總之，墨子的兼愛是超越時空的整體人類之愛，也是不分社會階級、遠近關係的平等之愛。墨家的兼愛，追求一種公共的利益，它的方法乃是：透過愛人若己的方式來實踐，藉着人與人之間的互動性，以及每一個人的主動性，來完成它的交相利之愛。

子墨子言曰：「仁人之事者，必務求興天下之利，除天下之害。」然當今之時，天下之害孰為大？曰：「若大國之攻小國也，大家之亂小家也，強之劫弱，眾之暴寡，詐之謀愚，貴之敖賤，此天下之害也。又與為人君者之不惠也[1]，臣者之不忠也，父者之不慈也，子者之不孝也，此又天下之害也。又與今人之賤人[2]，執其兵刃、毒藥、水火，以交相虧賊，此又天下之害也。姑嘗本原若眾害之所自生[3]，此胡自生？此自愛人利人生與[4]？即必曰非然也，必曰從惡人賊人生。分名乎天下[5]，惡人而賊人者，兼與？別與？即必曰別也。然即之交別者，果生天下之大害者與！是故別非也。」

注釋

1 又與：又如。
2 今人之賤人：今人之「人」字疑衍。賤人，社會階級低下的人。
3 姑嘗：姑且嘗試。
4 與：同「歟」，疑問詞。
5 分名乎天下：更進一步客觀地考察。

譯文

我們的老師墨子說道：「仁人的事業，應當努力發展天下之利，除去天下之害。」然而現今天下之害，甚麼算是最大的呢？他說：「例如大國攻伐小國，大家族侵擾小家族，強大者脅迫弱小者，人多勢眾的虐待勢單力薄的，狡詐的算計愚笨的，地位高的傲視地位低的，這就是天下的禍害。又如，做國君的不仁惠，做臣下的不忠誠，做父親的不慈愛，做兒子的不孝順，這也都是天下的禍害。又如，現在的賤民拿着兵刃、毒藥、水火，用來相互殘害，這也都是天下的禍害。姑且嘗試着推究諸多禍害產生的根源，這都是從哪兒產生的呢？這是從愛別人利別人產生的嗎？當然要說不是這樣的，必然要說是從憎惡別人、殘害別人產生的。更進一步客觀地考察：世上憎惡別人和殘害別人的人，是兼相愛還是別相惡呢？則當然要說是別相惡。既然如此，那麼這種別相惡果然是產生天下大害的原因！所以別相惡是不對的。」

賞析與點評

墨子面對的是時代的問題，如果問題的解決只是着眼於部分而非全體，就有可能會造成更大的問題，比如，解決一個國家的問題而使其富強，可能造成其他小國的被侵略。因此，真正愛人的仁人，必須要有關懷全天下的胸襟，興天下之利，除天下之害。

子墨子曰：「非人者必有以易之，若非人而無以易之，譬之猶以水救火也[1]，其說將必無可焉。」是故子墨子曰：「兼以易別。然即兼之可以易別之故，何也？曰：藉為人之國[2]，若為其國，夫誰獨舉其國以攻人之國者哉？為彼者由為己也[3]。為人之都，若為其都，夫誰獨舉其都以伐人之都者哉？為彼猶為己也。為人之家，若為其家，夫誰獨舉其家以亂人之家者哉？為彼猶為己也。然即國都不相攻伐，人家不相亂賊，此天下之害與？天下之利與？即必曰天下之利也。姑嘗本原若眾利之所自生，此胡自生？此自惡人賊人生與？即必曰非然也，必曰從愛人利人生。分名乎天下，愛人而利人者，別與？兼與？即必曰兼也。然即之交兼者，果生天下之大利者與？」是故子墨子曰：「兼是也。且鄉吾本言曰[4]：『仁人之事者，必務求興天下之利，除天下之害。』今吾本原兼之所生，天下之大利者也；吾本原別之所生，天下之大害者也。」是故子墨子曰：「別非而兼是者，出乎若方也[5]。」

注釋

1 以水救火也：俞樾認為，當作以「水救水，以火救火」。

2 藉：假如。

3 由：同「猶」。

4 鄉：之前。

5 若方：這個道理。

譯文

我們的老師墨子說：「如果以別人為不對，那就必須有東西去取代它，如果說別人不對而又沒有東西去取代它，就好像用水救水、用火救火，這種說法將必然是不可行的。」所以我們的老師墨子說：「要用兼相愛來取代別相惡。」既然如此，那麼可以用兼相愛來取代別相惡的原因何在呢？回答說：「假如對待別人的國家，像治理自己的國家，誰還會特別動用本國的力量，用以攻伐別人的國家呢？為着別國如同為着本國一樣。對待別人的都城，像面對自己的都城，誰還會特別動用自己都城的力量，用以攻伐別人的都城呢？對待別人的都城就像對待自己的都城啊。對待別人的家族，就像對待自己的家族，誰還會特別動用自己的家族力量，用以侵擾別人的家族呢？對待別人的家就像對待自己的家啊。既然如此，那麼國家、都城不相互攻伐，個人、家族不相互侵擾殘害，這是天下之害呢，還是天下之利？這當然要說是天下之利。姑且嘗試着推究這些利是如何產生的。這是從哪兒產生的呢？這是從憎惡人殘害人產生的嗎？則必然要說不是的，必然要說是從愛人利人產生的。再進一步考察：世上愛人利人的，是別相惡還是兼相愛呢？則必然要說是兼相愛。既然如此，那麼這種交利兼愛果然是可以產生天下大利的嗎？」所以我們的老師墨子說：「兼愛是對的。而且從前我曾說過：『仁人之事，必然努力發展天下之利，除去天下之害。』現在我推究天下的大利是由兼相愛所產生的，推究天下之大害則是由別相惡所產生的。」所以我們的老師墨子說：「別相惡不對，兼相愛才對，就是出於這個道理。

賞析與點評

墨子認為，兼愛可以避免自私分別之愛所造成的災害，因為奉行兼愛人就不會為自己的利益與別人相爭。因此，需要對「我」這一主體有正確的把握，也就是要能將別人、別家、別國納入「我」的主體認同中。此外，這種大我的主體認同，必須設法使之形成社會風氣，使大多數的個體願意「愛人若己」，這樣墨家的理想才能實現。

今吾將正求與天下之利而取之[1]，以兼為正，是以聰耳明目相與視聽乎[2]，是以股肱畢強相為動宰乎[3]，而有道肆相教誨[4]。是以老而無妻子者，有所侍養以終其壽；幼弱孤童之無父母者，有所放依以長其身。今唯毋以兼為正，即若其利也，不識天下之士，所以皆聞兼而非者，其故何也？

注釋

1 與：當作「興」。

2 相與：相為。

3 動宰：即動作。

4 肆：勤勉致力。

譯文

現在我將做出正確的選擇，興起天下之利的辦法而實行之，以兼相愛來施政。所以耳聰目明的人，互相幫助視聽，四肢健壯的人彼此協助，而有好方法的勤勉努力教導別人。因此年老而沒有妻室、子女的，有所奉養而終其天年；幼弱孤童沒有父母的，有所依傍而得以長大成人。現在以兼相愛來施政，則其利如此。不知道天下之士聽到兼相愛之說而加以非議，這是甚麼緣故呢？

然而天下之士非兼者之言，猶未止也。曰：「即善矣。雖然，豈可用哉？」子墨子曰：「用而不可，雖我亦將非之。且焉有善而不可用者？姑嘗兩而進之。誰以為二士[1]，使其一士者執別，使其一士者執兼。是故別士之言曰：『吾豈能為吾友之身，若為吾身；為吾友之親，若為吾親。』是故退睹其友，飢即不食，寒即不衣，疾病不侍養，死喪不葬埋。別士之言若此，行若此。兼士之言不然，行亦不然，曰：『吾聞為高士於天下者，必為其友之身，若為其身；為其友之親，若為其親，然後可以為高士於天下。』是故退睹其友，飢則食之，寒則衣之，疾病侍養之，死喪葬埋之。兼士之言若此，行若此。若之二士者，言相非而行相反與？當使若二士者[2]，言必信，行必果，使言行之合猶合符節也[2]，無言而不行也。然即敢問，今有平原廣野於此，被甲嬰冑將往戰[3]，死生之權未可識也[4]；又有君大夫之遠使於巴、越、齊、荊，往來及否未可識也，然即敢問，不識將惡也家室奉承親戚[5]，提挈妻子，而寄託之？不識於兼之有是乎[6]？於別之有是乎[7]？我以為當其於此也，天下無愚夫愚婦，雖非兼之人，必寄託之於兼之有是也。此言而非兼，擇即取兼，即此言行費也[8]。不識天下之士，所以皆聞兼而非之者，其故何也？」

注釋

1 誰：王引之認為當為「設」之誤。

2 符節：為古代之信物，以竹子製成，長六寸，剖為兩半，每方各持一半，合者為信，詔令兵符以之為信。

3 嬰：與「攖」同，加的意思。

4 權：孫詒讓認為當作「機」。

5 也：疑當作「詑」。

6 兼之有：有作「友」。

7 別之有：有作「友」。

8 言行費：言行相違，費與「拂」同。

譯文

然而天下的士人，非議兼相愛的言論還沒有停止，他們說：「兼相愛即使是好的，但是，難道真的可以應用嗎？」我們的老師墨子說：「如果不可應用，即使是我也要批評它，但是哪有既善卻不能應用的事呢？」姑且試着讓兼與別的兩方面事態進展而相互比較看看。假設有兩個士人，其中一人主張別愛，另一人主張兼愛。主張別愛的人說：『我怎麼能看待我朋友的身體，就像我自己的身體；看待我朋友的雙親，就像我自己的雙親。』所以當他看到朋友飢餓時，不給他吃；受凍時，不給他穿；有病時，不幫忙照顧療養；死亡後，也不協助葬埋。主張別愛的士人言論如此，行為也如此。主張兼愛的士人言論不是這樣，行為也不是這樣。他說：『我聽說作為天下的高義之士，必須對待朋友之身如同自己之身，看待朋友的雙親如自己的雙親。這樣才可以成為天下的高士。』所以他看到朋友飢餓時，就給他吃；受凍時，就給他穿；生病時前去照顧他，不幸死亡就予以葬埋。主張兼愛的士人的言論如此，行為也如此。這兩個人，言論相非而行為相反嗎？假使這兩個士人，言出必守信，所行必做到，他們的言與行就像符節一樣符合，沒有甚麼話不能實行。既然如此，那麼請問：現在這裏有一平原曠野，人們將披甲戴盔前往作戰，死生不可預知；又有國君的大夫出使遙遠的巴、越、齊、楚，去後能否回來不可預知。那麼請問：他要託付家室、照顧父母、寄託自己的妻子，究竟是去拜託那主張兼愛的人呢，還是去拜託那主張別愛的人呢？我認為在這個時候，無論天下的愚夫愚婦，即使是反對兼愛的人，也必然要託付給主張兼愛的人。言論上否定兼愛，找人幫忙時卻選擇兼愛的人，這就是言行相違背。我不知道天下的人都聽到兼愛而非議它的做法，原因何在？」

賞析與點評

這是墨子針對質疑兼愛者所進行的反駁。墨子所用的方法是：如果一個人的言行不一致，那麼要以他的行為為準。一個人若在言論上反對兼愛，但是在行為上卻選擇兼愛，則兼愛仍然是可行的。於是，墨子假設有兩個言行一致的人，即兼士與別士，又設計了一個身處困境而需要抉擇的人，以他為主角，就算他是反對兼愛的愚夫愚婦，在困頓中，仍然會選擇兼士，由此可證：兼愛是可行的。

然而天下之士非兼者之言，猶未止也。曰：「意可以擇士，而不可以擇君乎？」「姑嘗兩而進之。誰以為二君[1]，使其一君者執兼，使其一君者執別，是故別君之言曰：『吾惡能為吾萬民之身，若為吾身，此泰非天下之情也[2]。人之生乎地上之無幾何也，譬之猶駟馳而過隙也[3]』。是故退睹其萬民，飢即不食，寒即不衣，疾病不侍養，死喪不葬埋。別君之言若此，行若此。兼君之言不然，行亦不然。曰：『吾聞為明君於天下者，必先萬民之身，後為其身，然後可以為明君於天下。』是故退睹其萬民，飢即食之，寒即衣之，疾病侍養之，死喪葬埋之。兼君之言若此，行若此。然即交若之二君者[4]，言相非而行相反與？常使若二君者[5]，言必信，行必果，使言行之合猶合符節也，無言而不行也。然即敢問，今歲有癘疫，萬民多有勤苦凍餒、轉死溝壑中者，既已眾矣。不識將擇之二君者，將何從也？我以為當其於此也，天下無愚夫愚婦，雖非兼者，必從兼君是也。言而非兼，擇即取兼，此言行拂也。不識天下所以皆聞兼而非之者，其故何也？」

注釋

1 誰：應為假設的「設」。
2 泰：與「大」同。
3 駟馳而過隙也：「駟」為四匹馬所駕之車。形容人生短暫。
4 然即交：戴望認為是衍文。
5 常：當作「嘗」。

譯文

然而天下的士人，反對兼愛的言論還是沒有停止，他們說：「或許可以用這種理論選擇士人，但卻不可以用它選擇國君吧？」「姑且試着從兩方面事態的發展來進行比較。假設這裏有兩個國君，其中一個主張兼愛的觀點，另一個主張別愛的觀點。所以主張別愛的國君會說：『我怎能對待我成千上萬的百姓之身，就像對待自己之身呢？這太不合天下的情理了。人生在世，時間有限，就好像馬車奔馳縫隙那樣短暫。』所以他看到他的萬民捱餓也不給吃，受凍也不給穿，有疾病也不給照顧療養，死亡也不給葬埋。主張別的國君的言論如此，行為也如此。主張兼的國君的言論則不是這樣，行為也不是這樣。他說：『我聽說天下的明君必須先看重萬民之身，然後才看重自己之身，這樣才可以在天下做一位明君。』所以當他看到他的百姓捱餓，就給他吃，受凍就給他穿，生了病就給他照顧療養，死亡後就給予埋葬。主張兼愛的君主其言論如此，行為也如此。那麼，像這樣的兩個國君，言論相非而行為相反嗎？假使這兩個國君，言出必守信，所行必做到，使言行符合得像符節一樣，沒有說過的話不能實現。既然如此，那麼請問：假如今年有瘟疫，萬民因勞苦和凍餓而輾轉死於溝壑之中的，已經很多了。不知道如果要從這兩個國君中選擇一位，人們將會跟隨哪一位呢？我認為在這個時候，無論天下的愚夫愚婦，即使是反對兼愛的人，也必定跟隨主張兼愛的國君。在言論上反對兼愛，而在選擇時則採用兼愛，這就是言行相違背。不知道天下的人聽到兼愛的主張而去非難它的做法，是甚麼緣故？」

賞析與點評

兼士、別士，兼君、別君在「兩而進之」的方法運用上，其道理是相同的。但是這個方法有一個弱點，就是若從反對兼愛的人的角度來看，墨子所假設的兼士、兼君根本不可能存在。因為反對兼愛的人根本不相信墨子的假設能夠成立，如果這個假設不成立，也就無法建立情境主角的可能選項，如此整個論證是不能成立的。所以，墨子必須要進一步證明事實上確有兼愛者存在。

然而天下之士非兼者之言也，猶未止也。曰：「兼即仁矣義矣。雖然，豈可為哉？吾譬兼之不可為也，猶挈泰山以超江河也[1]。故兼者直願之也[2]，夫豈可為之物哉？」子墨子曰：「夫挈泰山，以超江河，自古之及今，生民而來，未嘗有也。今若夫兼相愛、交相利，此自先聖六王者親行之[3]。」何知先聖六王之親行之也[4]？子墨子曰：「吾非與之並世同時，親聞其聲，見其色也。以其所書於竹帛，鏤於金石，琢於槃盂，傳遺後世子孫者知之。〈泰誓〉曰[5]：『文王若日若月，乍照光于四方于西土。』即此言文王之兼愛天下之博大也，譬之日月，兼照天下

之無有私也。即此文王兼也。」雖子墨子之所謂兼者，於文王取法焉。

注釋

1 挈：提起。
2 直願之：單方面的幻想或空想。
3 先聖六王者：依下文只有四王，孫詒讓認為是篆體的「四」與「六」字形相近而抄錯。
4 先聖六王：同上，應改「六」為「四」。
5 〈泰誓〉：《尚書》篇名，今已佚。

譯文

然而天下的士人，非難兼愛的言論還是沒有停止，他們說：「兼愛算得上是仁，也算得上是義了。即使如此，難道可以做得到嗎？我打個比方，兼愛的行不通，就像舉起泰山來超越長江、黃河一樣。所以兼愛只不過是一種墨者的空想而已，難道是做得到的事嗎？」我們的老師墨子說：「舉起泰山來超越長江、黃河，從古到今，有人民以來，從不曾發生過。現在，我們所說的兼相愛、交相利，則是自先聖四王就親自實行過的。」怎麼知道先聖四王親自實行了呢？我們的老師墨子說：「我並非和他們處於同一時代，能親自聽到他們的聲音，親眼見到他們的容色，我是從他們書寫在竹簡布帛上、鏤刻在鐘鼎石碑上、雕琢在盤盂上，並留給後世子孫的文獻中知道這些的。〈泰誓〉上說：『文王像太陽，像月亮一樣照耀，光輝遍及四方，遍及西周大地。』這就是說文王兼愛天下的廣大，好像太陽、月亮兼照天下而沒有偏私。這就是文王的兼愛。」即使我們老師墨子所說的兼愛，也是從文王那裏取法學習的。

「且不唯〈泰誓〉為然，雖〈禹誓〉即亦猶是也[1]。禹曰：『濟濟有眾[2]，咸聽朕言，非惟小子，敢行稱亂，蠢茲有苗，用天之罰，若予既率爾群對諸群[3]，以征有苗。』禹之征有苗也，非以求以重富貴、干福祿、樂耳目也，以求興天下之利，除天下之害。」即此禹兼也。雖子墨子之所謂兼者，於禹求焉[4]。

注釋

1〈禹誓〉：大禹所誓之辭，以下文句見偽古文《尚書》中的〈大禹謨〉。

2 濟濟有眾：眾多、盛大的樣子。有，語助詞。

3 群對諸群：依孫詒讓說應為「群封諸君」，封與「邦」古音近通用，是說：大禹率領眾邦國諸君，征討有苗。

4 求：孫詒讓認為當作「取法」。

譯文

「而且不只〈泰誓〉這樣記載，即使大禹的誓辭也這樣說。大禹說：『你們眾將官兵，都聽從我的話：不是我禹敢妄興兵馬作亂，而是有苗在蠢動，因而上天對他們降下懲罰。現在我率領眾邦的諸位君長，去征討有苗。』大禹征討有苗，不是為求取富貴、干求福祿、使耳目享受聲色之樂，而是為了追求興起天下的利益，除去天下的禍害。」這就是大禹的兼愛表現。即使我們老師墨子所說的兼愛，也是從大禹那裏取法而來的。

「且不唯〈禹誓〉為然，雖〈湯說〉即亦猶是也[1]。湯曰：『惟予小子履[2]，敢用玄牡[3]，告於上天后曰：今天大旱，即當朕身履，未知得罪于上下，有善不

敢蔽，有罪不敢赦，簡在帝心[4]。萬方有罪，即當朕身；朕身有罪，無及萬方。』即此言湯貴為天子，富有天下，然且不憚以身為犧牲，以祠說於上帝鬼神。即此湯兼也。」雖子墨子之所謂兼者，於湯取法焉。

注釋

1 〈湯說〉：即今《尚書‧湯誓》。

2 予小子履：予小子，湯自己的謙稱。履是殷湯之名。

3 玄牡：黑色的公羊。

4 簡在帝心：葉玉麟說簡與「閱」同。帝，指上帝。世說鑒察善惡，都在上帝的心裏。

譯文

「而且並不只〈禹誓〉這樣記載，即使湯的言辭也是如此，湯說：『小子履，謹用黑色的公羊，祭告於皇天后土：現在天大旱，不知自己何故得罪了天地。於今有善不敢隱瞞，有罪也不敢輕赦，這一切都為上帝所鑒察。天下若有罪過，由我一人承擔；若我自己有罪，請不要累及天下萬民。』這說的是商湯貴為天子，富有天下，尚且不惜以身作為祭品，用言辭向上帝、鬼神禱告。這就是商湯的兼愛。」

即使我們老師墨子的兼愛，也是從湯那裏取法的。

「且不惟〈誓命〉與〈湯說〉為然[1]，〈周詩〉即亦猶是也。〈周詩〉曰：『王道蕩蕩[2]，不偏不黨；王道平平，不黨不偏。其直若矢，其易若厎[3]，君子之所履，小人之所視』，若吾言非語道之謂也[4]，古者文武為正[5]，均分賞賢罰暴，勿有親戚弟兄之所阿[6]。即此文武兼也。」雖子墨子之所謂兼者，於文武取法焉。不識天下之人，所以皆聞兼而非之者，其故何也？

注釋

1 〈誓命〉：即〈禹誓〉。

2 〈周詩〉以下四句不見於今本《詩經．周頌》，而見於《尚書．洪範》，文字相同而句次略異。

3 厎：當作「砥」，一種磨刀石。

4 若吾言非語道之謂也：是一反語，從反面來說：「若我的兼愛之論不合道理，古代文武所做種種兼愛行為又怎麼說……」

5 正：與「政」同。
6 阿：私也。

譯文

「並且不只大禹的誓言和商湯的言辭是這樣，〈周詩〉上也有類似的話。〈周詩〉上說：『王者治天下之道，廣大浩瀚，不偏私不自利。其像箭矢一樣正直，像磨刀石一樣平；君子在王道上引導，百姓見而效法。』如果以我所說的兼愛之說不符合正道，則古時周文王、周武王為政，公平正直，賞賢罰暴，從不偏私父母兄弟。這就是周文王、武王的兼愛。」即使我們的老師墨子所說的兼愛，也是從文王、武王那裏取法而來的。不知道天下人一聽到兼愛就非難反對，究竟是甚麼緣故？

賞析與點評

墨子為解決反對者在「兩而進之」方法運用中，假設不能成立的質疑，指出了在歷史上、在史書中，古代聖王就是兼君，是確實存在的人物，兼愛者存在的假設得以成立。

然而天下之非兼者之言猶未止，曰：「意不忠親之利[1]，而害為孝乎？」子墨子曰：「姑嘗本原之孝子之為親度者。吾不識孝子之為親度者[2]，亦欲人愛利其親與？意欲人之惡賊其親與？以說觀之[3]，即欲人之愛利其親也。然即吾惡先從事即得此？若我先從事乎愛利人之親，然後人報我愛利吾親乎？意我先從事乎惡人之親，然後人報我以愛利吾親乎？即必吾先從事乎愛利人之親，然後人報我以愛利吾親也。然即之交孝子者[4]，果不得已乎，毋先從事愛利人之親者與？意以天下之孝子為遇[5]，而不足以為正乎？姑嘗本原之先王之所書，〈大雅〉之所道曰：『無言而不讎[6]，無德而不報。投我以桃，報之以李。』即此言愛人者必見愛也，而惡人者必見惡也。不識天下之士，所以皆聞兼而非之者，其故何也？」

注釋

1 忠：當作「中」，乃「得」之意。

2 度：忖度，思考。

3 說：推理的方式。

4 交孝子者：以交互性與主動性為實踐孝道原則的人。

5 遇：與「愚」同。

6 讎：答應。

譯文

然而天下的人非難反對兼愛者的言論，還是沒有停止，他們說道：「抑或這不符合雙親之利，而有害於孝道？」我們的老師墨子說：「姑且嘗試推究孝子為雙親考慮時的情境。我不知道孝子為雙親着想，是希望別人愛護和有利於他的雙親呢，還是希望憎惡、殘害他的雙親呢？按照常理推論，當然希望別人愛護和有利於他的雙親。既然如此，那麼怎樣才能得到這樣的結果呢？假若我先做愛護和有利於別人雙親的事，然後別人回報我以愛護和有利於我的雙親呢，還是我先憎惡別人的雙親，然後別人回報我以愛護和有利於我的雙親呢？必然是我先做愛護和有利於別人雙親的事，然後別人才回報我以愛護和有利於我雙親的事。然則這個主動而交相利的孝子，他果真是出於不得已，才先愛護和有利於別人的雙親呢，還是以為天下的孝子都是笨人，不足以為正道而行之？姑且嘗試從根本上來探究這一問題。先王的書《詩經．大雅》說道：『沒有甚麼話不應答，沒有甚麼德不報答。你投給我桃子，我回報給你李子。』這就是說愛人的必被人愛，而憎惡人的必被人憎惡。不知天下的士人，一聽到兼愛就非難反對，究竟是甚麼緣故？」

賞析與點評

質疑兼愛者從兼愛的是否可行，轉向「就算兼愛可行，也有很大的瑕疵」，也就是會與大家所認可的「孝道」相衝突。墨子的回應策略同樣是情境構作式的，他構作了一個符合孝道的情境，在該情境中的人物卻是以兼愛的實踐來履行孝道。但是反對兼愛者可能會質疑墨子所構作的情境不具有普遍性，因為如果物資有限，為人子者將有限的衣物提供給別人的父母則自己的父母將捱餓受凍，這種情況才是反對者所稱的「不中親之利，而害為孝」。針對這種可能有的質疑，墨子是用《詩經．大雅》的話來引證，指出：人人皆有投桃報李的相互感通性，所以，即使在物資有限的情況下，某一孝子將有限的衣物贈給別人的父母，該父母的子女同樣也會盡可能的回報那孝子的父母。如此的社會風氣才能真正興天下之利。

意以為難而不可為邪？嘗有難此而可為者。昔荊靈王好小要，當靈王之身，荊國之士飯不踰乎一，固據而後興[1]，扶垣而後行。故約食為其難為也，然後為而

靈王說之[2]，未踰於世而民可移也，即求以鄉其上也。昔者越王句踐好勇，教其士臣三年，以其知為未足以知之也，焚舟失火，鼓而進之，其士偃前列，伏水火而死，有不可勝數也。當此之時，不鼓而退也，越國之士可謂顫矣。[3]故焚身為其難為也，然後為之越王說之，未踰於世而民可移也，即求以鄉上也。昔者晉文公好苴服[4]，當文公之時，晉國之士，大布之衣、牂羊之裘[5]、練帛之冠、且苴之屨[6]，入見文公，出以踐之朝。故苴服為其難為也，然後為而文公說之，未踰於世而民可移也，即求以鄉其上也。是故約食、焚舟、苴服，此天下之至難為也，然後為而上說之，未踰於世而民可移也。何故也？即求以鄉其上也。今若夫兼相愛，交相利，此其有利且易為也，不可勝計也，我以為則無有上說之者而已矣。苟有上說之者，勸之以賞譽，威之以刑罰，我以為人之於就兼相愛交相利也，譬之猶火之就上，水之就下也，不可防止於天下。

注釋

1 固據而後興：固，穩固；據，杖持也。固據即扶杖之意。興，起身站立。

2 後：孫詒讓認為是「眾」。

3 當此之時，不鼓而退也，越國之士可謂顫矣：「顫」依葉玉麟注解為「殫」，乃死盡之意。全句意為如果不停止戰鼓讓士兵後退的話，越國那些勇士就要死光了。

4 苴服：粗布做成的衣服。

5 牂羊之裘：母羊的皮所做成的劣質皮衣。

6 且苴之屨：粗賤的草鞋。

譯文

抑或認為困難而做不到嗎？曾有比這更困難而可以做到的事。從前楚靈王喜歡細腰，靈王在世時，楚國的士人每天吃飯不超過一次，用力拄杖扶穩後才能站立起來，扶着牆壁才能走路。所以節食本是他們難以做到的事，然而這樣做可使靈王喜歡，所以沒多久民風就轉變了。這無非是為了迎合君主之意罷了。從前越王句踐喜歡勇士，訓練他的將士三年，認為自己還不知道效果如何，於是故意放火燒船，擂鼓命令將士前進。他的將士前仆後繼，投身於水火之中而死的不計其數。這個時候，如果不停止戰鼓讓士兵後退的話，越國那些勇士就要死光了。所以說焚身本是很難做到的事，然而後來卻做到了，因為越王喜歡，所以沒多久民風就轉變了，這無非是為迎合君主罷了。從前晉文公喜歡穿粗布衣，文公在世時，晉國的人都穿大布的衣服和母羊皮做成的皮衣，戴厚布帛做的帽子，穿粗糙的鞋子，進宮去見晉文公，出來可以侍列朝廷。所以穿粗陋的衣服本是難做到的事，然而因為文公喜歡，沒過多長時間，民風也可以轉移，這不過是為迎合君主罷了。所以說節食、焚舟、穿粗布衣服本是天下最難做的事，然而如果這樣做了可使君主喜歡，沒過多久，民風就可以轉移。這是甚麼緣故呢？這是為迎合君主罷了。現在像兼相愛、交相利是有利而容易做到的，並且有不可勝數的事例，我認為只是沒有君上喜歡罷了，只要有君上喜歡，用獎賞表揚來勉勵大眾，用刑罰來威懾大眾，我認為眾人對於兼相愛、交相利，就會像火一樣向上燃燒，水一樣向下流洩，普天之下是阻擋不了的。

賞析與點評

反對兼愛者又從其他的觀點來質疑兼愛：就算兼愛沒有妨礙孝道，但是要實踐起來，實在是太困難了，是一般人所做不到的。墨子的反駁策略是：舉出比實踐兼愛困難度更高的事，來對比實行兼愛的相對容易性，並且許多一般人也願意去做。他以荊靈王、越王、晉文公的約食、焚舟、苴服等十分困難的事為例，說明只要在上位者所鼓勵的事，並且以賞譽、刑罰為手段加以提倡，必然會使一般人都願意實踐兼愛。

這裏我們看到，墨子以外在功利推動實踐兼愛，其行為動機與儒家孔孟的價值自覺性的道德行為動力不同。

故兼者聖王之道也，王公大人之所以安也，萬民衣食之所以足也。故君子莫若審兼而務行之，為人君必惠，為人臣必忠，為人父必慈，為人子必孝，為人兄必友，為人弟必悌。故君子莫若欲為惠君[1]、忠臣、慈父、孝子、友兄、悌弟，當若兼之不可不行也，此聖王之道而萬民之大利也。

注釋

1 莫若：「莫」字衍文，應刪。

譯文

所以說兼愛是聖王所行的大道，王公大人因此得到安定，百姓衣食因此而豐足。所以君子最好審察兼愛的道理而努力實行它。如此做人君的必能仁惠，做人臣的必能忠誠，做人父的必能慈愛，做人子的必能孝順，做人兄長的必能友愛其弟，做人弟的必能敬順兄長。所以君子想要做仁惠之君、忠誠之臣、慈愛之父、孝順之子、友愛之兄、敬順之弟，對於兼愛就不可不去實行。這是聖王所行的大道，也是萬民最大的利益。

賞析與點評

如果有大多數的人願意以此「大我主體」為依歸來實踐兼愛，兼愛的確會是有利萬民的聖王之道。難怪墨子努力反駁問難者，大力提倡兼愛的可行性與功效。以下我們來考察〈兼愛下〉的思路：

1. 仁人做事的目標為何？興天下之利，除天下之害。
2. 天下之害為何？家、國相攻，人與人相賊害。
3. 天下之害為何而生？自惡人賊人之「別」所生。
4. 指出事情的錯誤還需做甚麼？非人者必有以易之。
5. 用甚麼來代替「別」？兼以易別。
6. 「兼」為何可以易「別」？可興天下之大利。
7. 「兼」如何易「別」？國、家行「兼」，為彼者猶為己也。
8. 行「兼」有何利？人與人互相幫助，老幼弱孤皆有人照顧。

9. 為何有人反對「兼」？雖善，但是不能實行。
10. 認為「兼」不能實行，這主張是對的嗎？不對，世上並沒有善事而不能實行的。
11. 如何證明「兼」是可以實行的？用「兩而進之」的方法。
12. 何謂「兩而進之」的方法？假設「別士」、「兼士」，「別君」、「兼君」言行一致，當處於困境的人必須進行選擇時，考察他在言論上反對兼愛但在行為上取擇「兼士」、「兼君」，可以證明兼愛是可行的。
13. 既然能證明兼愛可行，為何還會有人反對呢？兼愛雖然符合仁義，但是根本做不到。
14. 認為兼愛做不到，是思想錯誤嗎？乃是錯誤類比，將兼愛比成挈泰山、超江河等不可能之事並不恰當，因為先聖四王早已親自實行了。
15. 有哪些聖王實行過？〈泰誓〉記載的文王，〈禹誓〉記載的大禹，〈湯說〉記載的湯，〈周詩〉記載的文王、武王。
16. 既然如此，為何天下還是有人反對兼愛呢？因為他們認為有悖於孝道。
17. 「孝」是希望別人對你的父母好，抑或別人對你的父母不好？當然是希望別人對自己的父母好。
18. 如何才能使別人對自己的父母好？因人有互動性，如果你先對別人的父母好，別人自然也會對你的父母好，兼愛就是對別人的父母好，也就是使別人對自己的父母好，所以兼愛沒有違背孝道。

19. 既然如此，為何還有人反對兼愛呢？他們認為兼愛太難實行了。

20. 兼愛是否難以實踐？比兼愛更難實行的事都有人做，因此兼愛並不難實行。

21. 有何例子可以證明？晉文公好苴服、楚靈王好細腰、越王句踐好士之勇，從而導致布衣、少食、殺身為名等比兼愛更難的事，都有人去做，是以相對而言兼愛仍是容易實行的。

22. 兼愛能否實行的關鍵為何？如有上悅之者，勸之以賞譽，威之以刑罰，兼相愛、交相利是很容易實踐的事。

23. 為何必須實行兼愛？君子如欲為惠君、忠臣、慈父、孝子、友兄、悌弟，當踐行兼愛，此聖王之道而萬民之大利也。

卷五

非攻上

本篇導讀——

墨子用小偷偷別人東西分量的多少、物品貴重的程度，類比説明奪取別人的東西越多、越貴重，所應承擔的責任、接受的處罰也就越大。戰爭要比偷盜嚴重成千上萬倍，如果偷盜是錯誤的應受制裁，為何戰爭卻是被容許的呢？因此，墨子稱這種不一致的態度根本不能分辨義與不義。

今有一人，入人園圃，竊其桃李，眾聞則非之，上為政者得則罰之。此何也？以虧人自利也。至攘人犬豕雞豚者[1]，其不義又甚入人園圃竊桃李。是何故也？以虧人愈多，其不仁茲甚[2]，罪益厚。至入人欄廄，取人馬牛者，其不仁義又甚攘人犬豕雞豚。此何故也？以其虧人愈多。苟虧人愈多，其不仁茲甚，罪益厚。至殺不辜人也，扡其衣裘[3]，取戈劍者，其不義又甚入人欄廄取人馬牛。此何故也？以其虧人愈多。苟虧人愈多，其不仁茲甚矣，罪益厚。當此，天下之君子皆知而非之，謂之不義。今至大為攻國，則弗知非，從而譽之，謂之義。此可謂知義與不義之別乎？

注釋

1 攘：與「盜」同。

2 茲：同於「滋」，「更加」之意。

3 扡：同「拖」，奪取。

譯文

現在假如有一個人，進入別人的園圃，偷竊他家的桃子、李子，眾人聽説後就指責他，上邊的官長抓到後就要處罰他。這是為甚麼呢？因為他損人利己。至於盜竊別人的雞犬、小豬、大豬的，他的不義又超過到別人的園圃裏偷桃子和李子。這是甚麼緣故呢？因為他損害別人更多，他的不仁也更加嚴重，罪過也更大。

至於進入別人的牛欄馬廄內，偷取別人的牛馬，他的不仁不義，又比盜竊別人雞犬、豬更甚。這是甚麼緣故呢？因為他對人的損害更大。一旦損人更甚，他的不仁也更明顯，罪過也更深重。至於妄殺無辜之人，奪取他的衣服，拿走他的戈劍，則其不義又更甚於進入別人的牛欄馬廄盜取牛馬的罪過。這是甚麼緣故呢？因為他對人損害更大。一旦損人更甚，那麼他的不仁也就更突出，罪過也就更深重。對此，天下的君子都指責他，稱他為不義。現在，最大的不義就是侵略攻伐別人的國家，天下的君子卻不知道指責這種錯誤，反而跟着去讚譽他，稱之為義。這能算作知道義與不義的區別嗎？

殺一人謂之不義，必有一死罪矣，若以此說往[1]，殺十人十重不義，必有十死罪矣；殺百人百重不義，必有百死罪矣。當此，天下之君子皆知而非之，謂之不義。今至大為不義攻國，則弗知非，從而譽之，謂之義，情不知其不義也[2]，故書其言以遺後世。若知其不義也，夫奚說書其不義以遺後世哉[3]？今有人於此，少見黑曰黑，多見黑曰白，則以此人不知白黑之辯矣；少嘗苦曰苦，多嘗苦曰甘，則必以此人為不知甘苦之辯矣。今小為非，則知而非之。大為非攻國，則不知非，從而譽之，謂之義。此可謂知義與不義之辯乎？是以知天下之君子也[4]，辯義與不義之亂也。

注釋

1 以此說往：按照這種說法進一步推論下去。

2 情：與「誠」同。

3 奚說：奚，何。怎麼解釋。

4 天下之君子也：「也」字疑衍。

譯文

殺掉一個人，叫作不義，必定有一重死罪。假如按照這種說法進一步推論下去，殺掉十個人，有十倍不義，則必然有十重死罪了；殺掉百個人，有百倍不義，則必然有百重死罪了。對這種罪行，天下的君子都知道指責它，稱它為不義。現在最大的不義就是侵略攻伐別人的國家，卻不知道指責這種事的錯誤，反而跟着稱讚它為義舉。他們確實不懂得那是不義的，所以記下那些稱讚攻國的話留給後代。倘若他們知道那是不義的，又有甚麼理由解釋記載這些不義之事，用來留給後代呢？假如現在這裏有一個人，看見少許黑色就說是黑的，看見很多黑色卻說成白的，那麼人們就會認為這個人不懂得白和黑的區別。少嘗一點苦味就說是苦的，多嘗些苦味卻說成是甜的，那麼人們就會認為這個人不懂得苦和甜的區別。現在在小範圍內做不對的事，人們都知道指責其錯誤；可是大範圍內的錯事，卻不知道指責其錯誤，反而跟着稱讚為義舉。這可以算是懂得義與不義的區別嗎？所以我由此知道天下的君子，弄混了義與不義的區別。

賞析與點評

非攻的思想由兼愛的思想衍生出來，因為要有普遍之愛兼及所有的人，因為要以平等的眼光看待每一個人，因此因侵略攻伐對百姓所造成的傷害，都是必須譴責的。但是墨家雖然反對攻伐侵略之戰，卻並不反對在防守上的應戰，因為這是小國求生存不得已的自衛行為。因此墨子〈備城門〉以下共有十一篇介紹防禦方法。

其實，能否以戰爭的手段解決問題，要以「義」作為標準。在〈非攻下〉，有反對墨子「非攻」思想的人提問：「昔者禹征有苗，湯伐桀，武王伐紂，此皆立為聖王，是何故也？」墨子回答：同樣是戰爭，但是有不同的類型，這些聖王是站在正義的一方誅罰傷害百姓無義的一方；而墨子的「非攻」則是反對侵略性的不義之戰，因此，墨子並非全面性的反戰，當國家人民受到欺壓時，是允許用戰鬥的方式予以反擊的。以下我們來分析〈非攻上〉的思路：

1. 對於發動戰爭的國家能否予以肯定讚譽？不能。
2. 為何不能肯定讚譽發動戰爭之國？此乃偷盜之行為，應予處罰制裁。
3. 為何應受處罰制裁？虧人而自利。
4. 處罰制裁之輕重標準為何？苟虧人愈多，其不仁茲甚，罪益厚。
5. 有哪些例證可說明此標準之輕重比例？如：竊人桃李、攘人犬豕雞豚、取人馬牛、殺害無辜者。依次看偷、盜、取、殺，虧人愈多，其不仁茲甚，罪益厚。
6. 攻國與上述例證有何關係？攻國亦為虧人自利行為，且虧人更多更大，應予處罰制裁。

卷六

節用中

本篇導讀——

從兼愛的觀點來看，執政者要能普遍愛每一個人民，就要為他們生活的基本需求設想；在古代農耕獵牧的生活方式下，物資非常有限，節省用度、簡約生活，是為顧及每一個人的生存必須採取的治理方法。墨子在本篇中指出：在生活的食、衣、住、行、喪葬各方面，不求華服美食的奢華享受，但求夠用就好。這也是古代聖王能夠受到百姓愛戴、統一天下的重要原因。

子墨子言曰：「古者明王聖人，所以王天下，正諸侯者，彼其愛民謹忠，利民謹厚，忠信相連，又示之以利，是以終身不饜[1]，歿世而不卷[2]。古者明王聖人，其所以王天下正諸侯者，此也。

注釋

1 饜：滿足。

2 卷：應為「倦」。

譯文

我們的老師墨子說：「古代的明王聖人之所以能夠統一天下、匡正諸侯，是因他們愛護百姓確實盡心，謀利於百姓確實豐厚，既忠誠又信實，又把利益指示給百姓。所以人們終身對此都不滿足，畢生追隨都不厭倦。古代的明王聖人能統一天下、匡正諸侯的原因，就在於此。

「是故古者聖王，制為節用之法曰：『凡天下群百工，輪車、鞼匏、陶、冶、梓匠[1]，使各從事其所能。』曰：『凡足以奉給民用，則止。』諸加費不加於民利者，聖王弗為。

注釋

1 輪車：造車、製輪的工匠。鞼鞄：製皮革的工匠。陶：做泥坏、陶器的工匠。冶：製作金屬用具的工匠。梓：木工。

譯文

「所以古代聖王定下節用的原則是：『天下百工，如造輪車的、製皮革的、燒陶器的、鑄金屬的、當木匠的，使各人從事自己所擅長的技藝。』又說：『只要足以供給民用就可以了。』那些只增加費用而於人民沒有利益的事，聖王都不做。

「古者聖王制為飲食之法曰：『足以充虛繼氣，強股肱，耳目聰明，則止。不極五味之調，芬香之和，不致遠國珍怪異物[1]。』何以知其然？古者堯治天下，南撫交阯[2]，北降幽都[3]，東西至日所出入，莫不賓服。逮至其厚愛[4]，黍稷不二，羹胾不重[5]，飯於土塯[6]，啜於土形[7]，斗以酌[8]。俛仰周旋威儀之禮[9]，聖王弗為[10]。

注釋

1 **致**：求取。

2 **交阯**：今越南。

3 **北降幽都**：降字當為「際」，鄰接之意。幽都，今山西雁門以北。

4 **至其厚愛**：所能達到的享受。

5 **羹胾不重**：羹，用肉、菜等蒸煮成的濃湯。胾，細切的肉。不重，沒有第二份。

6 **土增**：盛飯的瓦器。

7 **啜於土形**：啜，嘗。形，即鉶。用泥做的容器來喝湯水。

8 **斗以酌**：用木杓來喝酒。

9 **俛**：同「俯」。

10 **聖王弗為**：此句之前，依上下文例校之，當有「諸加費不加於民利者」。

譯文

「古代聖王制定飲食的原則是：『只要能夠充飢補氣、強壯四肢、耳聰目明就可以了。不必講究五味的調和與氣味芳香，不求取遠國珍貴奇異的食物。』怎麼知道這樣才對呢？古代堯帝治理天下，南面安撫到交阯，北面接近幽都，東面直到太陽出入的地方，沒有誰敢不歸服的。及至他所能達到的享受，黍或稷只有其一，濃湯細肉不會重複，用瓦器盛飯，用土鉶喝湯，用木勺飲酒，對俯仰周旋等禮儀，那些只增加費用而於人民沒有利益的事，聖王不會去做。

「古者聖王制為衣服之法曰：『冬服紺緅之衣[1]，輕且暖，夏服絺綌之衣[2]，輕且清[3]，則止。』諸加費不加於民利者，聖王弗為。古者聖人為猛禽狡獸，暴人害民，於是教民以兵行[4]，日帶劍，為刺則入，擊則斷，旁擊而不折，此劍之利也。甲為衣則輕且利，動則兵且從[5]，此甲之利也。車為服重致遠，乘之則安，引之則利，安以不傷人，利以速至，此車之利也。古者聖王為大川廣谷之不可濟，於是利為舟楫[6]，足以將之則止[7]。雖上者三公諸侯至，舟楫不易，津人不飾[8]，此舟之利也。

注釋

1 紺緅：紺，青而帶赤色的帛。緅，也是一種帛。

2 絺綌：絺，細葛。綌，粗葛。葛是古人夏天所穿的衣服。

3 清：（粵：靜；普：qìng）涼爽的意思。

4 兵行：用器械合力警戒防衛而行。

5 兵：孫詒讓認為「兵」字無意義，應改作「弁」，乃「變」的假借字，意為隨人身便利。

6 舟楫：船槳。

7 將：行也。此處為渡人過水之意。

8 津人：掌渡的人。

譯文

「古代聖王制定做衣服的原則是：『冬天穿赤青色的帛衣，輕便而又暖和；夏天穿細葛或粗葛布的衣服，輕便而又涼爽，這就可以了。』其他種種只增加費用而不加利於民用的，聖王不做。古代聖王因為看到兇禽狡獸殘害人民，於是教導百姓帶着兵器互相警戒行路。每日帶着劍，用劍刺則能刺入，用劍砍則能砍斷，劍被別的器械擊打也不會折斷，這就是劍的好處。鎧甲穿在身上，輕巧便利，行動時方便又順意，這是甲衣的好處。車子用來載重並到達遠方，乘坐它很安全，拉動它也很便利，安穩而不會傷人，便利而能迅速到達目的地，這就是車子的好處。

古代聖王因為大河寬谷不能渡過，於是製造船和槳，使人足以在水上行駛，就可以了。即使在上位的三公、諸侯來到，船槳也不予更換，掌渡人也不加裝飾。這是船的好處了。

「古者聖王制為節葬之法曰：『衣三領[1]，足以朽肉[2]；棺三寸，足以朽骸[3]；堀穴深不通於泉，流不發洩則止[4]。死者既葬，生者毋久喪用哀。』

注釋

1 三領：即三件。

2 足以朽肉：使屍骸在肉體腐敗之後仍可裹於衣服之內。

3 足以朽骸：使骸骨可以保存於棺材之內。

4 流不發洩：是指屍氣不會冒出地面。

譯文

「古代聖王制定節葬的原則是：『屍體穿衣三件，足以使屍骸在肉體腐敗之後仍可裹於衣服之內；棺木三寸厚，足以使骸骨可以保存於棺材之內。掘墓穴，深度不要深及泉源，又不致使屍腐之氣散發於地面上就可以了。死者既已埋葬，生者服喪哀悼不需要太久。』

「古者人之始生，未有宮室之時，因陵丘堀穴而處焉。聖王慮之，以為堀穴曰：『冬可以避風寒。逮夏，下潤溼，上熏烝[1]，恐傷民之氣。』於是作為宮室而利。」然則為宮室之法將奈何哉？子墨子言曰：「其旁可以圉風寒[2]，上可以圉雪霜雨露，其中蠲潔[3]，可以祭祀，宮牆足以為男女之別則止，諸加費不加民利者，聖王弗為。」

注釋

1 上熏烝：指夏天地上熱氣蒸人。

2 圉（粵：雨；普：yǔ）：圉通「禦」，指抵禦。

3 蠲潔：蠲，光耀、顯明。蠲潔即清潔之意。

譯文

「古時人類初生，還沒有宮室的時候，依着山丘挖洞穴而居住。聖人對此憂慮，挖了洞穴說：『雖然冬天可以避風寒，但一到夏天，地下潮濕，地面上又熱氣蒸發，恐怕傷害百姓的氣血健康。』於是建造房屋使民得利。」既然如此，那麼建造宮室的原則應該怎樣呢？我們的老師墨子說道：「房屋四邊可以抵禦風寒，屋頂可以防禦雪霜雨露，屋裏光亮清潔，可供祭祀，壁牆足以使男女生活有所分別，就可以了。其他各種只增加費用而不更加有利於人民的事，聖王不去做。」

賞析與點評

節省用度簡約生活，可從興天下之利的「天下」視野來看，因為天下的物資有限，如果大家不斷浪費，那麼必然會有人飢餓凍寒。其原則是有利於百姓的才可以做，當然對百姓的利益可因時代的不同有不同的理解。

墨家的興天下之利，不只顧念大多數人民生存上的基本需要，也關心那些少數人的生活欠缺，因此節約用度是墨家實踐兼愛必然的思考。時至今日，雖然經濟學家指出消費可以刺激生產、發展經濟，但是從地球整體的有限資源來看，人類不斷提高物資生產、開採資源、捕撈海洋生物，正在加速耗損地球的資源，從一國或一地區的觀點來看，推動該國或該地區的經濟，確實對該國或該地區的人民有利，但是若從全人類的發展以及永續生存環境的維護來看，墨家的節用思想還是值得我們省思與重視的。

以下是此篇的思想脈絡：

1. 古代明王、聖人為何可以王天下？愛民、利民。
2. 如何愛民、利民？節用。
3. 節用之法的原則為何？凡足以奉給民用則止，諸加費不加民利者，聖王弗為。
4. 此原則如何應用於飲食之法？足以充虛繼氣，強股肱，耳目聰明，則止。不極五味之調、芬香之和，不致遠國珍怪異物。
5. 此原則如何應用於衣服之法？冬服紺緅之衣，輕且暖；夏服絺綌之衣，輕且清，則止。
6. 此原則如何應用於行動之法？車為服重致遠，乘之則安，引之則利，安以不傷人，利以速至，此車之利也。……雖上者三公諸侯至，舟楫不易，津人不飾，此舟之利也。
7. 此原則如何應用於節葬之法？衣三領，足以朽肉；棺三寸，足以朽骸；堀穴深不通於泉，流不發洩則止。死者既葬，生者毋久喪用哀。
8. 此原則如何應用於居住之法？其旁可以圉風寒，上可以圉雪霜雨露，其中蠲潔，可以祭祀，宮牆足以為男女之別則止，諸加費不加民利者，聖王弗為。

節葬下

本篇導讀——

《淮南子・要略訓》提到：墨子原本學習儒家的思想，但是後來發現儒家所教導的「厚葬久喪」，使得一般老百姓損耗了許多財物；為了盡孝道長期守喪又耽誤了農時，影響了耕作紡織的生產工作，使得原本貧困的百姓生活更加困頓。因此，墨家的節葬思想有其現實的觀察與考慮。儒家那一套「厚葬久喪」的禮儀，對王公貴族、富有人家不會構成生活上的困難，但是對平民百姓而言，卻會形成一種貧困的惡性循環，這就是墨子為甚麼要強調「節葬」的原因。

在此篇中，墨子所思考的標準在於，一種禮儀風俗對絕大多數人的生活所造成的影響，能否符合大眾的利益；一種政策的推動，也必須考慮是否符合古代聖王施政的成功案例。如此，我們可以看出，墨家的思想有其思考標準，也就是墨子在〈非命〉篇中所提出的三表法，其中，古代聖王的成功案例就是「本之者」；某種禮儀風俗所轉化成的政策，觀察推行時能否真正符合人民的利益，就是「用之者」。

子墨子言曰：「仁者之為天下度也[1]，辟之無以異乎孝子之為親度也[2]。今孝子之為親度也，將奈何哉？曰：親貧則從事乎富之，人民寡則從事乎眾之，眾亂則從事乎治之。當其於此也，亦有力不足、財不贍[3]、智不智，然後已矣。無敢舍餘力[4]，隱謀遺利，而不為親為之者矣。若三務者[5]，孝子之為親度也。既若此矣，雖仁者之為天下度，亦猶此也。曰：天下貧則從事乎富之，人民寡則從事乎眾之，眾而亂則從事乎治之。當其於此，亦有力不足、財不贍、智不智，然後已矣。無敢舍餘力，隱謀遺利，而不為天下為之者矣。若三務者，此仁者之為天下度也。

注釋

1 度：審度、考慮。

2 辟：與「譬」同。

3 贍：富足。

4 舍：同「捨」。

5 三務：指前述富、眾、治三件事。

譯文

我們的老師墨子說道：「仁者為天下謀劃，就像孝子為雙親考慮一樣。現在的孝子為雙親着想，會如何呢？設想的是：雙親貧窮，就設法使他們富裕；人民少了，就設法使人數增加；人多而失序混亂，就設法治理好。他這樣做的時候，只有在力量不足、財用不夠、智力不及時，才會停下來。絕不敢懈怠偷懶，隱藏智謀，保留私利，而不為父母辦事的。上面這三件事，就是孝子為雙親審度考慮的情形。既然如此，即使仁者為天下謀劃，也像這樣。也就是，天下若貧窮，就設法使人們富足；人民若稀少，就設法使他們增多；人多了失序而混亂，就設法將社會治理好。仁者在這樣做的時候，只有當他力量不足、財用不夠、智力不及，才會停下來。絕不敢懈怠偷懶、隱藏智謀、保留私利，而不為天下辦事的。像上面這三件事，就是仁者為天下人所做的謀劃。

賞析與點評

墨子從孝道的觀點類比一個執政者所應該做的事，進一步思考實踐孝道的具體做法，其中如同滿足父母的物質生活的需要、實現父母內心的期望一般，必須使所治理的百姓富有、眾多、生活環境有秩序。

「既若此矣，今逮至昔者三代聖王既沒，天下失義，後世之君子，或以厚葬久喪以為仁也、義也、孝子之事也；或以厚葬久喪以為非仁義、非孝子之事也。曰二子者，言則相非，行即相反，皆曰：『吾上祖述堯舜禹湯文武之道者也。』而言即相非，行即相反，於此乎後世之君子，皆疑惑乎二子者言也。若苟疑惑乎之二子者言，然則姑嘗傳而為政乎國家萬民而觀之[1]。計厚葬久喪，奚當此三利者[2]？我意若使法其言，用其謀，厚葬久喪實可以富貧眾寡，定危治亂乎？此仁也，義也，孝子之事也，為人謀者不可不勸也。仁者將興之天下誰賈而使民譽之[3]，終勿廢也。意亦使法其言，用其謀，厚葬久喪實不可以富貧眾寡，定危理亂乎？此非仁非義，非孝子之事也，為人謀者不可不沮也[4]。仁者將求除之天下，相廢而使人非之[5]，終身勿為。且故興天下之利，除天下之害，令國家百姓之不治也，自古及今，未嘗之有也。」

注釋

1 傳：與「轉」通。

2 三利：指前述之三務：富、治、眾。

3 將興之天下：依俞樾，在將下當補「求」字。誰賈：孫詒讓認為是「設置」二字之誤。

4 沮：阻止。

5 相廢：「相」依孫詒讓應為「措」，措廢即廢棄之意。

譯文

「既然如此，如今回顧，以往三代聖王去世後，天下失去了道義。後世的君子，有的以為厚葬並長久守喪合乎仁、義，是孝子應該做的事；有的以為厚葬並長久守喪為不仁、不義，不是孝子應該做的事。這兩種人，言論相互否定，行為相互反對，都說：『我是上法堯、舜，禹、湯、文王、武王的正道。』但是他們言論相否定，行為相違逆，於是乎後世的君子都對他們的說法感到疑惑。一旦對雙方的說法感到疑惑，那麼姑且試着把他們的主張轉向實際的施政，從而加以考察，衡量厚葬久喪在哪些方面能符合「富、眾、治」三種利益。我以為，假使接受他們的說法，採用他們的主張，厚葬久喪確實可以使貧者變富、人口少的變多，可以轉危為安、變亂為治，就是合乎仁義的，是孝子應做的事，替人謀劃者不能不勉勵人這樣去做。仁者將謀求在天下設置興辦它，設法宣揚而使百姓讚譽它，始終不廢棄。假使接受他們的意見，採用他們的計謀，厚葬久喪確實不可以使貧者變富、人口少的變多，不可以轉危為安、變亂為治，那就是不合乎仁義的，不是孝子應做的事，為人謀劃者就不能不加以阻止。仁者將謀求在天下消除它，相互廢棄它，並使人們反對它，終身不去做那種事。所以說興起天下的大利，除去天下的弊害，反而使國家百姓治理不好的，從古至今還不曾有過。」

賞析與點評

為達成使百姓富有、眾多、社會有秩序的為政目標，該怎麼做呢？墨子從正、反兩面來看厚葬久喪能否達到富、眾、治的目標，再經由厚葬久喪之弊不能符合仁、義，無法達成執政目標，以說明厚葬久喪之無益。

何以知其然也？今天下之士君子，將猶多皆疑惑厚葬久喪之為中是非利害也[1]。故子墨子言曰：「然則姑嘗稽之[2]，今雖毋法執厚葬久喪者言[3]，以為事乎國家。」此存乎王公大人有喪者，曰棺槨必重[4]，葬埋必厚，衣衾必多，文繡必繁，丘隴必巨[5]；存乎匹夫賤人死者，殆竭家室；乎諸侯死者[6]，虛車府，然後金玉珠璣比乎身，綸組節約[7]，車馬藏乎壙[8]，又必多為屋幕、鼎鼓、几梴、壺濫、戈劍、羽旄、齒革[9]，寢而埋之滿意[10]，若送從[11]。曰天子殺殉，眾者數百，寡者數十。將軍大夫殺殉，眾者數十，寡者數人。

注釋

1 中：「合」之意。
2 稽：考察。
3 雖毋：同「唯毋」，發語詞，無意。
4 棺槨必重：棺是內棺，槨是外棺。是指王公大人的棺槨必要用好多層。
5 丘隴：即墳墓之土堆。
6 乎：依畢沅校補，「乎」前缺「存」字。
7 綸組節約：綸組是蓋在屍體上的棉被，節約指約束的帶子。

8 壙：墓穴。

9 几梴：梴同「筵」；几梴，指筵席。壺濫：古代用壺盛水作鏡子用的器物。

10 滿意：此處文意不全，疑有脫文，依葉玉麟注本為：「寢而埋之而後滿意」。

11 送從：應為「送徙」。《墨子・公孟》有：「送死若徙。」是說送終的喪葬隊伍像搬家遷徙一樣。

譯文

從何知道是這樣呢？現在天下的士君子們，對於厚葬久喪是否合於是非利害，大多疑惑不定。所以我們的老師墨子說道：「既然如此，那麼我們姑且嘗試考察一下現在效法執行厚葬久喪之人的言論，用以治理國家。」這種情況在有喪事的王公大人家中，則說棺木必須多層，葬埋必須深厚，死者衣服必須多件，隨葬的文繡必須繁複，墳墓必須高大。但是在有人過世的匹夫賤民的家中，這樣做就必然得竭盡家產。諸侯死了，取出府庫貯藏的財物，然後將金玉珠寶裝飾在死者身上，用絲絮組帶束住，並且把車馬埋藏在墓穴中，又必定要多方準備帷幕帳幔、鐘鼎、鼓、筵席、壺水鏡子、戈、劍、羽旄、象牙、皮革，置於死者寢宮而一起葬埋，然後才滿意，送終的喪葬隊伍像搬家遷徙一樣。至於陪葬，天子、諸侯死後所殺的殉葬者，多的數百人，少的數十人；將軍、大夫死後所殺的殉葬者，多的數十人，少的也有數人。

處喪之法將奈何哉？曰：哭泣不秩聲翁[1]，縗絰垂涕[2]，處倚廬[3]，寢苫枕凷[4]，又相率強不食而為飢，薄衣而為寒，使面目陷陬[5]、顏色黧黑、耳目不聰明、手足不勁強，不可用也。又曰上士之操喪也，必扶而能起，杖而能行，以此共三年。若法若言，行若道使王公大人行此，則必不能蚤朝[6]，五官六府[7]，辟草木，實倉廩。使農夫行此，則必不能蚤出夜入，耕稼樹藝。使百工行此，則必不能修舟車為器皿矣。使婦人行此，則必不能夙興夜寐，紡績織紝[8]。細計厚葬，為多埋賦之財者也[9]；計久喪，為久禁從事者也。財以成者，扶而埋之[10]；後得生者，而久禁之，以此求富，此譬猶禁耕而求穫也，富之說無可得焉。

注釋

1 不秩聲翁：不秩就是沒有一定的時候，此處指哭泣不分晝夜。聲翁是指「聲咽」。

2 縗絰：喪服。穿在身上的為縗，戴在頭上或纏在腰間的為絰。

3 倚廬：為守喪而靠樹搭建之茅棚。

4 寢苫枕凷：苫是草墊。凷同「塊」，土塊。

5 陷陬（粵：周；普：zōu）：骨瘦嶙峋的樣子。

6 蚤朝：下應脱「晏退及聽獄治政」等字。

7 五官六府：四字之上依孫詒讓之說應有「使士大夫行此則不能治」十字。五官六府為殷周時的官制。五官為司徒、司馬、司空、司士、司寇。六府為司土、司水、司木、司草、司器、司貨。見《禮記・曲禮》。

8 紝：同「紉」，縫紉。

9 賦：為「臟」，即「藏」。

10 扶而埋之：應為「挾而埋之」之誤。

譯文

居喪的方法，又將如何呢？即是晝夜哭泣而無時，哽咽不成聲，披縗繫絰，臉上掛着涕淚，住在守喪的茅棚中，睡在草墊上，枕着土塊。又競相強忍着不吃而任自己飢餓，衣服穿得單薄而任自己寒冷。使自己面目乾瘦，膚色泛黑，耳朵不聰敏，眼睛不明亮，手腳沒有氣力，因而無法做事情。又說：高尚士人守喪，必須攙扶才能站起來，拄着拐杖才能行走，按這種方式生活三年。假若效法這種言論，實行這種主張，使王公大人依此而行，那麼必定不能上早朝；（使士大夫依此而行，那麼必定不能治理）五官、六府，開闢荒地草木和使倉庫裝滿糧食；使農夫依此而行，那麼必定不能早出晚歸、耕作種植；使工匠依此而行，那麼必定不能修造船、車，製作器皿；使婦女依此而行，那麼必定不能早起晚睡，去紡紗績麻織布縫紉。仔細計算厚葬之事，實在是大量埋掉錢財；計算長久服喪之事，實在是長久禁止人們去做各自分內的工作。已形成了的財產，夾雜在棺材裏埋掉；喪後應當生產的人，又被長期禁止工作。用這種做法去追求財富，就好像禁止人耕作而想求得收獲一樣，所以厚葬能使人民富足的說法是不現實的。

賞析與點評

從厚葬之禮、處喪之法、陪葬器物之多，可以看出，古代王公貴族對於已死之人所要進入的另一個世界，完全是以現實世界為設想的：棺木的厚重、墳墓的高大象徵死者所居住的宅第為豪門大戶，金玉珠寶的裝飾象徵死者財富豐厚，生活上食、衣、住、行各種器物的陪葬，為的是不使死者在另一世界有所欠缺；更殘酷的是，還令活人陪葬，以繼續服侍那死者。守喪的時間長，期間因哀痛而使守喪者軟弱無力，如此一來，為官不理政事，為民不事生產。可見，墨子不是從死後的世界來思考喪葬禮儀的適當性，而是從活人的現實世界來考量喪葬禮儀的合宜性，「厚葬久喪」顯然不能使人民富足。

是故求以富家而既已不可矣，欲以眾人民，意者可邪？其說又不可矣。今唯無以厚葬久喪者為政[1]，君死，喪之三年；父母死，喪之三年；妻與後子死者[2]，五皆喪之三年；然後伯父、叔父、兄弟、孽子其[3]；族人五月；姑、姊、甥、舅皆有月數[4]。則毀瘠必有制矣，使面目陷陬，顏色黧黑，耳目不聰明，手足不勁強，不可用也。又曰上士操喪也，必扶而能起，杖而能行，以此共三年。若法若言，行若道，苟其飢約[5]，又若此矣，是故百姓冬不仞寒[6]，夏不仞暑，作疾病死者，不可勝計也。此其為敗男女之交多矣[7]。以此求眾，譬猶使人負劍[8]，而求其壽也。眾之說無可得焉。

注釋

1 唯無：與前「唯毋」同。

2 後子：為父後之子，即長子。

3 孽子：說文：「孽，庶子也。」庶子即眾子，長子之外都稱庶子。其：同期，一年。言服一年的喪。

4 皆有月數：即「皆有數月」。

5 飢約：忍飢縮食。

6 仞：即「忍」。

7 敗男女之交：指在喪期中禁止男女交往。

8 負劍：同「伏劍」，即身伏劍上而自殺。

譯文

所以，用厚葬久喪使國家富有，已不可能了，而要以此使人民數量增加，或許可以吧？然而這種說法又是不可行的。現在以厚葬久喪的方法去治理國家，國君死了，服喪三年；父母死了，服喪三年，妻與嫡長子死了，又都服喪三年。然後伯父、叔父、兄弟、自己的庶子死了服喪一年；同族親人死了服喪五個月；姑姑、姐姐、外甥、舅父死了，服喪都有一定的月數，那麼，喪期中的哀毀瘦損必定有一定的規制。使自己面目乾瘦，膚色泛黑，耳朵不聰敏，眼睛不明亮，手腳沒有力氣，因而無法做事情。又說：士以上階層的人守喪，必須被人攙扶才能站起來，拄着拐杖才能行走，按照這種方式生活三年之久。假如效法這種言論，實行這種主張，則他們忍飢縮食，又像這樣了，因此百姓冬天忍受不了寒冷，夏天忍受不了酷暑，生病而死的，不可勝數。這樣做又大大妨礙了男女交合的機會。以這種做法追求增加人口，就好像使人伏身劍刃而尋求長壽。厚葬久喪能使人口增多的說法根本不可能實現。

是故求以眾人民，而既以不可矣[1]，欲以治刑政，意者可乎？其說又不可矣。今唯無以厚葬久喪者為政，國家必貧，人民必寡，刑政必亂。若法若言，行若道，使為上者行此，則不能聽治；使為下者行此，則不能從事。上不聽治，刑政必亂；下不從事，衣食之財必不足。若苟不足，為人弟者，求其兄而不得，不弟弟必將怨其兄矣[2]；為人子者，求其親而不得，不孝子必是怨其親矣[3]；為人臣者，求之君而不得，不忠臣必且亂其上矣。是以僻淫邪行之民，出則無衣也，入則無食也，內續奚吾[4]，並為淫暴，而不可勝禁也。是故盜賊眾而治者寡。夫眾盜賊而寡治者，以此求治，譬猶使人三睘而毋負己也[5]，治之說無可得焉。

注釋

1 以：畢沅說同「已」。

2 不弟弟：上「弟」字為孝悌之「悌」。不弟弟，指不恭順兄長的弟弟。

3 必是：「是」據下文疑當作「且」。

4 內續奚吾：俞樾認為應為「內積奚后」，奚后同「謑詬」，即恥辱。

5 睘：同「還」，「轉身」之意。毋負己：不使人背向自己。

譯文

所以實行厚葬久喪以求人口增多，已不可能了。想以它治理行政事務，也許可以吧？這種說法又是不行的。現在以厚葬久喪的原則治理政事，國家必定會貧窮，人民必定會減少，刑政必定會混亂。假如效法這種言論，實行這種主張，使居上位的人依此而行，就不能聽政治國；使在下位的人依此而行，就不能從事自己的本業。居上位的不能聽政治國，行政事務就必定混亂；在下位的不能從事本業，衣食財物的供應就必定不足。假若不足，做弟弟的向兄長求索而得不到，不恭順的弟弟就必定要怨恨他的兄長；做兒子的求索父母而得不到，不孝的兒子就必定要怨恨他的父母；做臣子的求索君主而得不到，不忠的臣子就必定要反叛他的君上。所以品行偏頗淫邪的百姓，出門就沒有衣物，回家就沒有食物，內心累積着恥辱之感，一起去做邪惡暴虐之事，多得無法禁止。因此盜賊眾多而治安好的情況減少。倘使盜賊增多而治安不善，用這種做法尋求治理。就好像要人旋轉三圈而要他不許背對自己。因此，厚葬久喪而使國家得以治理的說法已是不可能實現了。

賞析與點評

墨子為說明厚葬久喪不能使人民眾多，也不能使治安良好，採用了生動的例子來說明方法與目標背離的荒謬情況，正如使人伏身劍刃而尋求長壽，要人旋轉三圈而要他站在特定位置一般，是不可能實現的。而厚葬久喪正是背離施政目標的荒謬做法。

是故求以治刑政，而既已不可矣，欲以禁止大國之攻小國也，意者可邪？其說又不可矣。是故昔者聖王既沒，天下失義，諸侯力征[1]。南有楚、越之王，而北有齊、晉之君，此皆砥礪其卒伍，以攻伐並兼為政於天下。是故凡大國之所以不攻小國者，積委多[2]，城郭修，上下調和，是故大國不耆攻之[3]。無積委，城郭不修，上下不調和，是故大國耆攻之。今唯無以厚葬久喪者為政，國家必貧，人民必寡，刑政必亂。若苟貧，是無以為積委也；若苟寡，是城郭溝渠者寡也；若苟亂，是出戰不克，入守不固。

注釋

1 諸侯力征：征同「政」。指諸侯用暴力、武力施政、攻伐。
2 積委：指國家積存的財物。多的稱為「積」，少的稱為「委」。
3 耆：與「嗜」同。

譯文

所以厚葬久喪在治理行政上，既然不能將國家治理好，而想以此禁止大國攻打小國，也許還可以吧？這種說法也是不行的。因為，從前的聖王已離開人世，天下喪失了正義，諸侯用武力統治征伐。南邊有楚、越二國之王，北邊有齊、晉二國之君，這些君主都訓練他們的士卒，在施政上攻伐兼併天下各國。所以凡是大國不攻打小國的，是因為小國積貯財物多，城郭修建堅固，上下和協一致，因此，大國不願意攻打它們。如果小國沒有積聚財物，城郭不修建堅固，上下不和協團結，大國就喜歡攻打它們。現在以主張厚葬久喪的人主持政務，國家必定會貧窮，人民必定會減少，行政事務必定會混亂。如果國家貧窮，就沒有甚麼東西可以用來積蓄儲備；如果人口減少，修城郭、溝渠的人就少了；如果政治混亂，出戰就不能勝利，入守就不能牢固。

此求禁止大國之攻小國也，而既已不可矣；欲以干上帝鬼神之福[1]，意者可邪？其說又不可矣。今唯無以厚葬久喪者為政，國家必貧，人民必寡，刑政必亂。若苟貧，是粢盛酒醴不淨潔也[2]；若苟寡，是事上帝鬼神者寡也；若苟亂，是祭祀不時度也。今又禁止事上帝鬼神，為政若此，上帝鬼神始得從上撫之曰[3]：「我有是人也，與無是人也，孰愈？」曰：「我有是人也，與無是人也，無擇也。」則惟上帝鬼神降之罪厲之禍罰而棄之，則豈不亦乃其所哉[4]！

注釋

1 干：求。

2 粢盛酒醴：粢是黍稷之類；盛，祭祀容器；醴，是一種甜酒。以上皆為祭品。

3 撫之：據之。

4 不亦乃其所：不也是他所應得的。

譯文

這樣還想要禁止大國去攻打小國，已經不可能了；而想用它祈求上帝、鬼神賜福，也許可以吧？這種說法也是行不通的。現在以主張厚葬久喪的人主持政務，國家必定貧窮，人民必定減少，刑法政治必定混亂。如果國家貧窮，那麼祭祀神靈的穀物酒飯就不能潔淨；如果人民減少，那麼敬拜上帝、鬼神的人也就少了；如果政治混亂，那麼祭祀就不能按照一定的時期舉行。現在又禁止敬事上帝鬼神，像這樣去施政，上帝、鬼神便根據人們的行事開始從天上發問：「我有這些人和沒有這些人，哪樣更好些呢？」然後說：「我有這些人與沒有這些人，沒有區別。」那麼，即使上帝、鬼神給他們降下疾病瘟疫的災禍，處罰進而拋棄他們，難道不也是他們罪有應得嗎！

賞析與點評

厚葬久喪無法避免大國的侵略攻伐，也不能令鬼神賜福求安，是從以厚葬久喪施政所造成的「國家必貧，人民必寡，刑政必亂」的後果，進一步推論出來的。墨子希望藉由更嚴重的後果，如：會危及國家人民的生存，使人們重視「厚葬久喪」所造成的弊病，進而有所改變。

故古聖王制為葬埋之法，曰：「棺三寸，足以朽體；衣衾三領[1]，足以覆惡[2]。以及其葬也，下毋及泉，上毋通臭，壟若參耕之畝[3]，則止矣。死則既以葬矣，生者必無久哭，而疾而從事[4]，人為其所能，以交相利也。」此聖王之法也。

注釋

1 衾：殮屍用的被子。
2 覆惡：畢沅說：「死者為人惡之，故云覆惡。」
3 參耕之畝：是說墓地的佔地範圍，其寬度約三尺。
4 疾而從事：趕快恢復自己的工作。

譯文

所以古代聖王制定埋葬的方法，說：「棺木三寸厚，足以讓屍體在其中朽敗就行；衣被三件，足以掩蓋屍體讓人看了難過的模樣就行。及至下葬，下面不掘到泉源深處，上面不使腐臭屍氣散發，墳地寬廣三尺，就夠了。死者既已埋葬，活着的人就不當長久哀哭，而應趕快恢復自己的工作，人人各盡所能，使大家能夠交相得利。」這就是聖王的法則。

今執厚葬久喪者之言曰：「厚葬久喪雖使不可以富貧眾寡，定危治亂，然此聖王之道也。」子墨子曰：「不然。昔者堯北教乎八狄[1]，道死，葬蛩山之陰[2]，衣衾三領，穀木之棺[3]，葛以緘之[4]，既犯而後哭[5]，滿埳無封[6]。已葬，而牛馬乘之[7]。舜西教乎七戎，道死，葬南己之市[8]。衣衾三領，穀木之棺，葛以緘之，已葬，而市人乘之。禹東教乎九夷，道死，葬會稽之山，衣衾三領，桐棺三寸，葛以緘之，絞之不合[9]，通之不埳[10]，土地之深[11]，下毋及泉，上毋通臭。既葬，收餘壤其上[12]，壟若參耕之畝，則止矣。若以此若三聖王者觀之，則厚葬久喪果非聖王之道。」故三王者，皆貴為天子，富有天下，豈憂財用之不足哉？以為如此葬埋之法。

注釋

1 八狄：北方的蠻族。

2 蛩（粵：窮；普：qióng）山之陰：蛩，蛩山即鞏山，在今山東濮縣。陰，指山北。

3 穀木：一種材質很差的木材。

4 葛以緘之：以葛條綁束棺材。

5 犯：據畢沅校應為「窆」，音匾。將棺木葬入墓穴裏，即埋葬。

6 滿埳無封：埳與「坎」同，指墓穴用土填滿。無封即不堆土作墳。

7 牛馬乘之：牛馬在上面行走。

8 南己之市：己亦作「紀」，南紀之市即零陵，在今湖南省永州市。

9 絞之不合：棺材板交合不嚴密。

10 通之不埳：道藏本、吳鈔本「通」並作「道」。道之不埳，指所鑿墓道並不深邃。

11 土地之深：應作「掘地之深」。

12 收餘壤其上：把埋葬剩下的土，堆聚在墳上面。

譯文

現在堅持主張厚葬久喪的人說道：「厚葬久喪即使不可以使貧窮的人變得富有、人口稀少的轉為眾多、危險的變成安定、混亂的得到治理，然而這是聖王所立下的準則。」我們的老師墨子說：「並非如此。從前堯去北方教化八狄，在半路上死了，葬在蛩山的北側。隨葬衣被只有三件，用材質不好的木料做成棺材，用葛藤來綁束棺材，棺材入土後才舉哀哭喪，只用土填平墓穴而沒有墳堆。埋葬完畢之後，牛馬照常在上面行走。舜到西方教化七戎，在半路上死了，葬在南己的市場旁，隨葬衣被只有三件，用材質不好的木料做成棺材，用葛藤來綁束棺材，埋葬完畢之後，市民可以照常往來其上。大禹去東方教化九夷，在半路上死了，葬在會稽山上，隨葬衣被只有三件，用桐木做的棺材只有三寸厚，用葛藤來綁束棺材，棺材板交合並不密合。鑿了墓道，但並不深邃，掘地的深度下不及泉源，上不透出臭氣。下葬之後，將剩餘的泥土堆在上面，墳地寬廣大約三尺，這就夠了。如果照這三位聖王的情況來看，則厚葬久喪確實不是聖王之道。」這三位聖王都貴為天子，富有天下，難道還怕財用不夠嗎？只是他們認為這樣做才是葬埋的法則罷了。

賞析與點評

墨子凡有所反對，必然會提出新的取代方案；他既然反對當時厚葬久喪的習俗，就會提出較為適宜的喪葬之法，並具體指出可行的方案與標準。並且，這些方案的原則並不是墨子的主觀認定，還有古代聖王的事跡足以佐證。可見墨子的許多思想都有所本，也就是三表法中的「本之者」。

今王公大人之為葬埋，則異於此。必大棺中棺[1]，革闠三操[2]，璧玉即具，戈劍、鼎鼓、壺濫、文繡、素練、大鞅、萬領、輿馬、女樂皆具，曰必捶垛差通[3]，壟雖凡山陵。此為輟民之事，靡民之財，不可勝計也，其為毋用若此矣。是故子墨子曰：「鄉者[4]，吾本言曰，意亦使法其言，用其謀，計厚葬久喪，請可以富貧眾寡、定危、治亂乎！則仁也，義也，孝子之事也，為人謀者，不可不勸也；意亦使法其言，用其謀，若人厚葬久喪，實不可以富貧、眾寡、定危、治亂乎！則非仁也，非義也，非孝子之事也，為人謀者，不可不沮也。是故求以富國家，甚得貧焉；欲以眾人民，甚得寡焉；欲以治刑政，甚得亂焉；求以禁止大國之攻小國也，而既已不可矣；欲以干上帝鬼神之福，又得禍焉。上稽之堯舜禹湯文武之道而政逆之[5]，下稽之桀紂幽厲之事，猶合節也。若以此觀，則厚葬久喪其非聖王之道也。」

注釋

1 大棺中棺：大棺即外層棺木，中棺即內層棺木。

2 革闠三操：闠同「鞼」，有絞飾的皮革。三操，三匝。

3 捶垛差通：垛當為「涂」。捶垛，堅築道路。差通，疑誤，當作「羨道」，即墓道。

4 鄉者：即「嚮」，「從前」之意。

5 而政逆之：正相逆反。

譯文

現在王公大人們治喪葬埋，則與此不同了。必定要用外棺套內棺，並以飾有文彩的皮帶再捆三層，隨葬的璧玉既已備好，戈矛刀劍、鼎鼓、壺鏡、繡花衣服、白綢帶子、衣衾上萬件、車馬、女樂也都備好了。還必須把墓道捶實、築堅固，墳墓堆土高得像山陵。這樣荒廢人民的事務，耗費人民的資財，多得不可勝數，厚葬的情況竟如此毫無用處。所以我們的老師墨子說：「過去，我本來說過：假使效法這種言論，採用這種想法算計厚葬久喪，確實可以使貧窮的人富有、稀少的人口增加、危險變為安定、混亂得到治理，那就是合乎仁義的，也是孝子應做的事。因此替人謀劃的就不可不勉勵他這樣做。假使效法這種言論，採用這種主張，若人們厚葬久喪，確實不可以使貧窮的人富有、稀少的人口增加、危險變為安定、混亂得到治理，那就不是合乎仁義的，也不是孝子應做的事。因此替人謀劃的就不可不阻止他這樣做。所以，若尋求用這種說法使國家富足，結果導致更加貧困，想以它增加人民卻導致更加減少，想用它使刑政治理反而導致更加混亂，想用它禁止大國攻打小國也已經不可能了，想用它求取上帝鬼神的賜福反而只能得到災禍。我們就向上考察堯、舜、禹、湯、周文王、周武王之道，正好與之相反；向下考察夏桀、商紂、周幽王、周厲王之事，與之倒恰好相合。照這看來，厚葬久喪並不是聖王之道。」

賞析與點評

墨子批評當時王公貴族的喪葬行為，並且與古代聖王、暴王的事跡對比，說明厚葬久喪並非聖王之道，不可採行。

今執厚葬久喪者言曰：「厚葬久喪，果非聖王之道，夫胡說中國之君子[1]，為而不已，操而不擇哉[2]？」子墨子曰：「此所謂便其習而義其俗者也[3]。昔者越之東有輆沭之國者，其長子生，則解而食之。謂之『宜弟』；其大父死，負其大母而棄之，曰：『鬼妻不可與居處。』此上以為政，下以為俗，為而不已，操而不擇，則此豈實仁義之道哉？此所謂便其習而義其俗者也。楚之南有炎人國者[4]，其親戚死，朽其肉而棄之[5]，然後埋其骨，乃成為孝子。秦之西有儀渠之國者[6]，其親戚死[7]，聚柴薪而焚之，燻上[8]，謂之登遐，然後成為孝子。此上以為政，下以為俗，為而不已，操而不擇，則此豈實仁義之道哉？此所謂便其習而義其俗者也。若以此若三國者觀之，則亦猶薄矣。若以中國之君子觀之，則亦猶厚矣。如彼則大厚，如此則大薄，然則葬埋之有節矣。故衣食者，人之生利也，然且猶尚有節；葬埋者，人之死利也[9]，夫何獨無節於此乎？」子墨子制為葬埋之法曰：「棺三寸，足以朽骨；衣三領，足以朽肉；掘地之深，下無菹漏[10]，氣無發洩於上，壟足以期其所[11]，則止矣。哭往哭來，反從事乎衣食之財，佴乎祭祀[12]，以致孝於親。」故曰子墨子之法，不失死生之利者，此也。

注釋

1 胡說：何說。

2 擇：應作「釋」。

3 義：與「善」同。

4 炎人國：一作啖人國，即「食人國」。

5 朽：與「剔」同。

6 儀渠：也作義渠，古代西方少數民族國名。

7 親戚：即父母。

8 燻上：煙氣向上。

9 人之死利也：「死利」與上文「生利」相對。指葬埋是對死者有利的事。

10 菹：同「沮」，意為「濕」。

11 期：期會，指按期在墓地聚會祭祀。

12 佴（粵：二；普：èr）：意為「助」。

譯文

現在堅持厚葬久喪的人說道：「厚葬久喪如果真不是聖王之道，那怎麼解釋中原的君子行之有年而不停止、持守這種禮儀而不放棄呢？」我們的老師墨子說：「這就是所謂的要便於人民的習慣、適合人民的風俗。從前，越國的東面有個輆沭國，他們的長子一出生就被肢解吃掉，這種做法被稱為是『有益於他的弟弟』。他們的祖父死後，就背着祖母扔掉，說：『鬼的妻子不可與她住在一起。』這種做法上面持以施政，下面習以為俗，行之有年而不停止，持守這種方式而不放棄。這難道真的是仁義之道嗎？這就是所謂的要便於人民的習慣、適合人民的風俗。楚國的南面有個食人國，此國人在雙親死後，先把屍體的肉剔下來扔掉，然後再埋葬骨頭，這樣才能成為孝子。秦國的西面有個儀渠之國，這個國家的人在雙親死後，聚積柴薪放火把屍體燒掉，將煙氣上升說成是死者登仙，然後才能成為孝子。上面以這種做法作為國政，下面以之作為風俗，行之有年而不停止，持守這種方式而不放棄。這難道真的是仁義之道嗎？這就是所謂的要便於人民的習慣、適合人民的風俗。如果從這三國的情況來看，那麼人們對喪葬的方式也還是很簡薄的，而從中原君子對喪葬的處理方式來看，則又是太隆厚了。像那樣太隆厚，像這樣又太簡薄，既然如此，那麼葬埋就應當有節制。所以，衣食是人生活所必需的利益之所在，然而尚且有所節制；葬埋是人死後的利益之所在，為何獨不對此加以節制呢？」因此我們的老師墨子制定葬埋的法則說：「棺材厚三寸，隨葬衣服三件，足以使死者的骨肉在其中朽爛。掘地的深淺，以下面沒有濕漏、屍體氣味不要洩出地面為度。墓地足以供人按期聚會祭祀就行了。出喪往來哀哭完畢，回來就從事衣食財用的生產，以助祭祀之用，以向雙親盡孝道。」所以說，我們的老師墨子的法則，不損害生和死兩方面的利益，道理就在於此。

故子墨子言曰：「今天下之士君子，中請將欲為仁義[1]，求為上士，上欲中聖王之道，下欲中國家百姓之利，故當若節喪之為政，而不可不察此者也。」

注釋

1 中請：請同「情」，意為誠。中請乃內心真誠。

譯文

所以我們的老師墨子說：「現在天下的士君子，內心真誠想實行仁義，追求成為高尚賢士，上想要符合聖王之道，下想要符合國家百姓的利益，所以就應當以節葬的原則來施政，這是不可不加以注意的。」

反對墨子思想的人以「行之有年」作為反對墨子的理由，墨子則舉出當時三個國家中非常離譜的風俗，來說明並不是任何行之有年的風俗就必然有價值，必須要看此風俗禮儀所造成的後果為何、能否符合聖王之道、能否真正有利於國家百姓。要從這幾個方面考察，才能判定施政的方向與原則；厚葬久喪顯然是必須改革的禮俗了。以下我們來回顧〈節葬〉篇墨子的思路：

1. 仁者治理天下時，為天下人設想的治理目標為何？富之、眾之、治之。
2. 厚葬久喪是否符合仁、義？厚葬久喪若能富貧眾寡，定危治亂，就是符合仁、義。
3. 厚葬久喪的現象與造成的結果為何？此存乎王公大人有喪者，曰棺槨必重，葬埋必厚，衣衾必多，文繡必繁，丘隴必巨；存乎匹夫賤人死者，殆竭家室。
4. 厚葬久喪能否使人民富有？不能。使農夫行此，則必不能蚤出夜入，耕稼樹藝；使百工行此，則必不能修舟車為器皿矣；使婦人行此，則必不能夙興夜寐，紡績織紝。
5. 厚葬久喪能否使人民眾多？不能。若法若言，行若道，苟其飢約，又若此矣，是故百姓冬不仞寒，夏不仞暑，作疾病死者，不可勝計也。此其為敗男女之交多矣。以此求眾，譬猶使人負劍，而求其壽也。眾之說無可得焉。
6. 厚葬久喪能否使治安良好？不能。

行若道使王公大人行此，則必不能蚤朝，五官六府，辟草木，實倉廩。以厚葬久喪者為政，國家必貧，人民必寡，刑政必亂。若法若言，行若道，使為上者行此，則不能聽治；使為下者行此，則不能從事。上不聽治，刑政必亂。

7. 以厚葬久喪為政，能否避免大國的侵略攻伐？不能。以厚葬久喪者為政，國家必貧，人民必寡，刑政必亂。若苟貧，是無以為積委也；若苟寡，是城郭溝渠者寡也；若苟亂，是出戰不克，入守不固。

8. 以厚葬久喪為政，能否求得上帝鬼神之賜福？不能。以厚葬久喪者為政，國家必貧，人民必寡，刑政必亂。若苟貧，是粢盛酒醴不淨潔也；若苟寡，是事上帝鬼神者寡也；若苟亂，是祭祀不時度也。……上帝鬼神降之罪厲之禍罰而棄之。

9. 葬埋之法應以甚麼為標準？棺三寸，足以朽體；衣衾三領，足以覆惡。以及其葬也，下毋及泉，上毋通臭，壟若參耕之畝，則止矣。死則既以葬矣，生者必無久哭，轉而從事，人為其所能，以交相利也。

10. 厚葬久喪是否為聖王之法？非也。可見堯、舜、禹三王之例。

11. 厚葬久喪如果真不是聖王之道，那怎麼解釋中原的君子行之有年而不停止、持守這種禮儀而不放棄呢？例如：輆沭國的「宜弟」說及「鬼妻」說、炎人國的親戚朽肉棄之、儀渠之國的「登遐」說都是習俗流風所致，不合仁義，也不得為執政者所取法；而厚葬久喪正與此相似，必須予以改革。

12. 天下真正想實行仁義的士君子該如何做？以節喪為政。

卷七

天志上

本篇導讀——

〈天志〉篇是墨家的核心篇章，因為其他各篇的思想都奠基於「天志」，我們在讀此篇時，要透過內容的描述而掌握「天」的性質以及天人之間的關係。〈天志〉篇也是以層層推理的方式表現墨子的思想，中國古代流傳至今的許多推理文字，其目的都在於說服君王、王公貴族或士人採行某種學說，墨家正是立足於平民百姓的立場與需求，試圖說服那些貴族執政者進行改革，以興天下之利。

子墨子言曰：「今天下之士君子，知小而不知大。何以知之？以其處家者知之。若處家得罪於家長，猶有鄰家所避逃之。然且親戚兄弟所知識，共相儆戒，

皆曰：『不可不戒矣！不可不慎矣！惡有處家而得罪於家長，而可為也！』非獨處家者為然，雖處國亦然。處國得罪於國君，猶有鄰國所避逃之，然且親戚兄弟所知識，共相儆戒皆曰：『不可不戒矣！不可不慎矣！誰亦有處國得罪於國君，而可為也！』此有所避逃之者也，相儆戒猶若此其厚，況無所避逃之者，相儆戒豈不愈厚，然後可哉？且語言有之曰[1]：『焉而晏日焉而得罪[2]，將惡避逃之？』曰無所避逃之。夫天不可為林谷幽門無人[3]，明必見之[4]。然而天下之士君子之於天也，忽然不知以相儆戒[5]，此我所以知天下士君子知小而不知大也。」

注釋

1 語言：俗語。

2 焉而：孫詒讓認為此處「焉」字同於「於」，乃「於此而言」之意。俞樾認為此一「焉而」為衍文，應刪。晏日焉而：晏日，清明之日；此處「焉」為語氣詞，「而」為轉折詞，焉而乃「竟然」之意。

3 幽門：門應作「間」，指山林深遠間隙之處。

4 明：指天知明察。

5 忽然：指疏忽。

譯文

我們的老師墨子說：「現在天下的士君子只知道小道理，而不知道大道理。怎麼知道是這樣呢？從他處身於家族的情況可以知道。如果一個人處身家族中而得罪了家長，他還能逃避到相鄰的家族去。然而父母、兄弟和相識的人彼此相互儆戒，都說：『不可不儆戒呀！不可不謹慎呀！怎麼會有處身家族中而得罪家長的呢？』不僅處身於家族的情況如此，即使處身於國也是這樣。如果處在一國之中而得罪了國君，還有鄰國可以逃避。然而父母、兄弟和相識的人彼此相互儆戒，都說：『不可不儆戒呀！不可不謹慎呀！怎麼會有處身於國而可以得罪國君的呢？』這是有地方可以逃避的，人們相互儆戒都如此嚴重，又何況是那些沒有地方可以逃避的情況呢？互相儆戒難道不就更加鄭重，然後才可以嗎？而且俗語有這種說法：『照這麼說，在光天化日之下得罪了天，還有甚麼地方可以逃避呢？』回答是：『沒有地方可以逃避。』上天不會對山林深谷深遠間隙無人的地方有所忽視，祂明晰的目光一定會看得見。然而天下的士君子對於天，卻疏忽地不知道以此相互儆戒。這就是我藉以知道天下的士君子知道小道理而不知道大道理的理由。」

賞析與點評

墨子用家族、國家、天下的不同範圍，進行若得罪家長、國君與天的比較，其中家族、國家為「小」的一類，天下為「大」的一類，大小兩類事務有相似性，在小類中所必須注意的事在大類中卻被疏忽了，所以墨子說：「今天下之士君子，知小而不知大。」其中，顯然墨子認為「天」是有意志、有好惡、能賞罰的最高權威，同時，「天」還具有無所不知的能力。

然則天亦何欲何惡[1]？天欲義而惡不義。然則率天下之百姓以從事於義，則我乃為天之所欲也。我為天之所欲，天亦為我所欲。然則我何欲何惡？我欲福祿而惡禍祟。若我不為天之所欲，而為天之所不欲，然則我率天下之百姓，以從事於禍祟中也[2]。然則何以知天之欲義而惡不義？曰：「天下有義則生，無義則死；有義則富，無義則貧；有義則治，無義則亂。然則天欲其生而惡其死，欲其富而惡其貧，欲其治而惡其亂。」此我所以知天欲義而惡不義也。

注釋

1 惡：好惡之惡。

2 從事於禍祟中：禍祟，災殃禍患。所做之事致人陷於災禍之中。

譯文

既然如此，那麼上天喜歡甚麼，厭惡甚麼呢？上天愛好正義而憎惡不義。既然如此，那麼率領天下的百姓，去做合乎正義的事，這就是我們在做上天所喜好的事了。我們做上天所喜歡的事，那麼上天就會做我們所喜歡的事。那麼我們又喜歡甚麼、厭惡甚麼呢？我們喜歡福祿而厭惡禍患。如果我們不做上天所喜歡的事，那麼就是我們率領天下的百姓，陷他們於禍患災殃中去了。那麼如何知道上天喜好正義而憎惡不義呢？回答說：「天下之事，有正義的就得以生存，無正義的就會滅亡；有正義的就富有，無正義的就會貧窮；有正義的就得以治理妥善，無正義的就混亂。然而上天喜歡人類得以生存而討厭他們死亡，喜歡人類富有而討厭他們貧窮，喜歡人類平治而討厭他們混亂。」這就是我所以知道上天喜好正義而憎惡不義的理由。

賞析與點評

既然天是有意志、有好惡的最高權威，此段就進一步說明「天」的所好、所惡為何。同時，這一段也說明了「天」與「人」的關係，這裏的「人」又顯然是指執政者。藉由「天」之所欲，指出執政者必須依照天意：生、富、治的目標施政。而生、富、治的施政目標，都必須以行「義」來達成。

曰且夫義者政也，無從下之政上[1]，必從上之政下。是故庶人竭力從事，未得次己而為政[2]，有士政之；士竭力從事，未得次己而為政，有將軍大夫政之；將軍大夫竭力從事，未得次己而為政，有三公諸侯政之；三公諸侯竭力聽治，未得次己而為政，有天子政之；天子未得次己而為政，有天政之。天子為政於三公、諸侯、士、庶人，天下之士君子固明知，天之為政於天子，天下百姓未得之明知也。故昔三代聖王禹湯文武，欲以天之為政於天子，明說天下之百姓，故莫不犓牛羊[3]，豢犬彘[4]，潔為粢盛酒醴，以祭祀上帝鬼神，而求祈福於天。我未嘗聞

天下之所求祈福於天子者也[5]，我所以知天之為政於天子者也。

注釋

1 政：與「正」同。

2 次己：次即「恣」，次己乃「擅自」之意。

3 犓：用草料餵牲畜。

4 豢：以穀物餵牲畜。

5 下：衍文，應刪。

譯文

又說：並且義是用來匡正人的，不能從下正上，必須從上正下。所以老百姓竭力做事，不能擅自恣意去做，有士去匡正他們；士竭力做事，不得擅自恣意去做，有將軍、大夫匡正他們；將軍、大夫竭力做事，不得擅自恣意去做，有三公、諸侯去匡正他們；三公、諸侯竭力聽政治國，不得擅自恣意去做，有天子匡正他們；天子不得擅自恣意去治政，有上天匡正他。天子向三公、諸侯、士、庶人施政，天下的士君子固然明白地知道；上天匡正天子的施政，天下的百姓卻未能清楚地知道。所以從前三代的聖王夏禹、商湯、周文王、周武王，想把上天匡正天子施政的事，明白地勸告天下的百姓，所以無不飼養牛羊、餵養豬狗，潔淨地預備酒類和黍稷等祭物，用來祭祀上帝鬼神而向上天祈求幸福。我不曾聽到上天向天子祈求幸福的。這就是我所以知道上天匡正天子的理由。

賞析與點評

此段說明行義的方式與方向，是由上而下，最高的權威在於「天」而非天子，如此根據「義」來層層節制，以作為社會各階層行事的標準。墨子用古代人民與天子、人民與天的關係相互比較，來說明「天」在天子之上。此處可與〈尚同〉篇的思想相貫通，兩篇可一起對照來看。

故天子者，天下之窮貴也[1]，天下之窮富也，故於富且貴者，當天意而不可不順。順天意者，兼相愛，交相利，必得賞；反天意者，別相惡，交相賊，必得罰。然則是誰順天意而得賞者？誰反天意而得罰者？子墨子言曰：「昔三代聖王禹湯文武，此順天意而得賞也；昔三代之暴王桀紂幽厲，此反天意而得罰者也。」

然則禹湯文武其得賞何以也？子墨子言曰：「其事上尊天，中事鬼神，下愛人，故天意曰：『此之我所愛，兼而愛之；我所利，兼而利之。愛人者此為博焉，利人者此為厚焉。』故使貴為天子，富有天下，業萬世子孫[2]，傳稱其善，方施天下[3]，至今稱之，謂之聖王。」然則桀紂幽厲得其罰何以也？子墨子言曰：「其事上詬天[4]，中詬鬼，下賊人，故天意曰：『此之我所愛，別而惡之；我所利，交而賊之。惡人者此為之博也，賊人者此為之厚也。』故使不得終其壽，不歿其世，至今毀之，謂之暴王。」

注釋

1 窮：「極」之意。

2 業：傳承其事業。

3 方：古「旁」字，「普遍」之意。

4 詬：「罵」之意。

譯文

所以天子是天下最尊貴的人，天下最富有的人，因此想要貴富的人，對天意就不可不順從。順從天意的人，普遍彼此相愛，交互都得利益，必定會得到賞賜；違反天意的人，分別彼此而相憎惡，交互殘害，必定會受到懲罰。既然這樣，那麼誰順從天意而得到賞賜呢？誰違反天意而得到懲罰呢？我們的老師墨子說：「從前三代聖王夏禹、商湯、周文王、周武王，這些是順從天意而得到賞賜的；從前三代的暴王夏桀、商紂、周幽王、周厲王，這些是違反天意而得到懲罰的。」既然如此，那麼禹、湯、文王、武王憑甚麼得到賞賜呢？我們的老師墨子說：「他們所做的事，上尊天，中敬奉鬼神，下愛人民。所以天意說：『這就是對我所愛的，他們兼而愛之；對我所利的，他們兼而利之。愛人的事，這最為廣博；利人的事，這最為厚重。』所以使他們貴為天子，富有天下，傳業於世代子子孫孫，而稱頌他們的美德，教化遍施於天下，到現在還受人稱道，稱他們為聖王。」既然如此，那麼桀、紂、幽王、厲王得到懲罰又是甚麼原因呢？我們的老師墨子說：「他們所做的事，對上辱罵上天；於中辱罵鬼神，對下殘害人民。所以天意說：『這是對我所愛的，他們分別憎惡之；對我所利的，他們交相殘害之。所謂憎惡人，以此為最廣泛；所謂殘害人，以此為最嚴重。』所以使他們不得壽終，不能善終。人們至今還在罵他們，稱他們為暴王。」

賞析與點評

墨子喜用古代聖王與暴王的實例，來說明順天意行事與反天意行事的結果有何差異，其目的當然是希望執政者能依照天的意志來行事施政。從墨子行文的對象常是執政者來看，墨子是立足於平民百姓的立場和需要，希望執政者有所改革，以促進人民大眾的利益。

然則何以知天之愛天下之百姓？以其兼而明之。何以知其兼而明之[1]？以其兼而有之[2]。何以知其兼而有之？以其兼而食焉。何以知其兼而食焉？四海之內，粒食之民，莫不犓牛羊，豢犬彘，潔為粢盛酒醴，以祭祀於上帝、鬼神，天有邑人[3]，何用弗愛也？且吾言殺一不辜者必有一不祥。殺不辜者誰也？則人也。予之不祥者誰也？則天也。若以天為不愛天下之百姓，則何故以人與人相殺，而天予之不祥？此我所以知天之愛天下之百姓也。

注釋

1 明之：明察、了解。

2 有之：擁有。

3 邑人：所屬城邑之下民。

譯文

既然如此，如何知道上天愛護天下的百姓呢？因為祂對百姓能全部明察。如何知道祂對百姓全都明察呢？因為天下的人民都為祂所擁有。如何知道天下人民都是上天所擁有的呢？因為上天全都供給食物，長養萬民。如何知道祂全都供給食物、長養萬民呢？因為在四海之內，凡是吃穀物的人，無不飼養牛羊，餵養狗豬，潔淨地預備酒類和黍稷等祭物，用來祭祀上帝、鬼神。上天擁有下民，怎麼會不喜愛他們呢？而且我曾說過，殺一個無辜的人，必遭到一件災禍。殺無辜之人的是誰呢？是人。給這人災禍的是誰呢？是天。如果認為天不愛天下的百姓，那麼為甚麼人與人互相殺害，天為甚麼要降給他災禍呢？這是我所以知道天愛護天下百姓的理由。

賞析與點評

這一段說明天與天下萬民的關係，「天」愛天下所有的人。此段可與〈兼愛〉、〈法儀〉篇的思想相貫通，我們可與上述兩篇合觀，來了解「天」的特性以及墨家的天人關係。

順天意者，義政也；反天意者，力政也[1]。然義政將奈何哉？子墨子言曰：「處大國不攻小國，處大家不篡小家，強者不劫弱，貴者不傲賤，多詐者不欺愚。此必上利於天，中利於鬼，下利於人，三利無所不利，故舉天下美名加之，謂之聖王。力政者則與此異，言非此，行反此，猶倖馳也[2]。處大國攻小國，處大家篡小家，強者刦弱[3]，貴者傲賤，多詐欺愚。此上不利於天，中不利於鬼，下不利於人。三不利無所利，故舉天下惡名加之，謂之暴王。」

注釋

1 力政：以暴力統治、征服。
2 倖馳：畢沅認為當作「俏馳」，乃「背道而馳」之意。
3 刦：同「劫」，壓迫。

譯文

順從天意的，就是實行仁義的政治；違反天意的，就是實行暴力的政治。那麼仁義的政治應當怎麼做呢？我們的老師墨子說：「大國不攻打小國，大家族不掠奪小家族，強者不壓迫弱者，地位高的人不傲視地位低的人，狡詐的不欺負愚笨的。這就必然上利於天，中利於鬼，下利於人。做到這三方面的利，就會無所不利，所以將天下最好的名聲加諸其身，稱他們為聖王。而實行暴力政治的則與此不同：他們言論不是這樣，行為也與此相反，猶如背道而馳。大國攻伐小國，大家族掠奪小家族，強者壓迫弱者，地位高的人傲視地位低的人，狡詐的欺負愚笨的。這上不利於天，中不利於鬼，下不利於人。三方面都不得利，就沒有甚麼利了，所以將天下最壞的名聲加諸其身，稱他們為暴王。」

子墨子言曰：「我有天志，譬若輪人之有規，匠人之有矩，輪匠執其規矩，以度天下之方圜[1]，曰：『中者是也，不中者非也。』今天下之士君子之書，不可勝載，言語不可盡計，上說諸侯，下說列士[2]，其於仁義則大相遠也。何以知之？曰我得天下之明法以度之。」

注釋

1 圜：即「圓」。

2 列士：指「士君子」或有功業之士。

譯文

我們的老師墨子說：「我有了上天的意志，就好像製車輪的有了圓規，木匠有了方尺。輪人和木匠拿着他們的圓規和方尺來量度天下的方和圓，說：『符合二者的就是對的，不符合的就是錯的。』現在天下士君子的書籍多得車都拉不完，所説的言語也多得不能全部記錄，對上遊說諸侯，對下遊說有名之士，但他們對於仁義，則相差得很遠。怎麼知道的呢？回答說：我得到了天下的明法來衡量他們。」

賞析與點評

上兩段可與〈非攻〉篇、〈法儀〉篇合觀，因為「天」的意志就是不希望大國去侵略攻打小國，而「天志」也是墨家一切思想的根源與基礎，研讀〈天志〉篇，可以幫助我們將墨家的各篇思想相互貫串成為一個整體，幫助我們全面把握墨家的思想。

〈天志上〉貫穿着說服性推理，其意義的呈現與延伸包含着情境構作、情境處理（理由分析）與情境融合等幾個層面，如「天下士君子知小而不知大也」，其中的情境構作有處家者、處國者、處天下者，其情境處理是：有罪而欲逃者，其中的「小」為處家、處國，而「大」則為處天下，以家長、國君類比於天的最高權威性、有好惡、能賞罰，以及「天」的無所不知、無事不能的特性。由這三個部分的情境處理，構成一相互聯繫的思想單位，進而指出今日士君子知小也必須知大，而所謂的「知大」，即在於了解天的特性、天與人的關係以及人面對天的態度、應有的作為等等。而此一思想單位又與〈天志上〉的另外幾個思想單位相融合，如人為了趨利避害必須知天之所欲，天所欲為「義」，而「義」則「必從上之正下」，此與〈尚同〉篇思想相融合。又從「順天之意者，兼相愛，交相利」，此與〈兼愛〉篇思想相融合。又「順天之意者，義政也」，而義政即「處大國不攻小國，處大家不篡小家」，此與〈非攻〉篇思想相融合。又「我有天志，譬若輪人之有規，匠人之有矩，輪匠執其規矩，以度天下之方圜」，此與〈法儀〉篇思想也有融合。這些都是在「人需要知天、順天」的定見之下展開推論，同時也顯示了墨子本身思維情境的融合性。

以下我們來回顧這一篇墨子的思路：

1. 何謂「小」？何謂「大」？

「小」之處家、處國有何相似之處？有罪而欲逃者。

「小」與「大」有何相異之處？前者可以逃掉，後者無處可逃。

2. 第一段顯示「天」有哪些性質？無所不知，能賞罰，有好惡（有意志）、最高權威。
第二段對誰說？執政者。
天之所欲惡為何？欲義惡不義。
何以知天欲義惡不義？天欲人生、富、治。
何以知天欲人生、富、治？天愛人。
天與人的關係為何？相互性。

3. 「義」的意義為何？正。
如何正？以上正下。
何者為上？天子為政於三公、諸侯、士、庶人，而「天」在天子之上。
上下之關係為何？在下位者未得次己而為政。
何以知天在天子之上？百姓祭祀上帝、鬼神，向「天」求福，而不向天子求福。

4. 天意為何？欲人兼相愛、交相利。
誰順天意得賞？三代聖王，禹、湯、文、武。
他們為何得賞？其事上尊天，中事鬼神，下愛人。
賞了甚麼？使貴為天子，富有天下，業萬世子孫，傳稱其善，謂之聖王。
誰反天意得罰？三代暴王，桀、紂、幽、厲。

他們為何得罰？其事上詬天，中詬鬼，下賊人。罰了甚麼？使不得終其壽，不歿其世，至今毀之，謂之暴王。

5. 何以知天之愛天下百姓？兼而明之。
何以知其兼而明之？兼而有之。
何以知其兼而有之？兼而食焉。
何以知其兼而食焉？人祭祀天。

6. 何謂義政？順天意。
如何順天意？大不攻小，利天、鬼、人。
何謂力政？反天意，相反於義政。

7. 天「志」為何？法儀。

卷八

明鬼下（節錄）

本篇導讀——

「公平」是人類共同追求的價值目標。公平的裁決是制約人類行為與動機的重要因素，如何做到公平？就是不論時間的長短，只要有人行惡必定受罰，若有善行必定得賞。並且被裁決的對象，不論他的財富、權力、地位、名聲如何，都必須受到制裁。如果沒有即時的賞罰，人們也惑於權勢足以抗衡審判的公平性，而不相信有公平的裁決力量，可能會產生的結果就是社會的失序、政治的混亂。墨子看出人的信念與社會秩序間的密切關係，因此有了〈明鬼〉篇。

在墨子看來，人們不相信鬼神的存在，也不相信鬼神能夠賞善罰惡，是導致天下大亂的關鍵，因此，他要透過三表法，引徵歷史上的聖王之事、先王之書及相關的記載，證明鬼神的存在，以及鬼神賞罰的標準，說明尊敬鬼神並宣傳鬼神的存在與鬼神強大的制裁力，是執政者興天下之利、除天下之害的聖王之道。

子墨子言曰：「逮至昔三代聖王既沒[1]，天下失義，諸侯力正[2]，是以存夫為人君臣上下者之不惠忠也，父子弟兄之不慈孝弟長貞良也，正長之不強於聽治，賤人之不強於從事也，民之為淫暴寇亂盜賊，以兵刃毒藥水火，退無罪人乎道路率徑[3]，奪人車馬衣裘以自利者並作，由此始，是以天下亂。此其故何以然也？則皆以疑惑鬼神之有與無之別，不明乎鬼神之能賞賢而罰暴也。今若使天下之人，偕若信鬼神之能賞賢而罰暴也[4]，則夫天下豈亂哉！」

注釋

1 逮至：自從。

2 正：與「征」同。

3 退：當為「迓」字之誤，迓通「禦」，作「禁」解。率徑：依孫詒讓說應為「術徑」，「術」為車行之大道，「徑」為人走的小路。

4 偕若：依王引之說「偕」同「皆」，「若」字衍文應刪。

譯文

我們的老師墨子說：「自從當初三代的聖王死後，天下人喪失了道義，諸侯用武力相互征伐，這無非因為為人君者對於臣下不仁惠，臣子對於君主不忠誠，父兄對子弟不慈愛，子弟對父兄不孝敬也不正直善良，行政長官不努力於辦公治國，平民不努力從事生產。人們做出了兇暴淫亂、搶奪偷盜之事，還拿着兵器、毒藥、水火在大小道路上遏阻無辜的人，搶奪別人的車馬衣裘為自己謀取利益。從那時開始，天下就混亂了。是甚麼緣故導致這種情況呢？那都是因為大家對鬼神是否存在的分辨疑惑不定，對鬼神能夠賞賢罰暴不能明白。現在假若人們都相信鬼神能夠賞賢罰暴，那麼天下怎麼會混亂呢？」

今執無鬼者曰：「鬼神者，固無有[1]。」旦暮以為教誨乎天下，疑天下之眾，使天下之眾皆疑惑乎鬼神有無之別，是以天下亂。是故子墨子曰：「今天下之王公大人士君子，實將欲求興天下之利，除天下之害，故當鬼神之有與無之別，以為將不可以不明察此者也。既以鬼神有無之別，以為不可不察已[2]。」

注釋

1 固：本來。

2 已：同「矣」。

譯文

現在堅持沒有鬼神的人說：「鬼神本來就不存在。」早晚都用這些話對天下之人進行宣傳，以疑惑天下的民眾，使天下的民眾都對鬼神是否存在的分辨疑惑不解，所以天下混亂。因此我們的老師墨子說：「現在天下的王公大人和士君子們，如果實在想為天下人謀求福利，除去天下的禍害，那麼對於鬼神是否存在的分辨，（我）認為是不可不考察清楚的。」

賞析與點評

為甚麼會有人宣傳無鬼神之論？從現實的生活來看，許多人行惡未見受罰，行善未必受賞。從大的時代思潮來看，整個先秦哲學也是對於人格天及鬼神信仰的逐漸遠離，人們漸漸覺得人有能力掌握自然的規律，人有能力改善自己生活的環境，因此相信鬼神變成一種落伍的想法。而這種無鬼神之論在墨子看來是間接導致天下混亂的原因，所以墨子必須大力破除這種思想。

然則吾為明察此，其說將奈何而可？子墨子曰：「是與天下之所以察知有與無之道者，必以眾之耳目之實知有與亡為儀者也[1]，請惑聞之見之[2]，則必以為有，莫聞莫見，則必以為無。若是，何不嘗入一鄉一里而問之，自古以及今，生民以來者，亦有嘗見鬼神之物，聞鬼神之聲，則鬼神何謂無乎？若莫聞莫見，則鬼神可謂有乎？」

注釋

1 有與亡為儀者：亡即「無」。儀，「標準」之意。

2 請：當為「誠」，或與「惑」通。

譯文

既然如此，那麼我們明白地考察這個問題，怎樣才能將鬼神的有無考察清楚呢？我們的老師墨子說：「天下用以察知事物是否存在的方法，必定以大眾耳目實際聞見的有無作為標準。如果確實有人聽過、看見了，那麼就可認定那事物存在；如果不曾聽過、不曾看過，那麼必定認為那事物不存在。假若這樣，何不試着進到一鄉一里去詢問呢？從古至今有百姓人民以來，也有人曾見到過鬼神的形狀，聽到過鬼神的聲音，那怎麼可以說鬼神是不存在的？假若從沒聽到、從沒看過，那麼又怎能說鬼神是存在的呢？」

賞析與點評

為證明鬼神確實存在，方法意識很強的墨子首先提出判定某一事物是否存在的判準，他用的就是三表法中的「原之者」：下原察百姓耳目之實，也就是以大多數人的共同感官經驗為標準。這個標準有一個預設，就是鬼神是可以被人類感官認知經驗到。此外，從大多數人感官經驗的「共同性」來看，墨子要求這個標準必須具備客觀性。

今執無鬼者言曰：「夫天下之為聞見鬼神之物者，不可勝計也，亦孰為聞見鬼神有無之物哉？」子墨子言曰：「若以眾之所同見，與眾之所同聞，則若昔者杜伯是也[1]。周宣王殺其臣杜伯而不辜[2]，杜伯曰：『吾君殺我而不辜，若以死者為無知則止矣；若死而有知，不出三年，必使吾君知之。』其三年[3]，周宣王合諸侯而田於圃[4]，田車數百乘，從數千，人滿野。日中，杜伯乘白馬素車，朱衣冠，執朱弓，挾朱矢，追周宣王，射之車上，中心折脊，殪車中[5]，伏弢而死[6]。當是之時，周人從者莫不見，遠者莫不聞，著在周之《春秋》。為君者以教其臣，為父者以譏其子，曰：『戒之慎之！凡殺不辜者，其得不祥，鬼神之誅，若此之憯遬也[7]！』以若書之說觀之，則鬼神之有，豈可疑哉？

注釋

1 杜伯：周宣王的大夫，封於杜的伯爵，杜在今陝西長安之南。

2 周宣王：姓姬名靜，公元前八〇四至前七八二年在位。不辜：謂不當其罪。

3 其三年：孫詒讓考證，應作「後三年」。

4 田於圃：打獵。圃，獵場。

5 殪：仆死。

6 伏弢：弢（粵：滔；普：tāo），弓衣。伏在裝弓的袋子上。

7 憯遬：憯，痛也。遬，與「速」義同。快速慘痛的下場。

譯文

現在主張沒有鬼神存在的人說：「天下聽到和見到鬼神聲形的人，多得數不清。那麼到底是誰聽到、看到鬼神的聲音和形狀呢？」我們的老師墨子說道：「如果以大眾共同見到和大眾共同聽到的來說，那麼像從前杜伯的例子就是。周宣王殺了他的大臣杜伯而杜伯是無辜的，杜伯說：『我的君主要殺我而我並沒有罪，假如我死了之後了無知覺，也就罷了；假若我死後有知，那麼不出三年，我必定讓你知道後果。』三年後，周宣王會合諸侯在獵場打獵，獵車數百輛，隨從數千人，人群佈滿山野。正午時分，杜伯乘坐白馬素車，穿着朱紅色的衣服，戴着朱紅色的頭冠，拿着朱紅色的弓，挾着朱紅色的箭，追趕周宣王，在車上射箭，射中周宣王的心臟，使他折斷了脊骨，倒伏在弓袋之上而死。當時，跟從的周人沒有不看見的，遠處的人沒有不聽到的，此事記載在周朝的《春秋》上。做君上的以此教導臣下，做父親的以此儆戒兒子，說：『儆戒呀！謹慎呀！凡是殺害無辜的人，他必得到不祥的後果。鬼神的懲罰是如此的慘痛快速。』照這書上的說法來看，對鬼神的存在，怎麼可以懷疑呢？

「非惟若書之說為然也，昔者鄭穆公[1]，當晝日中處乎廟，有神入門而左，鳥身，素服三絕[2]，面狀正方。鄭穆公見之，乃恐懼犇[3]，神曰：『無懼！帝享女

明德[4]，使予錫女壽十年有九[5]，使若國家蕃昌，子孫茂，毋失。』鄭穆公再拜稽首曰：『敢問神名？』曰：『予為句芒[6]。』若以鄭穆公之所身見為儀[7]，則鬼神之有，豈可疑哉？

注釋

1 鄭穆公：應為「秦穆公」，下同。
2 三絕：：孫詒讓說，當是「玄純」之誤。玄純即深顏色的衣緣。
3 犇：即奔。
4 享女：享，獎賞；女，汝。獎賞你之意。
5 錫：同「賜」，賜予。
6 句芒：古代傳說中的木神。傳說是遠古少昊氏的兒子。
7 儀：準則。

譯文

「不但是這本書上這樣說，從前秦穆公在正午時分，在廟堂裏，有一位神進大門後往左邊走，他有着鳥的身子，穿着白衣滾着深黑色的邊，臉的形狀方方正正。

秦穆公一見，嚇一大跳想要逃走。神說：『別怕！上帝獎賞你的明德，讓我賜給你十九年陽壽，使你的國家繁榮昌盛，子孫興旺，沒有過失。』秦穆公拜了兩拜，稽首行禮，問道：『敢問尊神名氏？』神回答說：『我是句芒。』如果以秦穆公親身所見的為準，那麼鬼神的存在，怎麼可以懷疑呢？

「非惟若書之說為然也，昔者，燕簡公殺其臣莊子儀而不辜[1]，莊子儀曰：『吾君王殺我而不辜，死人毋知亦已，死人有知，不出三年，必使吾君知之。』期年[2]，燕將馳祖，燕之有祖[3]，當齊之社稷[4]，宋之有桑林[5]，楚之有雲夢也[6]，此男女之所屬而觀也[7]。日中，燕簡公方將馳於祖塗，莊子儀荷朱杖而擊之，殪之車上。當是時，燕人從者莫不見，遠者莫不聞，著在燕之《春秋》。諸侯傳而語之曰：『凡殺不辜者，其得不祥，鬼神之誅，若此其憯遬也！』以若書之說觀之，則鬼神之有，豈可疑哉？

注釋

1 燕簡公：周敬王時燕平公之子，後為燕國國君，公元前五〇四年至前四九三年在位。

2 期年：一周年。
3 祖：同「沮」，沮澤，地名。燕國祀神之地。
4 社稷：本指土神和穀神的祭壇，這裏指祭祀社稷的活動。
5 桑林：據說是商湯祭祀旱神的地方，這裏指祭祀的活動。
6 雲夢：楚國境內的大湖，在今湖南湖北兩省之間，久已堙沒，這裏指祭祀的活動。
7 屬：聚集。

譯文

「不但這本書上這樣說，從前燕簡公殺了他的臣下莊子儀，而莊子儀是無辜的，莊子儀說：『我的君上殺我而我並沒有罪，如果死人無知，也就罷了；如果死者有知，三年之內，我必定要使我的君上知道後果。』過了一年，燕簡公將馳往沮澤祭祀，燕國有沮澤，就像齊國有社稷、宋國有桑林、楚國有云雲夢的祭祀活動一樣，都是男女聚集和觀祭禮的地方。正午時分，燕簡公正在馳往沮澤途中，莊子儀肩扛朱紅色的木杖擊打他，把他打死在車上。當時，燕人跟從的無不看見，遠處的人無不聽見，這事情記載在燕國的《春秋》上。諸侯相互轉告說：『凡是殺了無罪的人，他一定會有不祥的報應，鬼神的懲罰就會像這樣慘痛快速啊！』從這部書的記載來看，則鬼神的存在，怎麼可以懷疑呢？

「非惟若書之說為然也，昔者，宋文君鮑之時[1]，有臣曰祏觀辜[2]，固嘗從事於厲[3]，袾子杖揖出與言曰[4]：『觀辜是何珪璧之不滿度量[5]？酒醴粢盛之不淨潔也？犧牲之不全肥？春秋冬夏選失時[6]？豈女為之與？意鮑為之與？』觀辜曰：『鮑幼弱在荷繈之中[7]，鮑何與識焉？官臣觀辜特為之。』袾子舉揖而槀之[8]，殪之壇上。當是時，宋人從者莫不見，遠者莫不聞，著在宋之《春秋》。諸侯傳而語之曰：『諸不敬慎祭祀者，鬼神之誅至，若此其憯遬也！』以若書之說觀之，鬼神之有，豈可疑哉？

注釋

1 宋文君鮑：即宋文公，名鮑，公元前六一九至前五八九年在位。
2 祏觀辜：祏，孫詒讓認為應是「祝」，主持祭祀儀式的人。觀辜，人名。
3 厲：神祠，廟。
4 袾子杖揖：袾子即祝史，祭祀鬼神時，鬼神附在他身上說話。杖揖，當是「揖杖」

之誤倒；揖，雙手拿着。

5 珪璧：皆玉類，上圓下方為圭，外圓內方為璧。

6 選：通「饌」，準備食物。

7 荷強：疑為繈褓，指包嬰兒的布兜和被子。

8 槀：同「敲」。

譯文

「不但這本書上這樣說，從前宋文君鮑在位之時，有個祀神之官叫觀辜，曾在祠廟從事祭祀工作。有一次他到神祠裏去，厲神附在祝史身上，雙手拿着木杖走出來，對他說：『觀辜，為甚麼珪璧達不到禮制要求的規格？祭祀的酒飯穀物為何不潔淨？用作犧牲的牛羊為何毛色不純又不肥壯？春秋冬夏的祭獻所準備的食物為何不按常時？這是你做的呢，還是鮑做的呢？』觀辜說：『鮑還幼小，在繈褓之中，怎麼會知道呢？這是微臣觀辜獨自所為。』祝史舉起木杖敲下去，把他打死在祭壇上。當時，宋人跟隨的無不看見，遠處的無不聽見，（此事）記載在宋國的《春秋》上。諸侯相互傳告說：『凡是不恭敬謹慎祭祀的人，鬼神的懲罰來得如此慘痛快速啊！』從這部書的說法來看，鬼神的存在，怎麼可以懷疑呢？

「非惟若書之說為然也。昔者，齊莊君之臣有所謂王里國、中里徼者[1]，此二子者，訟三年而獄不斷。齊君由謙殺之恐不辜[2]，猶謙釋之，恐失有罪；乃使之人共一羊[3]，盟齊之神社，二子許諾。於是泏洫㧾羊而漉其血[4]，讀王里國之辭，既已終矣；讀中里徼之辭未半也，羊起而觸之，折其腳，祧神之而槀之，殪之盟所。當是時，齊人從者莫不見，遠者莫不聞，著在齊之《春秋》。諸侯傳而語之曰：『請品先不以其請者[5]，鬼神之誅至，若此其憯遬也。』以若書之說觀之，鬼神之有，豈可疑哉？」是故子墨子言曰：「雖有深谿博林、幽澗毋人之所，施行不可以不董[6]，見有鬼神視之。」

注釋

1 齊莊君：即齊莊公，名光，公元前七九四年至前七三一年在位。

2 由謙：由，與下文「猶」通，都是「欲」的意思。謙，同「兼」。

3 之：「二」字之誤。泏洫㧾羊：泏洫，疑為「掘洫」之誤；洫，渠也。㧾即剄，用刀割。言掘一個小溝，殺羊後置於其中。

4 漉：當是「灑」字。

5 請品先：王引之認為，應為「諸共盟」。請，同「情」。

6 蓳：俞樾說應為「堇」，「堇」通「謹」，即謹慎。

譯文

「不但是這本書上這樣說，從前齊莊君的臣子，有叫王里國和中里徼的，這兩人爭訟三年，官司還是不能確定誰是誰非。齊君想乾脆將他們兩人都殺掉，但又擔心殺了無罪的人；想乾脆將他們兩人都釋放算了，可是又擔心放過了其中有罪的人。於是使他們二人共用一頭羊，在齊國的神社裏發誓，二人都答應了。於是在神靈面前挖了一條小溝，殺羊而將血灑在裏面，讀王里國的誓辭，讀完了；接着讀中里徼的誓辭，還讀不到一半，那頭死去的羊跳起來觸他，把他的腳折斷了，祝史為神靈附身上前來擊打他，把他打死在發誓的地方。當時，齊國人跟從的無不看見，遠處的無不聽到，這事情記載在齊國的《春秋》中。諸侯傳告說：『發誓時不說實情的人，鬼神的懲罰來得是這樣慘痛快速啊！』從這部書的說法來看，鬼神的存在，怎麼可以懷疑呢？」所以我們的老師墨子說：「即使有深溪密林、幽澗隔絕沒有人的地方，行事為人也不可不謹慎，因為都有鬼神在一旁看着。」

賞析與點評

以上的諸多例證可以讓我們看到鬼神賞罰的標準，執政者濫殺無辜、負責祭祀者未盡其本分、訴訟官司中的欺騙者，都是被懲罰的對象。唯有執政者具德性，行德政，才受到獎賞。從前面的幾個例子來看，鬼神所賞罰的對象都是握有政治權力者。

今執無鬼者曰：「夫眾人耳目之請，豈足以斷疑哉？奈何其欲為高君子於天下[1]，而有復信眾之耳目之請哉[2]？」子墨子曰：「若以眾之耳目之請，以為不足信也，不以斷疑。不識若昔者三代聖王堯、舜、禹、湯、文、武者，足以為法乎？故於此乎，自中人以上皆曰：『若昔者三代聖王，足以為法矣。』若苟昔者三代聖王足以為法，然則姑嘗上觀聖王之事。昔者，武王之攻殷誅紂也，使諸侯分其祭曰：『使親者受內祀[3]，疏者受外祀[4]。』故武王必以鬼神為有，是故攻殷伐紂，使諸侯分其祭。若鬼神無有，則武王何祭分哉？

注釋

1 高君子：高為「尚」字之誤，下脫「士」字。應為「尚士君子」。
2 而有復信眾之耳目之請哉：「有」即「又」，「之」應作「人」。
3 親者受內祀：指古代分封諸侯，以同姓立國者，得以設立先王祖廟，祭祀先王。
4 疏者受外祀：指以異姓立國者，郊祭山川四望之屬。

譯文

現在堅持認為沒有鬼神的人說：「據眾人耳目所聞見的情形，豈足以斷定疑點呢？那些打算在天下做高士君子的人，怎麼又去相信普通人耳目所聞見的情形呢？」我們的老師墨子說：「如果認為眾人耳目所聞見的實情不足以取信，不足以斷疑，那麼，若是從前三代聖王堯、舜、禹、湯、周文王、周武王，是否足以取法呢？如此一來，對於這個問題，自中等資質以上的人都會說：『若是從前三代聖王的事跡，則是足以取法的。』假若從前三代的聖王足以為法，那麼姑且嘗試回顧一下聖王的行事：從前周武王攻伐殷商誅殺紂王時，使諸侯分掌眾神的祭祀，說：『同姓諸侯得立祖廟以祭祀先王，異姓諸侯祭祀本國的山川四望之屬。』所以說周武王必定認為鬼神是存在的，所以攻殷伐紂，使諸侯分別主掌不同的祭祀。如果鬼神不存在，那麼周武王為何把祭祀分散呢？

「且不惟此為然。昔者殷王紂，貴為天子，富有天下，上詬天侮鬼，下殃傲天下之萬民，播棄黎老[1]，賊誅孩子，楚毒無罪[2]，刳剔孕婦，庶舊鰥寡，號咷無告也。故於此乎，天乃使武王至明罰焉。武王以擇車百兩[3]、虎賁之卒四百人[4]，先庶國節窺戎[5]，與殷人戰乎牧之野，王乎禽費中、惡來[6]，眾畔百走[7]。武王逐奔入宮，萬年梓株[8]，折紂而繫之赤環，載之白旗，以為天下諸侯僇[9]。故昔者殷王紂，貴為天子，富有天下，有勇力之人費中、惡來、崇侯虎指寡殺人[10]，人民之眾兆億，侯盈厥澤陵，然不能以此圉鬼神之誅。此吾所謂鬼神之罰，不可為富貴眾強、勇力強武、堅甲利兵者，此也。且〈禽艾〉之道之曰[11]：『得璣無小，滅宗無大。』[12]則此言鬼神之所賞，無小必賞之；鬼神之所罰，無大必罰之。」

注釋

1 黎老：耆老。

2 楚毒：楚毒應為「焚炙」。

3 擇車：精選的戰車。

4 虎賁之卒：虎賁，像猛虎之奔，言其勇猛；虎賁之卒，指帝王近衞的武士。

5 先庶國節窺戎：庶國節，指各國持節領兵的諸侯。窺戎，窺探對方軍情。武王走在各諸侯的前面，觀察戰情。

6 費中、惡來：紂之近臣、大將。

7 衆畔百走：畔與「叛」同；百走王引之說應為「皆走」。指反叛者都逃走了。

8 萬年梓株：萬年的梓樹。

9 僇：同「戮」。句謂折斷紂之頭，用赤色的環子繫起。

10 指寡殺人：指寡，同「指畫」。指點比劃之間就能殺死人。

11〈禽艾〉之道之：〈禽艾〉，是《逸周書》的篇名。之道之，第二個「之」疑衍。

12 得璣無小，滅宗無大：得璣，得祥、得福之意。無小，不在於小。滅宗，就是滅族。句謂積善得福，不嫌微賤；積惡滅族，不避高貴。

譯文

「並且不止夏桀是這樣，從前的殷王紂，貴為天子，富有天下，但他對上咒罵上天，侮辱鬼神，對下殃害殘殺天下萬民，拋棄父老，屠殺孩童，用炮烙之刑燒炙處罰無罪之人，剖割孕婦之胎，庶民百姓、鰥夫、寡婦號啕大哭而無處申訴。所以在這個時候，上天就使周武王致以明罰。武王用精選的戰車一百輛、虎賁勇士四百人，親自作為同盟諸國受節將領的先驅，去觀察敵情，與殷商軍隊戰於牧野，武王擒獲了費中、惡來，殷軍大隊叛逃敗走。武王追逐他們奔入殷宮，用萬年梓株折斷了紂王頭，把他的頭用赤色的環子繫起，掛在太白旗桿上，以此為天下諸侯誅戮的象徵。從前的殷王紂貴為天子，富有天下，又有勇力的將領費中、惡來、崇侯虎，指點比劃之間就可以殺人。他的民眾多得成兆成億，佈滿水澤山陵，然而不能憑此抵禦鬼神的誅罰。這就是我所說的鬼神的懲罰，不能倚仗富貴、人多勢眾、勇猛頑強、堅甲利兵而抵抗，道理就在於此。並且〈禽艾〉上說過：『積善得福，不嫌微賤；積惡滅宗，不避高貴。』這說的是鬼神所應賞賜的，不論地位多麼低微也必定要賞賜他；鬼神所要懲罰的，不論地位多麼尊崇也必定要懲罰他。」

賞析與點評

墨子的論述是很有邏輯性的，他用聖王之事、先王之書的記載，證明鬼神確實存在之後，又說明鬼神鑒察人之行為無遠弗屆的洞察力，以及鬼神賞罰能力的強制性與周遍性。其中論及：「鬼神之明」（不可為幽澗廣澤，山林深谷，鬼神之明必知之），「鬼神之罰」（不可為富貴眾強，勇力強武，堅甲利兵，鬼神之罰必勝之）以及「鬼神之所賞」（無小必賞之）。

今執無鬼者曰：「意不忠親之利[1]，而害為孝子乎？」子墨子曰：「古之今之為鬼[2]，非他也，有天鬼，亦有山水鬼神者，亦有人死而為鬼者。今有子先其父死，弟先其兄死者矣，意雖使然，然而天下之陳物[3]，曰『先生者先死』，若是，則先死者非父則母，非兄而姒也[4]。今絜為酒醴粢盛，以敬慎祭祀，若使鬼神請有，是得其父母姒兄而飲食之也，豈非厚利哉？若使鬼神請亡[5]，是乃費其所為酒醴粢盛之財耳。自夫費之[6]，非特注之汙壑而棄之也，內者宗族，外者鄉里，皆得如具飲食之。雖使鬼神請亡，此猶可以合驩聚眾，取親於鄉里。」今執無鬼者言曰：「鬼神者固請無有，是以不共其酒醴粢盛犧牲之財。」吾非乃今愛其酒醴粢盛犧牲之財乎？其所得者臣將何哉[7]？此上逆聖王之書，內逆民人孝子之行，而為上士於天下，此非所以為上士之道也。是故子墨子曰：「今吾為祭祀也，非直注之汙壑而棄之也，上以交鬼之福，下以合驩聚眾，取親乎鄉里。若神有，則是得吾父母弟兄而食之也。則此豈非天下利事也哉！」

是故子墨子曰：「今天下之王公大人士君子，中實將欲求興天下之利，除天下之害，當若鬼神之有也，將不可不尊明也[8]，聖王之道也。」

注釋

1 忠：同「中」，合乎。

2 古之今之：第一個「之」字疑衍。

3 陳物：常言，常理。

4 姒：古稱年長的女子為姒。此指姐姐。

5 請亡：誠無。

6 自夫：應為「且夫」，發語轉折詞。

7 臣將何哉：依葉玉麟，「臣」應為「固」。

8 尊明：孫詒讓謂：尊事而明著之，以示人也。即明鬼之意。

譯文

現在堅持認為沒有鬼神的人說：「抑或不符合雙親的利益，而有害成為孝子呢？」我們的老師墨子說：「古往今來所說的鬼神，沒有別的，有天鬼，也有山水的鬼神，也有人死後所變的鬼。」現在有情況是兒子比父親先死，或弟弟比兄長先死。即使如此，按天下常理來說，『先生的就先死』。若是如此，則先死的不是父親就是母親、不是哥哥就是姐姐。現在準備潔淨的酒醴和五穀祭物，用以恭敬謹慎地祭祀。假使鬼神真有的話，這是讓父母兄姐得到飲食，難道不是有很大的益處嗎？假使鬼神確實沒有的話，這不過是花費他製作酒飯五穀、犧牲祭物的一點資財罷了。而且這種花費，也並不是傾倒在髒水溝去丟掉，而是內而宗族、外而鄉親好友，都可以請他們來飲食。即使鬼神真不存在，也可以聯歡聚會，聯絡鄉里感情。」現在堅持沒有鬼神的人說道：「鬼神本來就不存在，因此不必供給那些酒飯五穀、犧牲祭物的資財。」這不是愛惜那些錢財，捨不得去預備酒飯五穀、犧牲祭物嗎？他們這樣又能得到甚麼好處呢？這種說法對上違背了聖王之書，對內違背了民眾孝子之行，卻想在天下做高尚人士，這實在不是做高尚人士的道理。所以我們的老師墨子說：「現在我們去祭祀，並不是把食物倒在髒水溝裏丟掉，而是上以祈求鬼神之福，下以集合民眾歡聚聯誼，聯絡鄉里的感情。假若鬼神真的存在，那就是將我們的父母兄弟請來共食，這豈不是天下最有利的事嗎？」所以我們的老師墨子說：「現在天下的王公、大人、士君子，如果心中確實想求興天下之利，除天下之害，那麼對於鬼神的存在，將不可不加以尊重，並使萬民知道，這才是聖王之道。」

賞析與點評

在最後這一段中，持無鬼神論者為何會認為相信鬼神存在有礙於孝道呢？從墨子的答覆我們可以推斷那些無鬼神論者的可能想法。由於祭祀活動的前提是相信鬼神的存在，但是如果鬼神不存在，還要浪費那些為祭祀所耗費的錢財，那就是對父母的不孝，因為那些錢財本來是可以用於孝敬父母的。墨子的回應方法是先說明鬼神的類型：有天鬼、山水的鬼神、人死後所變的鬼，因此祭祀的對象就包含着死去的父母，這正是「孝」的表現。其次，為了說明那些為祭祀所花費的錢財並非浪費掉了，他姑且同意無鬼神論者的觀點，說明就算鬼神不存在，祭祀活動中的祭物也是可以食用的，並且有聯繫鄉里情誼的作用。

但是這個可能是說服技巧上的讓步，卻引發後人對於墨子鬼神存在論立場有所動搖的質疑。鬼神可貫徹「天」所欲之公義，執行「天志」的賞罰，對於人群行為的制約與規範有很大的作用，在整個墨學理論中也佔有重要的地位。如果鬼神可以不存在，「天」也只是為了平亂而設計出來的概念，只有工具性價值，而不能作為價值根源，則整個墨學理論在先秦哲學史上的理論價值都將被重新評估。不過，整篇〈明鬼〉讀下來，墨子列舉百姓耳目見聞、聖王之事及先王之書的記載，可以看出他相信鬼神的確存在，也相信鬼神是社會公平正義的保障，因此執政的王公大人在施政時，必須大力宣揚鬼神的存在與賞罰的能力，如此才能平治天下之亂。以下我們來回顧〈明鬼〉篇墨子的思路：

1. 天下之亂象如何？君臣不惠忠，父子弟兄不慈孝弟長，官長不聽治，賤人不從事，人民為盜賊。
2. 造成天下亂象的原因為何？疑惑鬼神之有與無之別，不明乎鬼神之能賞賢而罰暴也。
3. 為何天下人疑惑鬼神是否存在？執無鬼者的早晚宣傳，使天下人疑惑。
4. 為何必須釐清鬼神是否存在的問題？無鬼論會造成天下之亂，欲求興天下之利，除天下之害，必須釐清鬼神是否存在的問題。
5. 如何釐清鬼神是否存在？以眾人耳目之實為判準。
6. 以眾人耳目之實為檢證標準的實例為何？有誅罰與獎賞之例。
7. 有哪些誅罰之例？有人不幸死而為鬼報仇誅罰之例，有神明處罰壞人之例。
8. 有人不幸死而為鬼報仇誅罰之例為何？周宣王為杜柏之鬼所殺，燕簡公為莊子儀之鬼所殺。

9. 神明處罰壞人之例為何？厲神處罰祐觀辜、祧神敲死中里繳。

10. 神明獎賞之例為何？句芒神賜秦穆公壽十九年。

11. 是否有聖王相信鬼神存在之例？武王使諸侯分其祭，賞於祖，戮於社。

12. 鬼神之處罰是必然的嗎？鬼神有明察之能力，且有絕大的強制力以執行賞罰。

13. 對於鬼神之絕大的強制力以執行賞罰有何實際例證？如夏桀、商紂所受鬼神之誅。

14. 信鬼神而祭祀浪費錢財會有礙於孝道，要如何？此問題先需要知道鬼神之種類。

15. 鬼神有哪些種類？天鬼、山水鬼神、人死為鬼，祭祀乃祭人死之鬼，多為父母兄姊長者。

16. 祭祀為何不是浪費錢財？若有鬼神來，可使父母兄姊長者飲食；若無鬼神來，也可合歡聚眾，取親於鄉里。如此，皆不浪費。

17. 闡明鬼神的確存在的作用為何？此乃王公大人興利除害的重要方法之一。

非樂上

本篇導讀——

墨子認為仁者執政的目的在於興天下之利，除天下之害。興利與除害是一體的兩面，同時所謂的「利害」也與不同時空的環境背景有關。墨子從當時的現實生活環境中，指出人民的大患在於：飢者不得食，寒者不得衣，勞者不得息。如何才能解除人民的三患呢？首先就在於節省執政者無必要的花費開支，而執政者明顯的浪費就在於個人享樂。這也是墨子從社會人群的公平正義為出發點的思考；當大多數的人吃不飽、穿不暖、疲累卻不能休息時，卻有少數的王公大人為了自己的享樂，將有限的勞動力抽調出一些人去製作樂器、去練習演奏、去排演舞蹈，並且這些不事生產者卻必須吃得好、穿得好，才美觀有看頭；等到音樂、舞蹈表演之時，這些王公大人及各級政府官員都要去欣賞，而荒廢了自己的工作，墨子因而作〈非樂〉。

子墨子言曰：「仁之事者[1]，必務求興天下之利，除天下之害，將以為法乎天下。利人乎，即為；不利人乎，即止。且夫仁者之為天下度也，非為其目之所美，耳之所樂，口之所甘，身體之所安，以此虧奪民衣食之財，仁者弗為也。」是故子墨子之所以非樂者，非以大鍾、鳴鼓、琴瑟、竽笙之聲，以為不樂也；非以刻鏤華文章之色，以為不美也；非以犓豢煎炙之味[2]，以為不甘也；非以高臺厚榭邃野之居[3]，以為不安也。雖身知其安也，口知其甘也，目知其美也，耳知其樂也，然上考之不中聖王之事，下度之不中萬民之利。是故子墨子曰：「為樂，非也。」

注釋

1 仁之事者：應為「仁者之事」。
2 犓豢之味：飼養牲畜。這裏指牛羊豬肉燒烤的滋味。
3 邃野之居：幽深的房屋。野，王引之認為，同「宇」，即「屋」。

譯文

我們的老師墨子說：「仁人做事，必須講求為天下人謀福利，為天下人除禍害，並將以此作為行事於天下的準則。對人有利的，就做；對人無利的，就不做。仁者替天下人考慮，並不是為了能見到美麗的東西，聽到愉悅的聲音，嘗到甘美的滋味，使得身體安適。為了得到這些而虧損人民的衣食財物，仁人是不做的。」因此，我們的老師墨子之所以反對音樂，並不是認為大鐘、響鼓、琴、瑟、竽、笙的聲音不能使人感到快樂，並不是以為雕刻、紋飾的色彩不美觀，並不是以為燒烤的牛羊豬肉等的味道不香甜，並不是以為居住在樓閣、亭臺、深院花園的屋宇不安適。雖然身體知道安適，口裏知道香甜，眼睛知道美麗，耳朵知道快樂，然而向上考察，這些並不符合聖王的典範；向下考慮，不符合萬民的利益。所以我們老師墨子說：「從事音樂活動是不對的！」

賞析與點評

有些人認為墨家「非樂」，是太注重實用而不了解藝術的價值及音樂在人們生活中的調劑功能，從這一段我們看到，其實墨子並沒有否認美食佳餚、樂器演奏、宮廷講究能夠悅人耳目、滿足人的口腹之欲，《墨子・經上》有「利，所得而喜也」，墨子既然要執政者興天下之利，為民謀利，這些能帶給人喜樂的事物，他沒有理由反對才是，但問題在於這種利是否為「天下」之利，也就是能否做到有普遍性、公平性？如果只對極少數的人有利，卻讓絕大多數的人蒙害，那麼墨子當然要反對了。

今王公大人，雖無造為樂器[1]，以為事乎國家，非直掊潦水[2]，折壤坦而為之也[3]，將必厚措斂乎萬民，以為大鍾、鳴鼓、琴瑟、竽笙之聲。古者聖王亦嘗厚措斂乎萬民，以為舟車，既以成矣，曰：「吾將惡許用之[4]？」曰：「舟用之水，車用之陸，君子息其足焉，小人休其肩背焉。」故萬民出財齎而予之[5]，不敢以為感恨者，何也？以其反中民之利也。然則樂器反中民之利亦若此，即我弗敢非也。然則當用樂器譬之若聖王之為舟車也，即我弗敢非也。民有三患：飢者不得食，寒者不得衣，勞者不得息，三者民之巨患也。然即當為之撞巨鍾、擊鳴鼓、彈琴瑟、吹竽笙而揚干戚[6]，民衣食之財將安可得乎？即我以為未必然也。意舍此[7]。今有大國即攻小國，有大家即伐小家，強劫弱，眾暴寡，詐欺愚，貴傲賤，寇亂盜賊並興，不可禁止也。然即當為之撞巨鍾、擊鳴鼓、彈琴瑟、吹竽笙而揚干戚，天下之亂也，將安可得而治與？即我未必然也。是故子墨子曰：「姑嘗厚措斂乎萬民，以為大鍾、鳴鼓、琴瑟、竽笙之聲，以求興天下之利，除天下之害而無補也。」是故子墨子曰：「為樂，非也。」

注釋

1 雖無：王念孫認為是語助詞。雖，同唯。即「唯毋」。

2 直掊潦水：直，只；掊，捧；潦，路上的積水。
3 折壞坦：折，通「擿」，挑取；壞坦，壇土。
4 惡許：畢沅認為，相當於「何所」。
5 出財齎而予之：齎，給予。予人以物的意思。
6 干戚：干，盾類。戚，斧類。古代舞者所執。
7 意舍此：即「抑捨此」，是「姑捨此勿論」之意。

譯文

現在的王公大人製造樂器，成為治理國事的要項，並不是像捧取路上的積水、挑取一些泥土那麼容易，而必然是向萬民多徵收賦稅錢財，用以造出大鐘、響鼓、琴、瑟、竽、笙的聲音。古時的聖王也曾向萬民徵收賦稅錢財，來製造船和車子，製成之後，說：「我將在哪裏使用它們呢？」說：「船用於水上，車用於地上，君子可以休息雙腳，百姓可以休息肩背。」所以萬民都送出錢財來，並不會因此而憂愁怨恨，這是甚麼原因呢？因為使用民財所做的工具反而符合民眾的利益。然而如果樂器也像這樣符合民眾的利益，我就不敢反對。而像聖王造船和車子那樣使用樂器，我就不敢反對。民眾有三種憂患：飢餓的人得不到食物、寒冷的人得不到衣服、勞累的人得不到休息、這三件事是民眾的最大憂患。然而為他們撞擊巨鐘，敲打鳴鼓，彈琴瑟，吹竽笙，舞動干戚，有助於民眾得到衣食財物嗎？我認為未必是這樣。姑且不談這一點，現今有大國攻擊小國，大家族攻伐小家族，強壯的擄掠弱小的，人多的欺負人少的，奸詐的欺騙愚笨的，高貴的鄙視低賤的，外寇內亂盜賊共同興起，不能禁止。如果為他們撞擊巨鐘，敲打鳴鼓，彈琴瑟，吹竽笙，舞動干戚，天下的紛亂將可以得到治理嗎？我以為未必是這樣的。所以我們的老師墨子說：「若向萬民徵收賦稅錢財，用來製作大鐘、鳴鼓、琴、瑟、竽、笙之聲，以求有利於天下，為天下人除去災害，是無補於事的。」所以我們的老師墨子說：「從事音樂活動是不對的！」

賞析與點評

在這一段中，墨子將製作樂器與造車、船相比較，指出哪些當用、哪些不當用；有利於民生的開銷，是應當的支出，人民即使繳納稅賦也甘心樂意。由此我們可以看到，墨子對於執政者的財政支出有一定的原則，並有輕重緩急的衡量標準。

今王公大人，唯毋處高臺厚榭之上而視之，鍾猶是延鼎也[1]，弗撞擊將何樂得焉哉？其說將必撞擊之，惟勿撞擊[2]，將必不使老與遲者，老與遲者耳目不聰明，股肱不畢強[3]，聲不和調，明不轉朴[4]。將必使當年[5]，因其耳目之聰明，股肱之畢強，聲之和調，眉之轉朴[6]。使丈夫為之，廢丈夫耕稼樹藝之時；使婦人為之，廢婦人紡績織紝之事。今王公大人唯毋為樂，虧奪民衣食之財，以拊樂如此多也[7]。是故子墨子曰：「為樂，非也。」

注釋

1 延鼎：延有「覆」意，延鼎即倒轉放置的鼎。
2 惟勿：與「唯毋」同，發語詞。
3 股肱不畢強：畢，與「疾」同；快速的意思。指手腳四肢不速捷強壯。
4 明不轉朴：俞樾認為「明」當是「音」字之誤；朴為「抃」，同「變」。謂音調不變化。
5 當年：即壯年。
6 眉：當是「音」字之誤。
7 拊：乃擊、奏之意。

譯文

現在的王公大人從高樓亭臺上看去，鐘猶如倒扣的鼎，不撞擊它，又有甚麼樂趣呢？這就是說必定要撞擊它。一旦撞擊，將不會使用老人和反應遲鈍的人，老人與反應遲鈍的人，耳不聰，目不明，四肢不速捷強壯，聲調不和諧，音調沒變化。所以必定要用年輕力壯的人，年輕人耳聰目明，四肢速捷強壯，聲調和諧，音調有變化。如果使男人撞鐘，就要浪費男人耕田、種菜、植樹的時間；如果讓婦女撞鐘，就要荒廢婦女紡紗、績麻、織布等事情。現在的王公大人從事音樂活動，就虧損掠奪民眾的衣食財物，使人敲擊樂器就使人民的損失如此嚴重。所以我們的老師墨子說：「從事音樂活動是不對的！」

今大鍾、鳴鼓、琴、瑟、竽、笙之聲既已具矣，大人鏽然奏而獨聽之[1]，將何樂得焉哉？其說將必與賤人不與君子[2]。與君子聽之，廢君子聽治；與賤人聽之，廢賤人之從事。今王公大人惟毋為樂，虧奪民之衣食之財，以拊樂如此多也。是故子墨子曰：「為樂，非也。」

注釋

1 鏽然：清靜幽閒。鏽，同「肅」。

2 其說將必與賤人不與君子：依孫詒讓校應將「必」字與「不」字互異其位，即「其說將不與賤人必與君子」。

譯文

現在大鐘、響鼓、琴、瑟、竽、笙等樂器已備齊了，大人們獨自安靜地聽着奏樂，又有甚麼樂趣呢？不是與朝廷官員一同來聽，就是與平民百姓一同來聽。與官員同聽，就會荒廢官員的聽獄和治理國事；與百姓同聽，就會荒廢百姓所應做的事情。現在的王公大人從事音樂活動，就虧損掠奪民眾的衣食財物，使人敲擊樂器就使人民的損失如此嚴重。所以我們的老師墨子說：「從事音樂活動是不對的！」

昔者齊康公興樂萬[1]，萬人不可衣短褐，不可食糠糟，曰：「食飲不美，面目顏色不足視也；衣服不美，身體從容醜羸[2]，不足觀也。是以食必粱肉，衣必文繡。」此掌不從事乎衣食之財[3]，而掌食乎人者也。是故子墨子曰：「今王公大人惟毋為樂，虧奪民衣食之財，以拊樂如此多也。」是故子墨子曰：「為樂，非也。」

注釋

1 昔者齊康公興樂萬：齊康公，名貸，齊宣公的兒子，公元前四〇四至前三七九年在位。樂萬，指參與製作樂器、演奏和舞蹈相關活動的人數上萬人。

2 醜羸：依孫詒讓，二字衍文應刪。

3 掌：通常。

譯文

從前齊康公好音樂，參與製作樂器、演奏和舞蹈相關活動的人數上萬，這些人不能穿粗布短衣，不能吃米糠酒滓，說：「吃得不好，面目色澤就不值得觀賞；衣服不美，身形動作也不值得看了。所以必須吃好飯和肉，必須穿繡有花紋的衣裳。」這些人通常不從事生產衣食財物，而常常吃別人所生產的。所以我們的老師墨子說：「現在的王公大人從事音樂活動，虧損掠奪民眾的衣食財物，使人敲擊樂器就使人民的損失如此嚴重。」所以我們的老師墨子說：「從事音樂活動是不對的！」

賞析與點評

從事音樂舞蹈活動的缺點之一，在於不事生產的人享受上等的食物、衣物，從事生產的人卻吃不飽穿不暖，這是墨子所反對的。其中，隱含着墨子的一個看法：每個人對於自己的生存都應貢獻直接生產力。

今人固與禽獸麋鹿、蜚鳥[1]、貞蟲異者也[2]，今之禽獸麋鹿、蜚鳥、貞蟲，因其羽毛以為衣裘，因其蹄蚤以為絝屨[3]，因其水草以為飲食。故唯使雄不耕稼樹藝，雌亦不紡績織紝，衣食之財固已具矣。今人與此異者也，賴其力者生，不賴其力者不生。君子不強聽治，即刑政亂；賤人不強從事，即財用不足。今天下之士君子，以吾言不然，然即姑嘗數天下分事，而觀樂之害。王公大人蚤朝晏退，聽獄治政，此其分事也；士君子竭股肱之力，亶其思慮之智[4]，內治官府，外收斂關市、山林、澤梁之利，以實倉廩府庫，此其分事也；農夫蚤出暮入，耕稼樹藝，多聚叔粟[5]，此其分事也；婦人夙興夜寐，紡績織紝，多治麻絲葛緒綑布縿[6]，此其分事也。今惟毋在乎王公大人說樂而聽之，即必不能蚤朝晏退，聽獄治政，是故國家亂而社稷危矣；今惟毋在乎士君子說樂而聽之，即必不能竭股肱之力，亶其思慮之智，內治官府，外收斂關市、山林、澤梁之利，以實倉廩府庫，是故倉廩府庫不實；今惟毋在乎農夫說樂而聽之，即必不能蚤出暮入，耕稼樹藝，多聚叔粟，是故叔粟不足；今惟毋在乎婦人說樂而聽之，即不必能夙興夜寐[7]，紡績織紝，多治麻絲葛緒綑布縿，是故布縿不興。曰：「孰為大人之聽治而廢國家之從事[8]？」曰：「樂也。」是故子墨子曰：「為樂，非也。」

注釋

1 蜚：同「飛」。

2 貞蟲：泛指動物。

3 蹄蚤以為絝屨：蹄蚤，即蹄爪。即用蹄爪作為褲子和鞋子。

4 亶：通「殫」，竭盡之意。

5 叔粟：豆類及穀類。

6 綑布縿：織出成捆的布帛。綑，同捆；摻，當是「繰」之誤，繰即縑，就是細絹。

7 不必能：應為「必不能」。

8 孰為大人之聽治而廢國家之從事：此句疑有誤，依上文，當為「孰為而廢大人之聽治，賤人之從事」。

譯文

人類本來不同於禽獸、麋鹿、飛鳥、動物。現在的禽獸、麋鹿、飛鳥、動物，利用牠們的羽毛作為衣裳，利用牠們的蹄爪作為褲子和鞋子，把水、草作當作飲食。所以，雖然讓雄的不耕田、種菜、植樹，雌的也不紡紗、績麻、織布，衣食財物本就具備了。現在的人與牠們不同：依賴自己的力量才能生存，不依賴自己的力量就不能生存。官員不努力聽獄治國，刑罰政令就要混亂；平民不努力生產，財用就會不足。現在天下的士人君子若認為我的話不對，那麼就嘗試着考察天下人分內的事，來看音樂的害處：王公大人早晨上朝，晚上退朝，聽獄治國，這是他們的分內事；士人君子竭盡手腳的力氣，竭盡智力思考，對內治理官府，對外往關市、山林、河橋徵收賦稅，充實倉廩、國庫，這是他們的分內事；農夫早出晚歸，耕田、種菜、植樹，多多收獲豆類及穀類，這是他們的分內事；婦女們早起晚睡，紡紗、績麻、織布，多多料理麻、絲、葛、苧麻，織成成捆的布疋，這是她們的分內事。現在的王公大人喜歡音樂而去聽它，則必不能早上朝，晚退朝，聽獄治國，那樣國家就會混亂，社稷就會危險；現在的士人君子喜歡音樂而去聽它，則必不能竭盡手腳的力氣，用盡智力思考，對內治理官府，對外往關市、山林、河橋徵收賦稅，充實倉廩國庫。那麼倉廩國庫就不會充實；現在的農夫喜歡音樂而去聽它，則必不能早出晚歸，耕田、植樹、種菜，多多收獲豆類及穀類，那麼豆類及穀類就會不夠；現在的婦女喜歡音樂而去聽它，則必不能早起晚睡，紡紗、績麻、織布，多多料理麻、絲、葛、苧麻，織成成捆的布疋，那麼布疋就不多。試問：「是甚麼荒廢了大人們的聽獄治國和國家的生產呢？」回答：「是音樂。」所以我們的老師墨子說：「從事音樂活動是不對的！」

賞析與點評

墨子將人與動物相比較，指出動物天生就具備生存的條件，但是人類卻沒有這先天的配置，必須努力工作才能得以生存。如果從事音樂舞蹈活動阻礙人們為自己生存所做的努力，同時還損耗別人努力生產的成果，不如「非樂」。

何以知其然也？曰先王之書，湯之《官刑》有之曰[1]：「其恆舞于宮，是謂巫風。其刑君子出絲二衛[2]，小人否[3]，似二伯黃徑[4]。」乃言曰：「嗚乎！舞佯佯[5]，黃言孔章[6]，上帝弗常[7]，九有以亡[8]，上帝不順，降之百殃[9]，其家必懷喪。」察九有之所以亡者，徒從飾樂也。於《武觀》曰[10]：「啟乃淫溢康樂[11]，野于飲食，將將銘莧磬以力[12]，湛濁于酒[13]，渝食于野[14]，萬舞翼翼[15]，章聞于大[16]，天用弗式。」故上者天鬼弗戒　，下者萬民弗利。

注釋

1 《官刑》：商湯所制定的法律。

2 二衛：畢沅認為指兩把緯線。衛，同「緯」，織布的緯線。

3 小人否：孫詒讓認為，「否」為「倍」之省，即小人要加倍處罰。

4 似二伯黃徑：疑有脫誤，大約是指處罰所要繳的東西及其數量之多少。

5 佯佯：同「洋洋」，人眾多的樣子。

6 黃言孔章：黃，孫詒讓認為，當是「其」字之誤，語助詞。孔，「甚」之意。章，彰著。

7 上帝弗常：常，同「尚」，尚與「佑」同。上帝不佑之意。

8 九有以亡：九有，九州。指國家會亡。

9 百殃：同「百殃」。

10 武觀：即五觀，夏啟的兒子，曾佔據西河發動叛亂。這裏指記述五觀之事的逸書《五觀》。

11 啟乃：應作「啟子」。

12 將將銘莧磬以力：孫詒讓認為，應為「將將鍠鍠，筦磬以方」。將將鍠鍠，樂聲；方，即並；筦，與「管」同，笙蕭之類。筦磬以方，即笙磬並作。

13 湛濁于酒：湛與「沉」通。湛濁，沉溺。指飲酒無度。

14 渝食于野：渝與「輸」同。輸送飲食於野外。

15 翼翼：整齊的樣子。

16 章聞于大：應作「章聞于天」。

17 戒：當為「式」。

譯文

如何知道是這樣呢？答道：先王的書籍湯所作的《官刑》有記載，說：「常在宮中跳舞，這叫作巫風。懲罰是君子出二束絲，小人加倍處罰。」又有記載說：「啊呀！洋洋大觀的舞樂，樂聲響亮。上帝不保佑，國家將滅亡。上帝不答應，降下各種禍殃，他的家族必然要破亡。」考察九州之所以滅亡的原因，人君只是喜好虛飾的音樂啊。《武觀》中說：「夏啟的兒子縱樂放蕩，在野外大肆吃喝，多人樂舞的場面十分浩大，聲音傳到天上，天以他的行為為不法。」所以在上的，天帝、鬼神不以為法式；在下的，對萬民也沒有利益。

是故子墨子曰：「今天下士君子，請將欲求興天下之利[1]，除天下之害，當在樂之為物，將不可不禁而止也。」

注釋

1 請：誠，誠心。

譯文

所以我們的老師墨子說：「現在天下的士人君子，誠心要為天下人謀利，為天下人除害，對於音樂這樣的事，是不可以不禁止的。」

最後，墨子又以三表法中的「原之者」，作為非樂的根據，他據先王之書中的記載指出，從前在宮中跳舞所應受的處罰，以及王公貴族縱情歌舞也是上天所憎惡的事，會導致災禍，甚至亡國。整篇〈非樂〉讀下來我們會發現，墨子所謂的「樂」，不只是音樂，還包含着美食、舞蹈、富麗堂皇的殿宇等，許多享樂的事情，因此也有人將非樂的「樂」，讀成快樂的「樂」。但是如果這樣解讀，他的範圍就太大了，似乎墨子反對一切令人感到快樂的事。

事實上，墨子並未反對人們追求令自己快樂的事，只是這種追求必須要以公義為原則，要從普遍性、公平性來評估這種快樂的事能不能做、做了會有甚麼後果。因此，墨子最後指出，誠心想要謀求天下之利的執政者，在他們那個時代就不應該追求音樂以及相關的宴樂活動。以下我們來回顧一下〈非樂〉篇的思路：

1. 仁者之事為何？必務求興天下之利，除天下之害。
2. 墨子知樂美而非樂的理由為何？上考之不中聖王之事，下度之不中萬民之利。
3. 王公大人如何製造樂器？將必厚措斂乎萬民。
4. 措斂乎萬民之事是否可以做？如舟用之水，車用之陸，君子息其足，小人休其肩背等符合民利之事可做。
5. 民之所患為何？飢者不得食，寒者不得衣，勞者不得息，三者民之巨患也。

6. 為樂能否興天下之利，除民之患？不能。

7. 王公大人為樂所用演奏者之條件為何？年輕力壯，反應靈敏。

8. 王公大人如何欣賞所為之樂？王公大人不獨自欣賞，若與官員聽之，廢官員聽治；若與平民聽之，廢百姓之從事。

9. 王公大人所為樂之舞者條件為何？這些人食必粱肉，衣必文繡，他們不從事生產，卻耗費飲食、衣物。

10. 人為何不能不事生產？賴其力者生，不賴其力者不生。

11. 如何為「生」？各為其分事。

12. 為樂、聽樂對於為「生」之事有何影響？荒廢國家的生產與國家的管理工作。

13. 「非樂」的根據為何？從三表法中的「原之者」看，先王之書有非樂的相關記載。

卷九

非命上

本篇導讀——

思想影響一個人的行為，執政者的思想影響整個國家的發展，墨子認為當時的「命定論」是造成國家政治混亂、財用不足、民不聊生的重要因素，因此必須嚴加駁斥。他用歸納法中的差異比較來說明國家的興衰在於執政者的努力或怠惰，而非早已命定；他用三表法中的「原之者」來說明「命」並不存在，以反駁執有命者的看法。

相較於〈明鬼〉篇，墨子論證鬼神的存在，並且施行賞罰，是說明人所生活的社會有公平與正義。而這一篇墨子所要論證的是「命」不存在，他想說明人在此公義的環境中必須積極努力，行善避惡；特別是那些握有權力的執政者，要為自己的所作所為負起責任，不可將政治、經濟、民生等問題用「命」來作藉口。

子墨子言曰：「古者王公大人，為政國家者，皆欲國家之富，人民之眾，刑政之治。然而不得富而得貧，不得眾而得寡，不得治而得亂，則是本失其所欲，得其所惡，是故何也？」子墨子言曰：「執有命者以襍於民間者眾。執有命者之言曰：『命富則富，命貧則貧；命眾則眾，命寡則寡；命治則治，命亂則亂；命壽則壽，命夭則夭；命……雖強勁[1]，何益哉？』以上說王公大人，下以駔百姓之從事[2]，故執有命者不仁。故當執有命者之言，不可不明辨。」

然則明辨此之說將奈何哉？子墨子言曰：「必立儀[3]，言而毋儀，譬猶運鈞之上而立朝夕者也[4]，是非利害之辨，不可得而明知也。故言必有三表。」何謂三表？子墨子言曰：「有本之者，有原之者，有用之者。於何本之？上本之於古者聖王之事。於何原之？下原察百姓耳目之實。於何用之？廢以為刑政[5]，觀其中國家百姓人民之利。」此所謂言有三表也。

注釋

1 命雖強勁：王引之認為「命之下當有脱文，不可考」。

2 駔：同「阻」。

3 儀：標準，準則。

4 運鈞之上而立朝夕者也：運，轉動。鈞，製陶器的輪盤。立朝夕，置立測量早晚的儀錶。指在陶輪之上，放立測量時間的儀器。

5 廢以為刑政：廢，王引之認為，當讀作「發」。發、廢古字通。

譯文

我們的老師墨子說過：「古時候治理國家的王公大人，都想使國家富裕，人民眾多，法律政事有條理；然而求富不得反而貧困，求人口眾多不得反而使人口減少，求治理不得反而得到混亂，則是從根本上失去了所想要的，卻得到了所憎惡的，這是甚麼原因呢？」我們的老師墨子說：「主張有命的人，雜處於民間太多了。主張有命的人說：『命定富裕就富裕，命定貧困就貧困；命定人口眾多就人多，命定人口少就人少；命定治理得好就治理得好，命定混亂就混亂；命定長壽就長壽，命定短命就短命，……雖然使出很強的力氣，又有甚麼用呢？』用這話對上遊說王公大人，對下阻礙百姓的生產工作。所以主張有命的人是不仁愛的。所以對主張有命者所說的言論，不能不加以明辨。」

然而要如何辨析這些言論呢？我們的老師墨子說道：「必須訂立準則。說話沒有準則，好比在陶輪之上放立測量時間的儀器，就不可能弄清楚是非利害之分了，所以考察言論有三條標準。」哪三條標準呢？我們的老師墨子說：「有本於所根據的，有審查其原因的，有在實踐上有用的。如何考察所本？要向上本據於古時聖王的典型事跡。如何審查其原因呢？要向下考察百姓的耳目見聞的實情。如何考察實踐上的用處呢？將思想言論用作刑法政令予以實施，看看是否有利於國家百姓人民。」這就是審定言論的三條標準。

賞析與點評

這一段墨子先指出人類群居形成國家組織的目的，在於尋求群體的生存與發展。國家的統治者必須達成三方面的目標：使國家富有、人民眾多、政治社會秩序良好。這有賴執政者的積極努力、奮發有為。可是命定論卻阻擋了執政者的努力，也成為失敗者的藉口，而不能達成國家的目標。為了駁斥有命說，墨子設立了審查的標準，先以古代的聖王事跡作為成功案例，再以眾人耳目感官的共同經驗作為審查的客觀標準，最後將思想轉換為政策，用實際行為來看它的成效。

然而今天下之士君子，或以命為有。蓋嘗尚觀於聖王之事[1]，古者桀之所亂，湯受而治之；紂之所亂，武王受而治之。此世未易民未渝[2]，在於桀紂，則天下亂；在於湯武，則天下治，豈可謂有命哉！

然而今天下之士君子，或以命為有。蓋嘗尚觀於先王之書，先王之書，所以出國家[3]，布施百姓者，憲也[4]。先王之憲，亦嘗有曰「福不可請，而禍不可諱[5]，敬無益，暴無傷」者乎？所以聽獄制罪者，刑也。先王之刑亦嘗有曰「福不可請，禍不可諱，敬無益，暴無傷」者乎？所以整設師旅，進退師徒者，誓也。先王之誓亦嘗有曰「福不可請，禍不可諱，敬無益，暴無傷」者乎？是故子墨子言曰：「吾當未鹽數[6]，天下之良書不可盡計數，大方論數[7]，而五者是也[8]。今雖毋求執有命者之言，不必得，不亦可錯乎[9]？

注釋

1 蓋：同「盍」，何不。
2 渝：變更。
3 出：當是「用」之誤字。
4 憲：法律。

5 諱：避。

6 吾當未鹽數：當，孫詒讓認為是「尚」之誤字。鹽，畢沅認為是「盡」之誤字。

7 大方：大概。

8 五者：當作「三者」。

9 錯：通「措」，放置。

譯文

然而現在天下的士人君子，有的認為有命。為甚麼不回顧一下聖王的事跡呢？古時候，夏桀亂國，商湯接掌國家並得以治理；商紂亂國，周武王接掌國家並得以治理。社會沒有改變，人民沒有變化，在桀紂時則天下混亂，到湯武時則天下得到治理，如此豈能說是有命？

然而現在天下的士人君子，有的人認為有命。為何不考察先代君王的書呢？先代君王的書籍中，用來治理國家、頒佈給百姓的，是憲法。先代君王的憲法不是也曾說過「福是不能求來的，禍是不可避免的；恭敬沒有好處，兇暴沒有壞處」這樣的話嗎？所用於斷案定罪的是刑罰。先王的刑罰不是曾說過「福是不能求來的，禍是不可避免的；恭敬沒有好處，兇暴沒有壞處」這樣的話嗎？所用來整治軍隊、指揮官兵的，是誓辭。先代君王的誓辭不也曾說過「福是不能求來的，禍是不可避免的；恭敬沒有好處，兇暴沒有壞處」這樣的話嗎？所以我們的老師墨子說：「我尚不曾盡舉例証，因為天下的好書，不能勝數，大概說來有這三類。現在即使要從中尋找主張有命者的言論，也找不到，還不將它放棄嗎？

賞析與點評

墨子用歸納法中的差異比較來說明，在相同的條件下，相同的社會、相同的人民，由桀、紂來治理，則天下亂；由湯、武來治理，則天下治。可見唯一的變數是統治者，聖王勵精圖治所以天下治，暴王縱欲怠惰所以天下亂，可見是人為的結果，而非事先的命定。之後墨子又用先王之憲、先王之刑、先王之誓中沒有記載不可求福避禍，來說明人的求、避之努力是有用的。這兩種推理的方法都有它的局限性，第一種歸納法所能列舉的比較條件是有限的，因此結論不具必然性；第二種從先王之書沒有甚麼來反証必然有甚麼，也是論證力不足，因為「沒說某物」並不等於「肯定某物的反面」。

「今用執有命者之言，是覆天下之義[1]，覆天下之義者，是立命者也，百姓之誶也[2]。說百姓之誶者，是滅天下之人也。」然則所為欲義在上者[3]，何也？曰：「義人在上，天下必治，上帝山川鬼神，必有幹主[4]，萬民被其大利。」何以知之？子墨子曰：「古者湯封於亳，絕長繼短，方地百里，與其百姓兼相愛，交相利，移則分[5]。率其百姓，以上尊天事鬼，是以天鬼富之，諸侯與之，百姓親之，賢士歸之，未歿其世，而王天下，政諸侯[6]。昔者文王封於岐周，絕長繼短，方地百里，與其百姓兼相愛、交相利，多則分，是以近者安其政，遠者歸其德。聞文王者，皆起而趨之。罷不肖股肱不利者[7]，處而願之曰：『奈何乎使文王之地及我，吾則吾利，豈不亦猶文王之民也哉？』是以天鬼富之，諸侯與之，百姓親之，賢士歸之，未歿其世，而王天下，政諸侯。鄉者言曰：『義人在上，天下必治，上帝、山川鬼神，必有幹主，萬民被其大利。』吾用此知之。」

注釋

1 覆：敗壞。

2 誶：俞樾認為同「悴」，憂也。

3 義在上：孫詒讓認為當作「義人在上」。

4 幹主：宗主，主事的人。

5 移則分：畢沅認為移當作「多」。

6 政：同「正」，匡正。

7 罷：通「疲」。股肱不利者：指手腳不便之殘疾人。

譯文

「現在要聽用主張有命的人的話，這是敗壞天下的道義。敗壞天下道義的人，就是那些確立有命的人，是百姓所憂患的。把百姓所憂患的事看作樂事，是毀滅天下的人。」那麼要有道義的人在上位，是為甚麼呢？答道：「因為講道義的人在上位，天下必定能得到治理。上帝、山川鬼神就有了宗主，萬民都能得到他的好處。」怎麼知道的呢？我們的老師墨子說：「古時侯湯封在亳地，去長補短，地方不過百里。湯與百姓彼此相愛，相互謀取利益，得利多就分享。率領百姓向上尊奉天帝鬼神，所以，天帝鬼神使他富裕，諸侯親附他，百姓親近他，賢士歸附他，死之前就已成為天下的君王，匡正諸侯。古時候文王封於岐周，去長補短，地方不過百里。湯與百姓彼此相愛，相互謀取利益，得利多就分享。所以近處的人安心受他管理，遠處的人嚮往他的德行。聽說過文王的人，都主動趨向他。疲憊無力、四肢不便的人，聚在一起祈願，說：『怎樣才能使文王的領地擴展到我們這裏，使我們也能得到好處，豈不是也和文王的國民一樣了？』所以天帝鬼神使他富裕，諸侯親附他，百姓親近他，賢士歸附他，死之前就已成為天下的君王，匡正諸侯。前文所說：『講道義的人在上位，天下必能得到治理。上帝、山川鬼神就有了主事的人，萬民都能得到他極大的利益。』就是因為這個道理。」

是故古之聖王發憲出令，設以為賞罰以勸賢，是以入則孝慈於親戚，出則弟長於鄉里，坐處有度，出入有節，男女有辨。是故使治官府，則不盜竊，守城則不崩叛[1]，君有難則死，出亡則送。此上之所賞，而百姓之所譽也。執有命者之言曰：『上之所賞，命固且賞，非賢故賞也；上之所罰，命固且罰，不暴故罰也。[2]』是故入則不慈孝於親戚，出則不弟長於鄉里，坐處不度，出入無節，男女無辨。是故治官府則盜竊，守城則崩叛，君有難則不死[3]，出亡則不送。此上之所罰，百姓之所非毀也。

執有命者言曰：「上之所罰，命固且罰，不暴故罰也；上之所賞，命固且賞，非賢故賞也。[4]」以此為君則不義，為臣則不忠，為父則不慈，為子則不孝，為兄則不良，為弟則不弟，而強執此者，此特凶言之所自生，而暴人之道也。

注釋

1 崩叛：即「背叛」。
2 上之所罰，命固且罰，不暴故罰也：此十三字依俞樾校為衍文，應刪。因為此段是談有關賞之事，下段才是講罰之事。但王引之認為賞罰二事可互用，不刪亦可。
3 不死：指不為君主效死力以盡忠。
4 上之所賞，命固且賞，非賢故賞也：此十三字依俞樾校為衍文，應刪。因為此段是談有關罰之事。

譯文

所以古時候的聖王頒佈憲法和律令，設立賞罰制度以鼓勵賢人。因此人民在家對雙親孝順慈愛，在外能尊敬鄉里的長輩。舉止有節度，出入有規矩，能區別地對待男女。因此使賢人治理官府，則沒有盜竊，守城則沒有背叛。若君遇難則可以殉職，若君出亡則會護送。這些人都是上司所讚賞、百姓所稱譽的。但主張「有命」的人卻說：「上司讚賞，是命定就會讚賞，並不是因為賢良才被讚賞的；上司懲罰，是命定就會被懲罰，並不是因為兇暴才被懲罰的。」這就使得人們在家對雙親不孝順慈愛，在外對鄉里長輩不尊敬。舉止沒有節度，出入沒有規矩，不能區別對待男女。所以治理官府則會盜竊，守城則會叛亂。君有難而不殉職，君出亡則不會護送。這些人都是上司所懲罰、百姓所譭謗的。主張「有命」的人說：「上司懲罰，是命定就會懲罰，不是因為他兇暴才懲罰的；上司讚賞，是命定該讚賞，不是因為賢良才讚賞的。」以這些話的思想來做國君則不義，做臣下則不忠，做父親則不慈愛，做兒子則不孝順，做兄長則不良善，做弟弟則不敬長。而頑固主張這種觀點的，簡直是造成凶禍的言語根源，是兇暴人的邪道。

賞析與點評

這一段可以看出墨子反對命定論的直接理由，因為這種論調會使人抱持消極怠惰的態度，這種態度將會導致倫理關係被破壞，令人在工作崗位上不能克盡職責，更嚴重的是命定論會破壞賞罰的有效性，使人缺乏向善的動力，進而造成社會秩序的混亂。

然則何以知命之為暴人之道？昔上世之窮民，貪於飲食，惰於從事，是以衣食之財不足，而飢寒凍餒之憂至，不知曰「我罷不肖，從事不疾」，必曰「我命固且貧」。昔上世暴王不忍其耳目之淫，心涂之辟[1]，不順其親戚，遂以亡失國家，傾覆社稷，不知曰「我罷不肖，為政不善」，必曰「吾命固失之」。於〈仲虺之告〉曰[2]：「我聞于夏人，矯天命布命于下[3]，帝伐之惡[4]，龔喪厥師[5]。」此言湯之所以非桀之執有命也。於〈太誓〉曰：「紂夷處[6]，不用事上帝鬼神，禍厥先神禔不祀[7]，乃曰吾民有命[8]，無廖排漏[9]，天亦縱棄之而弗葆[10]。」此言武王所以非紂執有命也。今用執有命者之言，則上不聽治，下不從事。上不聽治，則刑政亂；下不從事，則財用不足，上無以供粢盛酒醴，祭祀上帝鬼神，下無以降綏天下賢可之士[11]，外無以應待諸侯之賓客，內無以食飢衣寒，將養老弱[12]。故命上不利於天，中不利於鬼，下不利於人，而強執此者，此特凶言之所自生，而暴人之道也。

是故子墨子言曰：「今天下之士君子，忠實欲天下之富而惡其貧[13]，欲天下之治而惡其亂，執有命者之言，不可不非，此天下之大害也。」

注釋

1 心涂之辟：心涂，心意。辟，僻，僻好。

2 〈仲虺之告〉：《尚書》篇名，已佚，內容是仲虺所宣讀的湯之誥命。

3 矯：假。

4 帝伐之惡：〈非命中〉篇引作「帝式是惡」，意指上帝鑒知其惡。

5 龔：孫詒讓認為是「用」的假借。

6 紂夷處：〈非命中〉篇作「紂夷之居」，處與「居」同，意為倨傲是居。

7 禍厥先神禔不祀：先，指祖先；禔，當作「祇」；神祇，指神靈。意為毀壞他的祖先的神位、神靈而不祭祀。

8 民：據孫詒讓，應是衍文。

9 無廖排漏：廖當作「僇」，同「戮」，努力。吳毓江認為，排當作「彼」，漏為「務」之借字。意謂不努力祭祀鬼神之事。

10 葆：保。

11 綏：安定。

12 將養：持養之意。

13 忠：即衷，內心。

譯文

然而怎麼知道主張「命」是兇暴之人的邪道呢？從前古代的一些窮困百姓，對飲食很貪婪，而懶於工作，因此衣食財物不足，而飢寒凍餓的憂患就來了，不知道反省說：「我疲乏無力，工作不勤快。」一定會說：「我命定要貧窮。」古代的暴君，不能忍住耳目的貪婪、心理的邪僻，不聽從他的雙親，以至於國家滅亡，社稷絕滅。不知道說：「我疲乏無力，管理不善。」一定會說：「我命定要亡國。」〈仲虺之告〉中說：「我聽說夏朝的人偽託天命，對下面的人佈施於天下；上帝鑒知其惡行，因而消滅了他們的軍隊。」這是說湯反對桀主張「有命」。〈太誓〉中說：「紂平時傲慢無禮，不肯侍奉上帝鬼神，毀壞他的先人的神位、祖先的神靈而不祭祀，反而說：『我有天命相助！』卻不努力祭祀鬼神，天帝也就拋棄了他而不予保佑。」這是說武王所以反對紂主張「有命」的原因。現在要是聽信主張「有命」的人的話，則在上位的人就會不聽獄治國，下面的人不工作。在上位的人不聽獄治國則法律政事就要混亂，下面的人不工作就會造成財物日用不足。對上沒有酒飯、五穀祭物來供奉上帝鬼神，對下沒有辦法可以安撫天下賢能可用之士；對外沒有辦法接待諸侯的賓客；對內則不能給飢者以食，給寒者以衣，撫養老弱。所以「命」，上對天帝不利，中對鬼神不利，下對人也不利。而頑固堅持它，則簡直是造成凶禍的言語根源，是兇暴之人的邪道。

所以我們的老師墨子說：「現在天下的士人君子，內心想使天下富裕而不願貧困，想使天下得到治理而不願混亂，對於主張有命的人的話，不能不反對。因為這乃是天下的大害啊！」

賞析與點評

從〈非命〉篇，我們可以看到墨子肯定人的自由意志，更進一步思考，人是否真的自由則關連到天的意志及鬼神賞罰間關係的張力。從〈天志〉篇來看，天欲人生、富、治，也正是人所期望達到的目標，但人必須付出努力才可能得到，而是否付出辛勞的努力則在於人的抉擇，並且在達成目標的過程中，由於天欲義，人們必須遵循公義的價值原則或行為規範來達成目標。但「命定論」卻導致人的行為違反了天志的期待與要求，同時令人們用命定論作藉口。正因人在某一範圍內是自由的，人才必須為他的所作所為負責，並承擔事後結果的賞罰。

對於墨子「非命」的思想，我們可以從兩個不同的層次來理解：

其一，〈天志上〉：「天欲義而惡不義。」這是天所設定的方向，人可順也可逆。這是人的意志可以自由抉擇的部分，也因人所抉擇的方向會有不同的結果。

其二，〈明鬼下〉：「先生者先死。」這是天所設定的生命範圍。人皆有生死，並受鬼神的裁決賞罰。這些是人必然要經歷的。

因此，我們讀墨子的〈非命〉篇，要從第一個層次來看人抉擇的自由性。執政者積極有為，並遵循「義」的原則，才可能解決人民生活中的各種問題，消極怠惰且不遵守「義」的規範則會造成民眾生活的各種問題。如此，經由人自由意志抉擇之後所造成的結果，則可進入鬼神審判的生命範圍層次，這是人經由自由抉擇之後所必然要面對的，在這個層次，人沒有自由。

如果將上述兩個層次糾結在一起，就會像許多學者那樣，認為墨子的思想有理論上的內在矛盾，一方面非命，另一方面又強調天志，他們認為「天志」就是「天命」，就代表着一切都是命定的；既然一切都是命定的，墨子〈非命〉就自相矛盾。其實，「天志」與「天命」大不相同，天「志」只是天所設定的應然方向，其中包含着人自由意志的選擇性。將「命」改為「志」，是墨子理論的一大特色，也正因為如此，墨子要在第一個層次上大談「非命」的思想。以下我們來回顧〈非命上〉的思路：

1. 古者王公大人的執政目標為何？國富、民眾、刑治。
2. 為何不能達成執政目標？執有命者的言論影響。
3. 如何辨明執有命者的言論之是非？必立儀。
4. 言論是非利害之「儀」為何？三表。
5. 何謂三表？本之、原之、用之者。
6. 如何從本之者的古者聖王之事來檢證「有命説」之是非？運用歸納之差異比較法。
7. 如何從先王之書的記載檢證「有命説」之是非？從先王之憲、刑、誓來看。
8. 如何從用之者檢證「有命説」之是非？將有命説用於施政，那些立命者乃滅天下之人。
9. 何以知義人在上，萬民被其大利？從聖王湯、文王的事跡可見。
10. 古之聖王如何施政？設賞罰以勸賢。
11. 賞罰而有序的作用何以不彰？執有命者之言以致暴人之道。
12. 何以知「命」為暴人之道？〈仲虺之告〉：湯非桀之執有命。〈太誓〉：武王非紂執有命。上不利天、中不利鬼、下不利人。
13. 對於天下大害之「有命説」該如何？不可不非。

卷十

經上、經説上（節錄）

本篇導讀——

晉，魯勝〈墨辯注序〉說：「墨子著書，作辯經以立名本。」意謂《墨經》是墨翟自著。清朝畢沅作《墨子注》也說：「此翟自著，故號曰經。」由於《墨經》中論及許多辯者與名家的論題，其年代在墨子之後，所以近人方授楚主張〈經上〉〈經下〉〈經說上〉〈經說下〉〈大取〉〈小取〉均為墨家後學所著。李漁叔則強調，魯勝是晉初人，其所聞見，自必遠較後世為詳，而其〈墨辯注序〉曾說：「墨經有上、下經，經各有說，凡四篇。」故〈經上〉〈經下〉及〈經說上〉〈經說下〉當為墨子自著，或至少亦係及門弟子傳承講授者所記錄而成。何況《莊子・天下》說：「相里勤之弟子，五侯之徒，南方之墨者苦獲、已齒、鄧陵子之屬，俱誦《墨經》，而倍譎不同，相謂別墨。」相里勤是墨家弟子，對於墨家思想的傳播有一定的貢獻，曾形成一支有影響力的墨家學派。如《韓非子・顯學》說：「自墨子之死也，有相里氏之墨，有相夫氏之墨，有鄧陵氏之墨。……墨離為三。」如果到相里勤的弟子年代，《墨經》已經成為墨家弟子必讀的教材，可見《墨經》的重要性以及成書的年代應不會太晚。方孝博綜合了詹劍峰、梁啟超、欒調甫、譚戒甫、高亨、汪中、孫詒讓、侯外廬、杜國庠等人的不同看法，主張：〈經上〉〈經下〉〈經說上〉〈經說下〉及〈大取〉〈小取〉，既是墨翟和他的門人後學集體的著作，又是在較長時期中，不斷研究增益組織加工而成的，總的說來，寫作年代應在公元前四百多年到前二百四十年之間，最後寫定的時間，約當荀子的時代。

孫中原說：「《墨子・經》和〈經說〉各分上、下，共四篇，一般稱此四篇為狹義《墨經》，此四篇與〈大取〉〈小取〉合計六篇，稱為廣義《墨經》。《墨經》又稱《墨辯》《辯經》。」《墨經》用簡練的《經》體，以極精煉的文字，述說古代名辯、倫理、科學等思想。〈經說上〉〈經說下〉篇則是對於〈經上〉〈經下〉的內容加以說明，指出了名辯思想是基本的認知、思考工具，科學思想是現實中改善人民生活的方法，倫理思想則是墨家的價值方向。科學思想需要名辯的反省作為工具，倫理思想也需要名辯思想作為表達的工具。科學思想反映物質事實、變化律則，而倫理思想則會影響科學理論的應用。《墨經》的倫理思想包含一些評價的標準，例如：生、愛、仁、義、忠、孝、信、利等重要觀念；名辯思想則包括：認知的能力、認知過程與認知結果，及在表達上名、實、謂的意義、分類及相互的關係。

至於《墨經》中科學知識的發現，與西方近代科學系統傳入中國有關。近代學者不僅更深入地研究《墨經》，並且轉變了傳統社會倫理的思維方式，而以西方的科學知識作為理解《墨經》的對照和借鑑。在《墨經》的科學思想方面，方孝博《墨經中的數學和物理學》一書指出，〈經上〉〈經下〉和〈經說上〉〈經說下〉四篇所討論的問題，其中有關於數學，特別是幾何學的思想，計有十九條，包括點、線、面的定義和關係，以及各種幾何圖形的分析等。在物理學方面，主要可分為三類：物理學的一般概念問題、力學理論、光學理論和測日影定方位問題。細分之，與時間和空間相關的概念說明有五條，論運動和靜止問題的有兩條，另論及五行關係、相比標準、物質不滅等各一條。此外，力學與幾種簡單機械原理的說明共八條。最後，在光學方面，涉及光和影、針孔成像和球面反射鏡成像理論共八條，另附測臬影定南北方位兩條，總計《墨經》中有四十七條內容涉及自然科學思想。

《墨經》在秦漢以後的兩千多年中被埋沒，幾乎無人重視，也未被學者研究、引用和發揮。崔清田在《顯學重光——近現代的先秦墨家研究》一書中指出：「乾嘉學者對《墨子》的校注以及對經、說諸篇的專注，使幾乎『不能句讀』的墨辯六篇變得眉目朗然，他們提供的版本準備、文字注疏、體例發現等，為《墨經》研究奠定了基礎，使發掘墨辯六篇所含科學知識成為可能。」以下筆者在前人注釋、研究的基礎上，選錄〈經上〉與〈經說上〉兩篇，並對有關認知與倫理的條目加以注釋、翻譯、賞析與點評。

〈經說上〉乃為解釋〈經上〉而作，為了便於閱讀，以下將把〈經上〉與其相應解釋的〈經說上〉依條目相配，一併注譯，以便讀者參照閱讀。

〔經1〕故[1]，所得而後成也。

〔經說〕故[2]。小故[3]：有之不必然，無之必不然。體也[4]，若有端[5]。大故[6]：有之必無然[7]。若見之成見也。

注釋

1 故：原因，或為推論的理由、根據。

2 〈經說〉各條開頭一般都有承繼經而來的標題字，用來提示本條〈經說〉是解釋哪一條〈經〉文，一般不與〈經說〉的下文連讀。

3 小故：形成某一結果之原因的部分要素，相當於必要條件。

4 體：部分，意為小故（必要條件），是形成某一結果之原因的部分要素。

5 若：此處為「例如」之義。尺字舊脫，應為「若尺有端」，據伍非百校增。尺，相當於幾何學上的線。端，相當於幾何學上的點。意為端（點）是形成尺（線）的小故（必要條件）。

6 大故：形成某一結果的原因，相當於充分必要條件。
7 有之必無然：依孫詒讓校，當作「有之必然，無之必不然」。

譯文

〔經1〕「故」（原因或理由）是得到它而能形成某一結果或結論。

〔經說〕「小故」（原因中的部分要素，即必要條件）：有它不一定有某一結果，沒有它一定沒有某一結果。「小故」是形成某一結果的部分原因，例如端（點）是形成尺（線）的小故（必要條件）。「大故」（形成某一結果的原因，相當於充分必要條件）：有了它一定產生某一結果，沒有它一定不產生某一結果。例如看見東西的條件都具備了（如正常的視力、足夠的光線、對象物的適當距離、專注力等），眼睛就一定能見到外物。

賞析與點評

墨家對於現象中的因果關係有深刻的觀察，大故與小故的分別，顯示墨家把握到多因一果的因果形態，而在多因當中，每一因對於結果的影響程度又不相同，於是分辨出必要條件與充分條件的不同作用，又以大、小來分別說明，表示這種對於原因的分類，有包含與被包含的關係，也就是小故的作用包含於大故之中。也由於墨家對於原因與理由的深刻考察，因此用於政治、社會、倫理、軍事等現象分析時，有其獨到的觀點。

〔經2〕體[1]，分於兼也[2]。

〔經說〕體。若二之一[3]、尺之端也[4]。

注釋

1 體：部分。

2 兼：整體，與「部分」相對。

3 若：此處為「例如」之義。

4 尺之端：構成線的點。

譯文

〔經2〕體（部分）是從兼（整體）中分出來的。

〔經說〕例如二是一的全體，一是二的部分；線是點的全體，點是線的部分。

〔經3〕知[1]，材也[2]。

〔經說〕知材[3]。知也者，所以知也[4]，而必知[5]，若明[6]。

注釋

1 知：「知」字在《墨經》中是多義詞，此處「知」指人的智力。

2 材：材質，指人的認識器官，認識的生理條件，引申為才能、本能。

3 知材：為牒經標題字。

4 知也者所以知也：「知也者」的「知」是指「知，材也」的「知」，即人的認識能力；「所以知也」的「知」是指認識。

5 而必知：必能認識。

6 若明：若，譬如、猶如。明，明白。指人的視力健全，得以見物而明白。

譯文

〔經3〕智力是人認識官能所具有的本能。

〔經說〕認識能力是人憑藉它來認識事物的，因而就能認識事物，像眼睛得以看見事物而明白一般。

賞析與點評

從因果關係來看，人類是因着甚麼而能認知事物，這種思考是反省性的思考，已經脫離了直觀的方式，而是以已經認知到的結果，去推敲它的原因。由於我們認知的結果中有顏色、有聲音、有氣味、有滋味、有冷熱，而接收這些訊息的正是我們的五官，因此墨家反省到認知的基本能力就是我們所具備的材質，是人們本具的官能。

〔經4〕慮[1]，求也。

〔經說〕慮。慮也者，以其知有求也[2]，而不必得之，若睨[3]。

注釋

1 慮：主動思慮，動心求知。

2 以其知有求也：此處「知」是指人的認識能力。

3 睨：斜視。

譯文

〔經4〕思慮是心想求知的主觀活動和狀態。

〔經説〕思慮是人用認識能力來求知，但不一定能獲得知識，譬如人瞇着眼睛斜視，不一定能看見遠方的東西。

〔經5〕知[1]，接也。

〔經説〕知。知也者，以其知過物，而能貌之[2]，若見。

注釋

1 知：此處「知」特指感性認識。

2 以其知過物，而能貌之：「以其知」中的「知」指人的感官認識能力。「過物」是指接觸的過程。「貌之」是指認識的結果可以反映外物的形貌。

譯文

〔經5〕感性知識來自感官對於外物的接觸。

〔經說〕感性知識是用人的感官認識能力，去接觸外物而能反映、描繪外物的形貌，就像人以健全的視覺器官與事物接觸，而能看見事物，留下印象。

〔經6〕恕[1]，明也。

〔經說〕恕。知也者，以其知論物[2]，而其知之也著[3]，若明。

注釋

1 恕：是通過心智思考而得到的理性認識。

2 知也者，以其知論物：「知也者」的「知」指理性認識。「以其知」的「知」指人先前的知識。論，分析、整理、論證。

3 著：顯著，明白透徹。

譯文

〔經 6〕理性知識是明白清楚的認識。

〔經說〕理性知識是用人的認識能力，分析整理事物，而能得到顯著清楚的知識，譬如人用心觀察，而能明白事理。

賞析與點評

前面這幾條是探討人的認知能力，可分為感性的認知能力與理性的認知能力。在感性的認知能力方面有材、接，材是指感官的官能，而接是指五官的作用，五官必須和認知對象有所接觸，也就是在一定距離之內看得到、聽得到、聞得到、嘗得到、摸得到才能留下印象。在理性的認知能力方面有慮求、有恕，慮求是指認知主體的主動性，而這種主動性之前、之中、之後也包含着人的思慮作用，這也是人在認知過程中的精神活動。此外，恕是一種統合的作用，將感官所得到的各種訊息匯總成有條理的知識。

〔經7〕仁，體愛也[1]。

〔經說〕仁。愛己者非為用己也[2]，不若愛馬，著若明[3]。

注釋

1 體愛：體己之愛，也就是愛仁若己，設身處地為人着想的愛人。

2 愛己者非為用己也：強調所愛對象的目的性而非工具性，對自己的愛不是為了使用自己達成其他的目的。

3 著若明：孫宜讓認為著當作「者」，涉上文而誤。「若明」二字衍。

譯文

〔經7〕仁就是以體己之愛去愛人。

〔經說〕愛自己不是為了利用自己，不像愛馬是出於利用馬而達成其他的目的。

賞析與點評

墨家的「仁」與孔子所說的：「夫仁者，己欲立而立人，己欲達而達人。能近取譬，可謂仁之方也已。」（《論語・雍也》）有一定的相似性，是從對自己之愛向外推擴；不過，墨家更強調對自己之愛的一種非常重要的特性，就是將所愛的自己當成目的而不是手段。為甚麼要強調這一點？因為當人們想要推己及人、愛人若己的時候，會有一種雙重對象的緊張關係出現，一方面人們自然而然地愛自己，另一方面又要愛別人，這時，對別人的愛很容易成為一種工具性的愛，一種表面的、手段的愛，其目的還是為了愛自己。就像墨家所指出的，我們愛一匹馬不是為了給馬帶來好處，而是為了我們自己的好處，因為馬可以幫我們拉車，對我們有用；我們照顧這匹馬、愛這匹馬，其實是因為牠能達成我們的目的。當我們像愛自己一般愛別人時，這種愛是以對方為目的的，必要時犧牲自己的利益都要成全別人的福祉，這才是墨家所推崇的「仁」。我們從墨子的摩頂放踵、利天下而為之的精神與實踐，就可以了解墨家對於這種仁愛的把握。

〔經8〕義，利也。

〔經說〕義。志以天下為芬[1]，而能能利之[2]，不必用[3]。

注釋

1 芬：即「分」，職分。據王闓運、高亨說。

2 能能：前一「能」字指才能。據張之銳、高亨說。後一「能」字指能夠。

3 用：為世所用，指出來做官。

譯文

〔經8〕義就是給人以利益。

〔經說〕心志以利天下人為自己的職分，而每個人的才能都能夠做有利天下人的事，但不一定要以做官的方式為世所用。

賞析與點評

在儒家看來，「義」與「利」是相對立的；可是在墨家看來，「利」可用來解釋「義」。我們必須區分儒家與墨家所講的「利」，兩者意義並不相同。儒家所提到的「利」是指個人所謀求的私利，是抓進來；而墨家所講的「利」是指眾人的公利，是給出去。當大家都願意付出愛時，就能達成兼相愛、交相利的目標。所以，「義」的實踐是以有利天下人為自己的職分。

〔經9〕禮，敬也[1]。

〔經說〕禮。貴者公[2]，賤者名[3]，而俱有敬僈焉[4]，等異[5]，論也[6]。

注釋

1 敬：恭敬。

2 貴者公：貴者稱為公。

3 賤者名：賤者呼其名。

4 俱有敬僈焉：僈，輕視怠慢。意即都有敬僈之意存於稱呼者心中。

5 等異：貴賤之禮，各有其大小、高下、文質之別。

6 論：理。

譯文

〔經9〕禮是表示尊敬。

〔經說〕高貴的稱為公，低賤的呼其名，而都有敬僈之意存於稱呼者心中，貴賤之禮，各有其大小、高下、文質之別，是理所當然的。

〔經10〕行，為也[1]。

〔經說〕行。所為不善名[2]，行也；所為善名，巧也[3]，若為盜。

注釋

1 行，為也：有意識的自覺行動叫「為」。這裏又用「為」來定義「行」，說明這裏的「行」是指有意識的自覺的正義之行。《荀子・正名》：「正義而為謂之行。」

2 善：善於，擅長。一說通「繕」，意為修治。《墨子・修身》：「名譽不可虛假。」「名不可簡而成也，譽不可巧而立也。君子以身戴行者也。」

3 巧：取巧、欺偽。

譯文

〔經10〕行，就是有意識的正義作為。

〔經說〕所作所為不善於求名的叫「行」；所作所為善於求名的叫「巧」，這就像做盜賊取巧得物一樣。

〔經11〕實，榮也[1]。

〔經說〕實。其志氣之見也[2]，使人如己[3]，不若金聲玉服[4]。

注釋

1 榮：草類開花，引申為事物的實質所表現出來的現象。

2 志氣之見：志向勇氣的表現。

3 使人如己：感動別人如同自己。

4 不若金聲玉服：金玉之類的配飾，徒飾其外，空乏其內。

譯文

〔經11〕實質是顯榮。

〔經說〕人的外在風範，是其內在志向與勇氣的呈現，這能感動別人使人效法，不像金聲玉服徒飾其外，而無補於內。

〔經12〕忠，以為利而強低也[1]。

〔經說〕忠。不利，弱子亥足將入止容[2]。

注釋

1 據孫詒讓、高亨校改，「低」應為「君」。
2 據曹耀湘、張之銳、高亨說，「子亥」應為「孩」。據高亨校改，「止」應為「井之」。

譯文

〔經12〕忠，是認為對國家有利的事情，就應該強力地勸說國君去做。
〔經說〕遇到對國家不利的情況，其危急的程度猶如幼兒足將落井的狀態，這時就要強力地勸說國君避免。

賞析與點評

有關墨子忠君進諫的思想可參見《墨子・公孟》：「若大人行淫暴於國家，進而諫。」「若大人為政，將因於國家之難，譬若機之將發也然，君子之必以諫。」〈非儒〉篇有：「仁人事上竭忠」，「有過則諫，此為人臣之道也。」「忠」是指君臣之間的關係，在甚麼情境下才能顯示臣下對於國君的盡忠呢？墨家認為在國家有難、國君無法做出正確決斷時，臣下願意挺身而出、仗義直言，即使冒犯國君，甚或惹來殺身之禍，都敢冒死進言的臣子，才是真正的「忠」。

〔經13〕孝，利親也。

〔經說〕孝。以親為芬[1]，而能能利親[2]，不必得[3]。

注釋

1 芬：即「分」，職分、本分之意。

2 能能利親：前一「能」字指才能、能力。後一「能」字指能夠。

3 不必得：不一定能得父母的歡心。

譯文

〔經13〕孝，是做對父母有利的事情。

〔經說〕以做對父母有利的事情為自己的本分，而且每個人的能力都能夠做到有利父母的事情，但不一定能得到父母的歡心。

賞析與點評

我們從前面義的「不必用」、忠的「強君」以及此處孝的「不必得」，可以看出墨家的倫理思想並非以「有利於己」來論價值。「不必用」是不一定要出來當官，以為世所用，因此做有利於天下人的事未必對自己有利；「強君」是為解決國家百姓的患難而冒險諫言，可能要犧牲自己的生命；而此處孝的「不必得」也有類似的觀點，為了父母親的好處而做某些事，但未必能得到父母親的認同，但只要是有利於雙親的事，還是努力去做，這才是真正的「孝」。

〔經14〕信，言合於意也。

〔經說〕信。不以其言之當也[1]。使人視城得金。

注釋

1 當：恰當、真實、正確，即言論符合實際。

譯文

〔經14〕信，就是指言論符合心意。

〔經說〕信，並不是以其言論的符合實際為恰當。使人到城上查看，雖然得到他所說的黃金，但並不表示他的心意與言論是相符合的。

賞析與點評

有時心口不一、言意不合，仍有可能碰巧與事實符合，例如某人故意騙別人說：「城上藏有黃金。」別人去查看，果然找到黃金，這仍然不能稱之為「信」。其中有兩層符合關係。其一，是言論與心意的符合關係；其二，是言論與事實的符合關係。墨家強調：只有心口一致，言意相合的第一層關係才能稱之為「信」。沈有鼎解釋本條指出：言合於意，意合於實，言就既「信」且「當」；言合於意，意不合於實，言就「信」而「不當」。

〔經15〕佴[1]，自作也[2]。

〔經說〕佴。與人遇人[3]，衆循[4]。

注釋

1 佴：助人利人。

2 自作：自為。作即「為」。

3 與人遇人：與，給予、施予。以助人的態度待人。

4 衆循：眾人也會跟隨着這樣做。

譯文

〔經15〕助人利人就是自己應該有的作為。

〔經說〕以助人的態度待人，人們也會跟着這樣做。

賞析與點評

墨家強調：兼相愛、交相利，這種相互性的人際關係，必須建立在個人的主動性上，唯有某些人願意主動地愛人、幫助人，才能喚起人們的感通性而推動兼愛的實踐。如：《墨子・兼愛中》所謂：「夫愛人者，人亦從而愛之；利人者，人亦從而利之。」又如《墨子・兼愛下》所謂：「必吾先從事乎愛利人之親，然後人報我以愛利吾親也。」這條指出助人、利人要從自己做起，也就是強調兼愛之主動性的重要。

〔經16〕詷[1]，作嗛也[2]。

〔經說〕詷。為是為是之台彼也[3]，弗為也。

注釋

1 詷：據孫詒讓校改，詷同「狷」。潔身自好、有所不為之意。

2 作嗛也：嗛為「磏」之壞字，即行磏。廉潔正直但是缺乏主動積極救世的精神，只是被動地不做害人的事謂之行磏。

3 為是為是之台彼也：為是為是，意為做此事、做彼事。台，吳毓江指讀為「怠」，危殆之意。台彼也，即危害別人。因狷者潔身自好，不論做此事或做彼事，兩者時空不同，但是他面對事情的態度與處世的原則是一致的。

譯文

〔經16〕自持廉潔、潔身自好的人有所不為。

〔經說〕狷者不論做此事或做彼事，如果危害到別人，就不願意做。

賞析與點評

墨家對於狷者的行徑並不推崇，他們強調的是積極有為的救世精神，即使需要有所犧牲，也會勇於任事，這從以下第十九條的「任」可以看到清楚的說明。此外，我們也可以從磏仁者的行為了解狷者的性格特徵。《韓詩外傳》卷一：「仁道有四磏為下，有聖仁者，有智仁者，有德仁者，有磏仁者，……廉潔直方，疾亂不治，惡邪不匡，雖居鄉里，若坐塗炭，命入朝廷，如赴湯火，非其民不使，非其食弗嘗，疾亂世而輕死，弗顧兄弟，以法度之，比於不詳，是磏仁者也。」這種人廉潔正直但是缺乏主動積極救世的精神，只是被動地不做害人的事，他們在為與不為之間顧忌太多，所做的事不能為「天之所欲」，也不能「興天下之利」。

〔經17〕廉，作非也[1]。

〔經說〕廉。己惟為之[2]，知其䫝也[3]。

注釋

1 作非：依李漁叔，「非」應作「菲」，「薄」之意。作非即節省自持，較少作為。

2 己惟為之：惟乃「雖」。自己雖然去做。

3 𦖋：同「恥」，心中自覺不安。

譯文

〔經17〕廉是節省自持，較少作為。

〔經說〕廉潔者自己雖然如此做，但心中自覺不安。

賞析與點評

狷者的作「𥐝」與「廉」字，其中都有兼愛的「兼」，「兼」有普遍、整體、平等的意涵，這些意涵都涉及對於別人的考慮，或將心比心地去愛人，因此當墨家強調兼愛的同時，也思考到實踐兼愛時可能的偏差。狷者的有所不為和廉者的較少作為，在特定的時空情境中，或許都有正反兩面的評價，但廉者比狷者多了自省與反思。

〔經18〕令1，不為所作也2。

〔經說〕令。所非，身弗行。

注釋

1 令：善、美、好。

2 作：據高亨校改，作應為「怍」，慚愧。

譯文

〔經18〕善的品德是不做自己內心慚愧的事情。

〔經說〕內心認為是錯誤的事情，自身就不要去做。

〔經19〕任[1]，士損己而益所為也[2]。

〔經說〕任。為身之所惡[3]，以成人之所急[4]。

注釋

1 任：責任、保護。引申為以保護弱者為己任的俠客行為。

2 損己而益所為也：即使損害自己也要幫助別人。

3 為身之所惡：做自己所厭惡的事。

4 成人之所急：解救別人的急難。

譯文

〔經19〕任，是士人肯犧牲自己的利益而愛利別人的品德。

〔經說〕有任俠精神的士人，能做自身所厭惡的事，以便解救別人的急難。

〔經20〕勇，志之所以敢也[1]。

〔經說〕勇。以其敢於是也[2]，命之；不以其不敢於彼也，害之。

注釋

1 志：意志、思想。

2 是：此，與彼相對。

譯文

〔經20〕勇，就是立志於目標且敢於實現、達成。

〔經說〕由於某人敢於做某件事情，就可以說他有英勇精神；但並不因為他不敢做另一件事情，而妨害說他有英勇精神。

賞析與點評

墨子與其弟子都有任俠的精神，如《孟子・盡心上》說：「墨子兼愛，摩頂放踵利天下為之。」《淮南子・泰族訓》說：「墨子服役者百八十人，皆可使赴火蹈刃，死不旋踵。」但這種英勇的精神並不是血氣之勇，也不是敢做任何危險的事就叫「勇」。所以在這一條中，墨家強調立定志向，去做該做的事情，即使有危險也敢於任事；對於不該做的事情，即使旁人慫恿也不要去做，這才是真正的「勇」。從以上諸條來看，行為舉止的標準，其關鍵在於兩方面，一方面是立志，確立正確的目標，如「志以天下為芬」。另一方面，是在達成目標的過程中不斷的反省，也就是「所非，身弗行」的知恥。以上是對有關認知與倫理思想部分條目的介紹。

卷十一

小取

本篇導讀——

本篇是先秦時代探討「辯説」的經典之作，「辯説」一方面是思維主體的思維活動；另一方面又是思維主體間溝通或説服對方的活動。因此，「辯説」是一種帶有企圖改變對方思想行為的表達方式，孔子認為要改變別人，必須以自己的道德行為來感化對方，而不是採取巧言、辯説的方式，因此主張「君子欲訥於言，而敏於行」（《論語・里仁》）。到了墨子的時代，墨子認為要改善社會的亂象，説服執政者改變政策，「辯乎言談」是非常重要的能力，因此墨家肯定辯説的作用，並發展辯説的方法。

本篇的基本結構在於名、辭、説、辯，用名稱反映事物的性質，用言辭表達思想的內涵，用推論揭示變化的原因或道理，進而透過不同辯説方法達成説服對方之目的。其中不同的辯説方法包括辟、侔、援、推。在侔式推論中還有是而然、是而不然、不是而然、一周一不周、一是一非等規則。這是一篇相當有系統的辯說論文，讓我們看到了古人如何嘗試建立一些推論規則的努力，也讓我們看到，他們的思維方式如何受到語言本身特性的影響。

夫辯者[1]，將以明是非之分[2]，審治亂之紀[3]，明同異之處[4]，察名實之理[5]，處利害[6]，決嫌疑[7]。焉摹略萬物之然[8]，論求群言之比[9]。以名舉實[10]，以辭抒意[11]，以說出故[12]，以類取[13]，以類予[14]。有諸己不非諸人[15]，無諸己不求諸人[16]。

注釋

1 辯：辯論，引申為關於辯的學問，即辯學。

2 是非：正確與錯誤。

3 審治亂之紀：審，審察；紀，綱紀，道理。

4 明同異之處：辨明同與異的所在。

5 察名實之理：名，事物的名稱；實，名稱所指的對象。考察名與實的道理。

6 處利害：處，裁決、衡量。衡量利益與禍害。

7 決嫌疑：決，判明、決斷；嫌疑，疑問、疑難。

8 焉摹略萬物之然：焉，乃；摹，描摹；略，約要也。摹略，探求、反映、概括。然，本來面目，包含現象之然和所以然，即現象和原因。

9 論求群言之比：論求，討論，探求；群言，各種言論；比，比較、例證、類型。

10 以名舉實：名，語詞、概念；舉，列舉，摹擬；實，實物，實際，實質。

11 以辭抒意：辭，語句、命題；抒，表達；意，思想，判斷。

12 以說出故：說，推理、論證；故，原因、理由、根據。

13 以類取：類，類別，同類事例；取，選取、採取。意即根據事物的類別來取例證明。

14 以類予：予，反駁、駁斥。根據事物的類別來予以反駁。

15 有諸己不非諸人：有諸己，自己贊同某一觀點。不非諸人，不能反對別人贊同。

16 無諸己不求諸人：無諸己，自己不贊同某一觀點。不求諸人，不能要求別人贊同。

譯文

辯論的作用與目的，是要分清是非的分別，審察治亂的要領，辨明同與異的所在，考察名稱和實際的道理；權衡利益與禍害，解決疑惑。於是要探求萬事萬物本來的樣子，分析、比較各種不同言論的類型。用名稱標舉事物的實際，用語句來表達思想意念，用推論來揭示所持的原因或理由。根據事物的類別來取例證明，根據事物的類別來予以反駁。自己贊同某一觀點，不能反對別人贊同；自己不贊同某一觀點，也不能要求別人贊同。

賞析與點評

以上第一段說明了辯的作用、辯的目的。辯的作用是：「明是非之分，審治亂之紀，明同異之處，察名實之理」。辯的目的是：「處利害，決嫌疑」。此外，為有效達成辯論目的，必須要有正確的認知，這也就是「摹略萬物之然」，了解事物的現象及其原因。然後要有系統性的表達，分別運用：名、辭、說、辯的相互關聯性，表達自己的概念、思想、論點及反駁的理由。透過正確的推理：「以類取，以類予」，以及遵守辯論的共同原則：「有諸己不非諸人，無諸己不求諸人」，以達成辯論的說服性目的。

或也者，不盡也[1]。假者，今不然也[2]。效者，為之法也[3]，所效者所以為之法也。故中效[4]，則是也；不中效，則非也。此效也。辟也者[5]，舉也物而以明

之也[6]。侔也者[7]，比辭而俱行也[8]。援也者[9]，曰「子然，我奚獨不可以然也」？推也者[10]，以其所不取之，同於其所取者，予之也。是猶謂也者[11]，同也；吾豈謂也者[12]，異也？

注釋

1 或也者，不盡也：或，義略同於「有的」、「有些」，有時與「或者」、「可能」義通。或，是不完全這樣。

2 假者，今不然也：假，假定、假設。假設，是現在還不是這樣。

3 效者，為之法也：效，仿效、遵循。法，標準、法則。效，就是提供標準的辯論形式和法則。

4 中效：合乎標準的辯論形式和法則。

5 辟：通「譬」，譬喻、譬喻式的類比推理。

6 舉也物：也通「他」。應作「舉他物」。

7 侔：齊等。孫詒讓：「謂辭義齊等，比而同之。」兩類相似語句的類推。

8 比辭而俱行也：辭，語句。兩類相似語句的類推都行得通。

9 援：援引對方言行以證明自己相似言行的類比推理。

10 推：歸謬式的類比推理。

11 是猶謂：義同於「這猶如說」，說明兩件事情相似，類比推理常用的聯接詞。

12 吾豈謂：義同於「我難道那麼說了嗎」，說明兩件事情不相似，對於對方的類比推理進行反駁時常用的聯接詞。

譯文

或，是不完全這樣。假，就是現在還不是這樣。效，就是提供標準的辯論形式和法則。所效，就是用它來作為評判是非的標準。符合標準，就是正確的；不符合標準，就是錯誤的，這就是效。辟，是舉別的類似事物來說明這一事物。侔，是兩類相似語句的類推都行得通，可以由此推彼。援，是說「你可以採取這樣的觀點，而我為甚麼不可這樣呢」？推，是用對方所不贊同的，與對方所贊同的歸為一類來進行比較，以此來反駁對方的論點。這就好比說，它們是相同的；我難道能說，它們是不相同的？

夫物有以同而不率遂同[1]。辭之侔也[2]，有所至而正[3]。其然也，有所以然

也[4]；其然也同，其所以然不必同。其取之也，有所以取之[5]。其取之也同，其所以取之不必同。是故辟、侔、援、推之辭，行而異[6]，轉而危[7]，遠而失[8]，流而離本[9]，則不可不審也，不可常用也。故言多方[10]，殊類，異故，則不可偏觀也[11]。

注釋

1 有以同而不率遂同：有以同，事物在某方面有相同性質。率，皆、全、都。遂，於是、就。
2 侔：指侔式推理。
3 有所至而正：在一定範圍內才是正確的。
4 其然也，有所以然也：「然」為現象，結果。所以然，為原因、本質。
5 有所以取之：舊本脱「所」字，依王引之校增。
6 行而異：運用起來就會有差異。
7 轉而危：危通「詭」。俞樾：「危，讀為詭。」幾經轉換可能成為詭辭。
8 遠而失：推論過遠就會失真。
9 流而離本：本，根據。牽強推論就會脱離根本法則。

10 言多方：方，理、道、法。言語有許多不同的表達方式。

11 偏觀：片面的觀察。

譯文

事物有相同之處，但不會因而全都相同。語句間的比較推論，有一定的限度才正確。事物的現象如此，有其所以如此的原因；其事物的現象相同，但造成如此現象的原因卻不一定相同。贊成某一觀點，有所以贊成此一觀點的原因；贊成是相同的，之所以贊成的理由卻不一定相同。這就是為甚麼辟、侔、援、推這些論式，運用起來就會發生差異變化，幾經轉換會成詭辯，推論過遠就會失真，牽強推論就會偏離根本法則。這就不能不詳加審察，也不能經常運用。所以，言語有多種不同的表達方式，事物有各種不同的種類，論斷的根據、理由也不同，因此就不能僅有片面的觀察。

賞析與點評

這一段是在前面提出了辟、侔、援、推的方法之後，進一步提出在運用這些方法時，必須注意的例外情況。我們可以看到，墨家在尋求推論規則時，一方面注意具有說服力的推論方式，但另一方面也在實際運用過程中，去發掘不適用的例外情況，透過這些經驗的累積，逐步建立起辯說的規則與技巧。

夫物或乃是而然[1]，或是而不然[2]，或不是而然[3]，或一周而一不周[4]，或一是而一非也[5]。

注釋

1 是而然：前句肯定，後句也能肯定。
2 是而不然：前句肯定，而後句否定。
3 不是而然：舊本原脱此句，依下文所舉之例增加。前句否定，而後句肯定。
4 一周而一不周：一種說法周遍，而一種說法不周遍。
5 一是而一非：在「非」字前原有「不是也，不可常用也。故言多方，殊類，異故，則不可偏觀也」。據王引之校，因上文而衍，故刪。「一是而一非」意為一種說法能成立，而一種說法不能成立；即一種語句結構，代入一種內容能成立，代入另一種內容卻不能不成立。

譯文

事物在表達上，有些情況是前句肯定，後句也能肯定；有些情況是前句肯定，而後句否定；有些情況是前句否定，而後句肯定；有些情況是一種說法周遍，而一種說法不周遍；又有些情況是一種說法能成立，而一種說法不能成立。

白馬，馬也；乘白馬，乘馬也。驪馬[1]，馬也；乘驪馬，乘馬也。獲[2]，人也；愛獲，愛人也。臧[3]，人也；愛臧，愛人也。此乃「是而然」者也。

注釋

1 驪：深黑色。
2 獲：婢的賤稱。
3 臧：奴的賤稱。

譯文

白馬是馬；騎白馬就是騎馬。黑馬是馬；騎黑馬就是騎馬。婢是人；愛婢就是愛人。奴是人；愛奴就是愛人。這些就是「是而然」的情況。

獲之親，人也；獲事其親[1]，非事人也[2]。其弟，美人也[3]；愛弟，非愛美人也[4]。車，木也；乘車，非乘木也[5]。船，木也；入船，非人木也[6]。盜人，人也；多盜，非多人也；無盜，非無人也。奚以明之？惡多盜，非惡多人也；欲無盜，非欲無人也。世相與共是之。若若是[7]，則雖盜人，人也，愛盜非愛人也；不愛盜非不愛人也；殺盜人，非殺人也，無難矣。此與彼同類，世有彼而不自非也，墨者有此而非之，無也故焉[8]，所謂內膠外閉與心毋空乎[9]？內膠而不解也[10]，此乃「是而不然」者也。

注釋

1 事其親：事奉其父母。

2 事人：指做別人的奴僕，侍奉別人。

3 **美人**：據水渭松解，美人指美男子。

4 **愛美人**：指愛女性美色。

5 **乘木**：指乘一根未加工的木頭。

6 **人木**：據蘇時學校改，應做「入木」。進入木頭。

7 **若若是**：如果這些是對的。

8 **也故**：也通「他」，即「他故」。

9 **內膠外閉與心毋空乎**：內膠外閉，內心膠結，對外封閉。心無空乎，心裏邊沒有留下一點空地方，不能接受外來的意見。

10 **內膠而不解**：內心膠結而無法了解。

譯文

婢的雙親，是人；婢事奉她的雙親，並不是事奉別人。她的弟弟，是一個美男子，她愛她的弟弟，不是愛美人。車是木頭做的；乘車卻不是乘木頭。船是木頭做的；進入船，並不是進入木頭。盜是人；許多強盜並不是許多人；沒有強盜，並不是沒有人。怎麼知道這些道理呢？厭惡許多強盜，並不是厭惡許多人；希望沒有強盜，並不是希望沒有人。這是世人都認為正確的。如果這些是對的，那麼雖然強盜是人，但是愛強盜卻不是愛人；不愛強盜，並不意味着不愛人；殺強盜，也不是殺人，這沒有甚麼困難的。這個與那個都是同類。然而世人承認那個前者而不說自己錯了，墨家提出這個後者卻遭到非議，沒有其他緣故，這就是所謂的內心固執、對外封閉，心裏邊沒有留下一點空隙，內心固執而無法了解。這些就是「是而不然」的情況。

賞析與點評

墨家在尋找「侔」的推論模式，基本上也是以類同性為主，也就是對於許多相類似的表達語句，基於它們的相似性將它們歸為一類，如：「是而然」此一類型。但是在古漢語的名詞多義性及脈絡意義的變化下，許多例外就逐一出現，如：「白馬，馬也」和「車，木也」在表達形式上都是：「A，B也」，但前者為白馬屬於馬類，而後者卻指車的材料為木頭。當古人用「A，B也」來表達一種認知的結果時，只顯示A與B是有關係的兩個概念，但究竟是甚麼關係，卻沒有用其他的文字呈現出來。因此，只是從表達形式的類同性來建立推論規則，勢必會碰到許多例外的情況，而墨家在遇到這種狀況時，採取的策略就是重新就例外的情況建立起新的規則，於是「是而不然」的模式就出現了。

且夫讀書，非好書也[1]。且鬥雞，非雞也[2]；好鬥雞，好雞也。且入井，非入井也；止且入井，止入井也。且出門，非出門也；止且出門，止出門也。世相與共是之[3]。若若是，且夭，非夭也；壽夭也[4]。有命，非命也[5]；非執有命，非命也，無難矣。此與彼同[6]，世有彼而不自非也，墨者有此而罪非之[7]，無也故焉，所謂內膠外閉與心毋空乎？內膠而不解也。此乃「是而不然」者也[8]。

注釋

1 且夫讀書，非好書也：據孫詒讓增改應為：「夫且讀書，非讀書也；好讀書，好書也。」且，將要。

2 非雞也：畢沅云：「言人使之鬥。」據前後文意，應為「非鬥雞也」。

3 世相與共是之：舊本脱此六字，據孫詒讓增補。

4 壽夭也：沈有鼎校增，「壽夭也」之前有「壽且夭」三字。意為：使將要夭折的人長壽是正在使其長壽。

5 有命，非命也：有命，指宿命論者所持的論點。非命也，所預期發生的命定之事尚未發生。

6 此與彼同：舊本脱一「類」字，據上文增補。

7 罪非之：據畢沅校刪「罪」字。

8 是而不然者：依整段文意及前後文脈絡可知，應為「不是而然者」。即前句否定，後句肯定的形式。

譯文

將要讀書，並不是正在讀書；喜好讀書，卻可以說成愛好書。將要鬥雞，並不是正在鬥雞；喜歡鬥雞，卻可說成喜好雞。將要進入井，並不是已經進入井；阻止某人將要進入井，則是正在阻止他入井。將要出門，不是已經出門；阻止某人將要出門，則是正在阻止他出門。世人都知道這是對的。如果這些是對的，將要夭折，不是已經夭折；使將要夭折的人長壽則是正在使其長壽。宿命論者所持的論點，認為一切有命，但所預期發生的命定之事都尚未發生。反對宿命論者的觀點，則正是在進行非議所謂的一切命定，這沒有甚麼困難的。這個與那個都是同類，然而世人承認那個前者而不說自己錯了，墨家提出這個後者卻遭到非議，沒有其他緣故，這就是所謂的內心固執、對外封閉，心裏邊沒有留下一點空隙，而無法了解。這些就是「不是而然」的情況。

〈小取〉篇不僅呈獻所找到的推論模式，還用這些相對有效的推論模式作為辯護墨家學說的根據。例如：且入井，非入井也；止且入井，止入井也。這是一種時間模態上的差異，是「將要」和「已經」的不同與「正在」和「進行中」的相同，所以前後兩句為「不是而然」的模式。如果你接受這個模式的正確性，那麼，與此類似的語句關係你就必須接受。例如：有命，非命也；非執有命，非命也。其中，「非命」就是墨家所持的立場，在〈非命〉篇中墨家用三表法、歸納法加以駁斥；但在〈小取〉篇中則用時間的模態及推論的模式來說明自家的論據。「此與彼同類，世有彼而不自非也，墨者有此而非之」，其中「世有彼」是反對墨家學說者之「所取」，而「墨者有此」是反對墨家學說者之「不取」，但因為「彼」和「此」為同類，因此你若接受「彼」就必須接受「此」，也就是你不能反對墨家的學說。這用的是「推」的推論方法：以其所不取之，同於其所取者，予之也。

愛人，待周愛人[1]，而後為愛人[2]。不愛人，不待周不愛人；不周愛[3]，因為不愛人矣。乘馬，不待周乘馬[4]，然後為乘馬也；有乘於馬，因為乘馬矣。逮至不乘馬，待周不乘馬，而後為不乘馬[5]。此「一周而一不周」者也。

注釋

1 待周愛人：待，有待、必須。周愛人，周遍地愛所有人。

2 為：通「謂」，稱為。

3 不周愛：舊本作「不失周愛」，依俞樾校刪。

4 不待周乘馬：「不」字舊脫，依王引之校增。

5 而後為不乘馬：「為」字舊本脫，依王引之校增。

譯文

愛人，要等到普遍愛了所有的人，然後才可以稱為愛人。不愛人，不必等到普遍不愛所有的人；沒有普遍愛所有人，就可以說是不愛人了。騎馬，不必等到騎遍了所有的馬，才稱為騎馬；只要騎過一匹馬，就可以稱為騎馬了。至於說到不騎馬，必須是不騎所有的馬，然後才可以稱為不騎馬。這些是「一方面周遍而另一方面不周遍」的情況。

賞析與點評

「愛人」與「騎馬」的周遍性，涉及某些使用語言團體的約定性，而這種約定性又涉及共同的價值觀，及基於某種價值觀對語詞下的定義問題。墨家強調「兼愛」的思想，因此，他們在對「愛人」下定義的時候，就包含着要愛所有的人才是「愛人」，但是對於「騎馬」卻沒有這樣的限定。於是，就會有一周一不周的情況出現。從這一段我們可以了解，我們若要了解文字的意義，必須要參酌使用者的文化景及思想，才能比較準確的掌握意義。

居於國，則為居國；有一宅於國，而不為有國。桃之實，桃也；棘之實，非棘也[1]。問人之病，問人也；惡人之病[2]，非惡人也。人之鬼，非人也；兄之鬼，兄也。祭人之鬼[3]，非祭人也；祭兄之鬼，乃祭兄也。之馬之目盼則為之馬盼[4]；之馬之目大，而不謂之馬大。之牛之毛黃，則謂之牛黃；之牛之毛眾，而不謂之牛眾。一馬，馬也；二馬，馬也。馬四足者，一馬而四足也，非兩馬而四足也。馬或白者[5]，二馬而或白也，非一馬而或白。此乃「一是而一非」者也。

注釋

1 棘：酸棗樹。果實為「棗」。

2 惡：厭惡。

3 祭人之鬼：「人」舊本脱，依王引之校增。

4 之馬之目盼則為之馬盼：「盼」應作「眇」，據顧廣圻校改。眇，「瞎」之意。另據畢沅，「為」當作「謂」。

5 馬或白者：或，有的、有些。馬或白，有的馬是白的。「馬或白」前原衍「一馬馬也」四字，據王引之校刪。

譯文

居住在某一國內，可以說住在某一國；有一座房子在某一國內，卻不能說擁有那個國家。桃的果實，是桃；棘的果實，卻不是棘。慰問別人的疾病，是慰問人；厭惡別人的疾病，卻不是厭惡那個人。人的鬼，不能叫人；但哥哥的鬼，卻可以叫哥哥。祭人的鬼，不是祭人；可是祭哥哥的鬼，卻是祭哥哥。這一匹馬的眼睛瞎了，可稱牠為瞎馬；但這一匹馬的眼睛大，卻不能稱牠為大馬。這一頭牛的毛色是黃的，就稱牠為黃牛；可是這一頭牛的毛很多，卻不能稱這一頭牛為多牛。

一匹馬，是馬，兩匹馬，也是馬。當我們說馬有四隻腳時，是說一匹馬有四隻腳，而不是說兩匹馬有四隻腳。當我們說馬有的是白色的，是說兩匹馬中有一匹是白色的，並不是說一匹馬有的是白色的。這些就是「一事而一非」的情況。

賞析與點評

人們在互相溝通的時候，有許多縮減式的表達方式，這些表達方式是大家約定俗成的，習以為常，也就不太在意其所以然。〈小取〉特別舉出了許多例證，來說明這些縮減式的特徵與差異。「居」和「有」，一在其內，一觀其外。命名時，有些以樹名來稱果實名，有些則樹名、果實各有其名。這就會使讀者去思考語詞在使用上的差異性，以及命名的根據到底是甚麼？差異又是如何造成的？此外，「問」與「惡」，在不同語句脈絡下的對象是不同的，人生病，「病」雖與「人」相關，但卻不同，「問」的對象是人，「惡」的對象則是病。一個名稱的意義，與使用這個語詞的人所處的外在環境和內心情境有關。對於鬼神這種神祕的存在，有時心存敬畏但敬而遠之，有時懼其干擾、恐其帶來災害，但也有時帶着迫切的渴望，期待死後親人再現。因此，在不同情境與心境下，同樣是「鬼」這個字，它的意義就會很不一樣。通常被表達的一方，也就是接收訊息的聆聽者或讀者，往往會以其說為有理的預設，來了解表達者或作者所說的話，進而掌握表達者的情境或心境。

在命名的時候，對於生物，如果牠某一部分有缺陷，我們會用牠的缺陷，作為與其他同類的最大差異特徵，加以命名。因此一匹馬的眼睛瞎了，我們就稱牠為「瞎馬」。可是，如果不是缺陷，不足以作為與同類比較的差異特徵，即使是同樣的觀察對象，如都是馬的眼睛，卻不能因為某匹馬的眼睛大，而稱為「大馬」，而必須說「大眼馬」；如果用縮減的方式講成「大馬」，就必然造成誤會，因為大形容馬，是指一匹較其他一般馬在形體上為大。瞎馬的「瞎」雖然也是形容「馬」，但是「瞎」這個字本身就含有針對眼睛缺陷的意涵，因此不會造成誤會。同樣，動物的毛色可以形容動物個體，因為這個特徵可以呈現與其他同類的差異，可是毛的數量多寡卻不足以呈現與其他同類的差異，因此就不能縮減「毛」字而稱「多牛」。古人對於概念的抽象性還沒有充分的認識，因此僅從表達上所呈現的文字共同性加以區別。一匹馬可稱為「馬」，兩匹馬也可稱為「馬」，這些「馬」已是抽象概念，已不停留在經驗界的個體觀察；由於抽象概念的「馬」，有「四足」的內涵，因此一匹馬、兩匹馬、十匹馬、百匹馬的抽象概念「馬」，都是四足。此作為抽象概念「馬」的「四足」內涵是馬的共同特徵，而不落在個別的一匹、兩匹馬的對象上。

我們稱古人的表達方式為縮減式，但從古人的立場來看，我們的表達則為增加式，他們的表達缺乏繫詞與量詞，以至於容易造成理解上的誤會。繫辭就是「是」、「不是」，聯繫起主詞與謂詞的那個聯繫詞，如：「白馬，馬也」，就是「白馬是馬」；「一馬，馬也」，就是「一馬是馬」；「二馬，馬也」，就是「二馬是馬」，如此一來，當有人說「馬或白」時，到底是指一馬的「馬」，還是二馬的「馬」，就會成為一個問題。其實他們的「或」就是有的、有些的意思。有的、有些這些量詞的使用，是用在同類多數的比較上，因此「馬或白」的意思當然就是：「有些馬是白的」，這當然不是指一馬之馬，而是兩匹馬以上的馬相互間比較。

我們從〈小取〉篇可以看到，墨家嘗試從各種不同的表達方式中，找出一些規則，如侔式推論中的是而然，或是而不然，或不是而然，或一周而一不周，或一是而一非等各種類似規則的形式，雖然不斷發現例外，而需要訂出新的規則，但從中我們已經可以看到，他們對於推理規則探討、研究的努力。這一點非常值得肯定，也值得我們學習。

耕柱（節錄）

本篇導讀——

〈耕柱〉篇為墨家語錄，其編排方式與《論語》、《孟子》類似，是墨子與弟子之間的問答，也有一部分記錄了墨子與儒家之徒的辯論。「耕柱」的篇名取自第一段事例的人物名稱，耕柱是墨子的弟子。本篇有許多對話單元，雖然各單元之間並無思想上的關連，但我們從墨子與其弟子、儒者之徒的對話中，可以了解墨子及其弟子的思想、墨子在教學上的態度，以及墨子在回應提問者時的論辯方法，如辟、援、推的實例運用，也有相當可觀之處。

子墨子怒耕柱子[1]，耕柱子曰：「我毋俞於人乎[2]？」子墨子曰：「我將上大行[3]，駕驥與羊[4]，子將誰敺[5]？」耕柱子曰：「將敺驥也。」子墨子曰：「何故毆驥也？」耕柱子曰：「驥足以責[6]。」子墨子曰：「我亦以子為足以責。」

注釋

1 耕柱子：墨子的弟子。
2 俞：同「愈」，勝過。
3 大行：太行，太行山。
4 駕驥與羊：驥，好馬。羊，王引之認為應為「牛」。
5 毆：與「驅」同。
6 足以責：足以責成，擔當大任。

譯文

我們的老師墨子對耕柱子發怒。耕柱子說：「我沒有勝過別人的地方嗎？」我們的老師墨子問道：「我將要上太行山去，要用匹好馬駕車，還是用頭牛來駕車，你會驅策哪一種呢？」耕柱子說：「我將驅策好馬。」我們的老師墨子又問：「為甚麼驅策好馬呢？」耕柱子回答道：「好馬足以擔當重任。」我們的老師墨子說：「我也以為你能擔當重任。」

賞析與點評

從這一段我們可看到墨子對於弟子的態度，一方面嚴格要求，另一方面也給予鼓勵；用舉他物以明之的「辟」式推論，讓耕柱子的負面情緒降溫，並透過類推的方式，使耕柱子了解老師對他的期望，正所謂「愛之深，責之切」。

巫馬子謂子墨子曰[1]：「鬼神孰與聖人明智？」子墨子曰：「鬼神之明智於聖人，猶聰耳明目之與聾瞽也。昔者夏后開使蜚廉折金於山川[2]，而陶鑄之於昆吾[3]；是使翁難雉乙卜於白若之龜[4]，曰：『鼎成三足而方。』不炊而自烹，不舉而自臧[5]，不遷而自行，以祭於昆吾之虛[6]，上鄉[7]！』乙又言兆之由曰[8]：『饗矣！逢逢白雲[9]，一南一北，一西一東，九鼎既成，遷於三國[10]。』夏后氏失之，殷人受之；殷人失之，周人受之。夏后、殷、周之相受也，數百歲矣。使聖人聚其良臣與其桀相而謀[11]，豈能智數百歲之後哉！而鬼神智之[12]。是故曰，鬼神之明智於聖人也，猶聰耳明目之與聾瞽也。」

注釋

1 巫馬子：人名，屬於儒家學派。

2 夏后開使蜚廉折金：夏后開，即夏啟，夏禹的兒子，夏朝的第二代帝王。蜚廉，夏朝大臣。折金，挖掘銅礦。

3 昆吾：地名，故址在今河南濮陽縣。

4 翁難雉乙卜於白若之龜：翁難雉乙，依孫詒讓應改作「益斮雉已」，益為伯益，虞舜的臣子，為東夷部落的首領。相傳助禹治水有功，禹要讓位給伯益，益避居箕山之北。斮與「斫」同，以刀斧砍削。意謂夏啟命伯益殺雉，以其血塗在白若這個地方的龜上，舉行宗教儀式。

5 臧：同「藏」。

6 虛：同「墟」，泛指村莊、村落、鄉里。

7 上鄉：同「尚饗」，請上面的鬼神享用。

8 乙又言兆之由：乙，應為「已」，兆之由，指卜卦的占辭。意謂卜過卦後，又念卦兆的占辭。

9 逢逢：同「蓬蓬」，茂盛的樣子。

10 三國：指夏、商、周三代。

11 桀相：傑出的大臣、相國。

12 智：同「知」。

譯文

巫馬子問我們的老師墨子：「鬼神與聖人相比，誰更明智呢？」我們的老師墨子答道：「鬼神比聖人明智，就好像耳聰目明的人比聾盲的人明智一樣。」從前夏啟派蜚廉到山川挖掘銅礦，在昆吾鑄了鼎，於是命伯益殺雉以其血塗在產於白若這個地方的龜殼上，舉行宗教儀式。卜辭道：「鑄成的鼎有三隻腳，呈方形，不用生火而自己能煮食，不往裏邊放東西而自然就有東西在裏邊，不用搬遷自己就會移動。拿來在昆吾之墟祭祀，請在上面的神明享用。」占卜之後又講出占辭，占辭說：「神已經享用了！簇簇白雲，一簇在南，一簇在北，一簇在西，一簇在東。九鼎鑄成之後，將留傳給三國。」夏后氏將九鼎失落了，商人得到；商人失落了，周人得到。夏、商、周的人互相傳受，其間經歷了幾百年。即使聖人聚集良臣和傑出的宰相來謀劃，哪裏能知道幾百年之後的事呢？然而鬼神卻知道。因此說：「鬼神比聖人明智，就如同耳聰目明的人比聾盲的人明智一樣。」

賞析與點評

這一段可以和〈明鬼〉篇的思想合觀。鬼神作為社會正義的維繫者，他們賞罰的能力不能受到懷疑，而賞罰的根據則在於鬼神有明智、正確的認知。墨子先用比例類比，也就是將聖人與鬼神的明智比例，類比於耳聰目明的人和聾盲者的明智比例，然後再用鬼神能預知未來數百年之後的事，來加以佐證。

治徒娛、縣子碩問於子墨子曰[1]：「為義孰為大務[2]？」子墨子曰：「譬若築牆然，能築者築，能實壤者實壤，能欣者欣[3]，然後牆成也。為義猶是也。能談辯者談辯，能說書者說書，能從事者從事，然後義事成也。」

注釋

1 治徒娛、縣子碩：人名，都是墨子的弟子。

2 大務：重大的事情。

3 欣：王引之以為是「瞭」，即測量。

譯文

治徒娛、縣子碩兩個人問我們的老師墨子：「行義，甚麼是最重要的事呢？」我們的老師墨子答道：「就像築牆一樣，能築的人築，能填土的人填土，能測量的人測量，這樣牆就可以做成。行義也像這樣，能談論辯說的人談論辯說，能解說經書典籍的人解說經書典籍，能做事的人做事，這樣就可以做成正義的事。」

賞析與點評

此段所用的是「辟」式推論，典型的「舉他物以明之」。墨子對於兩個弟子所詢問的「為義孰為大務」，用「築牆」之事加以說明，那「築牆」就是「他物」，為了能夠使聽者更明白所欲說明的事，「他物」必須是聽者所熟悉的事。透過「築牆」與「為義」的類似性，指出每一個人各盡本分，分工合作，完成一件有功用、有價值的事就是行義最重要的事。

巫馬子謂子墨子曰：「子兼愛天下，未云利也；我不愛天下，未云賊也[1]。功皆未至，子何獨自是而非我哉？」子墨子曰：「今有燎者於此[2]，一人奉水將灌之，

一人摻火將益之[3]，功皆未至，子何貴於二人？」巫馬子曰：「我是彼奉水者之意，而非夫摻火者之意。」子墨子曰：「吾亦是吾意，而非子之意也。」

注釋

1 賊：害。

2 燎：放火。

3 摻火：同「操火」，企圖加旺火勢。

譯文

巫馬子問我們的老師墨子：「你兼愛天下，稱不上對天下有甚麼利益；我不愛天下，也沒有甚麼傷害。效果都沒有達到，你為甚麼只認為自己的做法正確，而認為我不正確呢？」我們的老師墨子回答道：「現在這裏有個人在放火，一個人捧着水要澆滅它，另一個人企圖加旺火勢，要使火燒得更旺，都還沒有做成，在這兩個人之中，你看哪一個人的做法正確？」巫馬子回答說：「我認為那個捧水的人心意是正確的，而那個企圖加旺火勢的人的心意是錯誤的。」我們的老師墨子說：「我也認為我兼愛天下的用意是正確的，而你不愛天下的用意是錯誤的。」

賞析與點評

墨子對巫馬子的的推論包含着「援」的形式，〈小取〉：「援也者，曰子然，我奚獨不可以然也？」也就是巫馬子你可以認同奉水者行為的價值（子然）；那麼，我為甚麼不可以肯定我兼愛天下行為的價值？（我奚獨不可以然？）因為奉水者與兼愛者，在各自的情境中有類似性，兩者同樣都是「功皆未至」，奉水者相當於兼愛者、煽火者相當於不愛天下者。墨子從此例轉換成彼例，指出巫馬子的自相矛盾。此外，此例也可歸於「推」的論式。巫馬子不取墨子的作為，取奉水者的作為，而墨子和奉水者在各自的事例中都是「功皆未至」，有類同性，「以其所不取之，同於其所取者，予之也。」由此，可凸顯巫馬子的自相矛盾。

子墨子游荊耕柱子於楚[1]，二三子過之，食之三升[2]，客之不厚。二三子復於子墨子曰：「耕柱子處楚無益矣。二三子過之，食之三升，客之不厚[3]。」子墨子曰：「未可智也。」毋幾何而遺十金於子墨子，曰：「後生不敢死[4]，有十金於此，願夫子之用也。」子墨子曰：「果未可智也。」

注釋

1 游：畢沅注：「謂揚其名而使之仕。」荊：衍文。

2 食之三升：古代五升相當於現在一升，三升是很少的量。

3 客：用作動詞，當「招待」講。

4 遺十金：遺，贈送。十金，古代黃金一鎰稱為一金，十金就是十鎰。每鎰二十兩。

5 後生不敢死：後生，學生。不敢死，謙辭，相當於後來書信所稱「死罪」。

譯文

我們的老師墨子推薦耕柱子到楚國做官，有幾個弟子去探訪他，耕柱子請他們吃飯，每餐僅供食三升，招待他們不優厚。這幾個人回來告訴我們的老師墨子說：「耕柱子在楚國沒有甚麼收益！我們幾個去探訪他，每餐只供給我們三升米飯，招待我們不優厚。」我們的老師墨子答道：「這還未可知。」沒有多久，耕柱子送給墨子十鎰黃金，說：「弟子不才，死罪！死罪！這裏有十鎰黃金，請老師使用。」我們的老師墨子說：「果然是未可知啊！」

賞析與點評

從此段我們可以了解墨家在戰國時代的發展，墨子為達成興天下之利的理想，教導弟子們兼愛、非攻等思想，待弟子學業有成，就推薦至各國做官，一方面讓他的弟子們推廣墨家學說，實現墨學的理想；另一方面，藉着這些弟子在各國當官，回饋所領受的俸祿，使墨家組織運作的經費有一定的來源，如此才能發揮較大的影響力，而使墨家成為當時的顯學。耕柱子是經由墨子推薦才有機會到楚國任官，他謹守老師節用的教誨，因此對於師兄弟的來訪，並沒有優厚招待，而是將平日用度節省下來，交給墨子發展墨學。

巫馬子謂子墨子曰：「子之為義也，人不見而耶[1]，鬼而不見而富[2]，而子為之，有狂疾！」子墨子曰：「今使子有二臣於此[3]，其一人者見子從事，不見子則不從事；其一人者見子亦從事，不見子亦從事，子誰貴於此二人？」巫馬子曰：「我貴其見我亦從事，不見我亦從事者。」子墨子曰：「然則，是子亦貴有狂疾也。」

注釋

1 人不見而耶：而，汝、你。耶，應為「助」。

2 鬼而不見而富：鬼後「而」字為衍文。富，同福；而，汝、你。意謂鬼不會見你為義而使你有福。

3 臣：古代大家族中管事的人。

譯文

巫馬子對我們老師墨子說：「你行義，人不會見到而幫助你，鬼不會見到而使你富有，然而你卻仍然這樣做，這是發瘋了吧！」我們的老師墨子答道：「現在假使你有兩個家臣在這裏，其中一個見到你就做事，不見到你就不做事；另外一個見到你也做事，不見到你也做事，這兩個人之中，你看重誰？」巫馬子回答說：「我看重那個見到我做事，不見到我也做事的人。」我們的老師墨子說：「既然這樣，你也看重那發瘋的人啦。」

賞析與點評

這是用〈小取〉篇中的推式進行反駁，推式為：「以其所不取之，同於其所取者，予之也。」

巫馬子在墨子舉的例子中，取了那個不論主人是否看見都做事的家臣，但他並不認同墨子行義的做法，也就是他不取那個不論鬼神是否看見、獎賞都做他該做之事的墨子；如此一來，巫馬子的「所取」與「不取」是兩件同類的事，既為同類，巫馬子所採取的相反態度就會造成自相矛盾，因而達成了墨子反駁他的目的。

葉公子高問政於仲尼曰[1]：「善為政者若之何？」仲尼對曰：「善為政者，遠者近之，而舊者新之。」子墨子聞之曰：「葉公子高未得其問也，仲尼亦未得其所以對也。葉公子高豈不知善為政者之遠者近也[2]，而舊者新是哉[3]？問所以為之若之何也。不以人之所不智告人，以所智告之，故葉公子高未得其問也，仲尼亦未得其所以對也。」

注釋

1 葉公子高：葉公名諸梁，字子高，楚國大夫，采邑在葉。

2 也：當為「之」。

3 是：當為「之」。

譯文

葉公子高向孔子問施政的道理：「善於施政的人該怎樣呢？」孔子回答道：「善於治政的人，能使遠者親附，使舊者革新。」我們的老師墨子聽到了，說：「葉公子高沒能得到需要的解答，孔子也不能正確地回答。葉公子高難道不知道，善於施政的人，能使遠者親附，使舊者革新嗎？他是問怎麼樣去做。不以人家所不懂的告訴人家，而以人家已經知道的去回答人家，所以說，葉公子高沒能得到需要的解答，而仲尼的回答也是不對應的。」

賞析與點評

「若之何？」在不同的語境或情境中，可理解為一是會有甚麼效果？二是該怎樣去做？在墨子看來，顯然是第二種意義，而孔子卻循第一種意義回答，因此墨子要指出他的錯誤。到底葉公子高所問是哪一種意義，我們可能還需要更多的語境線索才能判定。

子墨子謂魯陽文君曰[1]：「大國之攻小國，譬猶童子之為馬也[2]。童子之為馬，足用而勞[3]。今大國之攻小國也，攻者農夫不得耕[4]，婦人不得織，以守為事；攻人者，亦農夫不得耕，婦人不得織，以攻為事。故大國之攻小國也，譬猶童子之為馬也。」

子墨子曰：「言足以復行者[5]，常之；不足以舉行者[6]，勿常。不足以舉行而常之，是蕩口也[7]。」

注釋

1 魯陽文君：即魯陽文子，楚平王的孫子。
2 為馬：雙手伏地，以手足為馬四足，作馬行之狀。
3 足用而勞：指童子戲學作馬，自勞其足。
4 攻者：指被攻之國。
5 復行：與「履行」同。
6 舉行：付諸實踐。
7 蕩口：空言妄語，徒費口舌。

譯文

我們的老師墨子對魯陽文君說：「大國攻打小國，就像小孩以兩手着地學馬跑一般。小孩學馬跑，用自己的手腳來跑勞累自己。現在大國攻打小國，被攻打的國家，農民不能耕地，婦人不能紡織，以防守作為他們的首要之務；攻打的國家，農民也不能耕地，婦人也不能紡織，以攻打為他們的首要之務。所以大國攻打小國，就像小孩學馬跑一樣。」

我們的老師墨子說：「言論可付諸實行的，就不妨常說；要是話說了卻做不到，就不必多說。做不到的事卻常常掛在嘴邊，那就是空言妄語了。」

賞析與點評

以「童子之為馬，足用而勞」來說明發動戰爭的徒勞無益，也是用了〈小取〉的「辟」式推論：「舉他物以明之」來進行說理。在墨子的說明中，我們可以觀察到他是站在天下人的立場，指出戰爭所造成的「不事生產」，是有害天下人的生存，對攻人之國和被攻之國的百姓都是無益的。此外，墨子也不是只停留在說理的層面，他要求所說的事要做到，就像他在「止楚攻宋」的事跡中，不僅用說理使公輸盤折服，也在具體的攻守推演中使楚王打消了攻宋的念頭，是真正做到了「非攻」。我們在下一篇〈公輸〉中會有詳細的介紹。

巫馬子謂子墨子曰：「我與子異，我不能兼愛。我愛鄒人於越人，愛魯人於鄒人，愛我鄉人於魯人，愛我家人於鄉人，愛我親於我家人，愛我身於吾親，以為近我也。擊我則疾[1]，擊彼則不疾於我，我何故疾者之不拂[2]，而不疾者之拂？故有我有殺彼以我，無殺我以利。」[3]子墨子曰：「子之義將匿邪，意將以告人乎？」巫馬子曰：「我何故匿我義？吾將以告人。」子墨子曰：「然則，一人說子[4]，一人欲殺子以利己；十人說子，十人欲殺子以利己；天下說子，天下欲殺子以利己。一人不說子，一人欲殺子，以子為施不祥言者也；十人不說子，十人欲殺子，以子為施不祥言者也；天下不說子，天下欲殺子，以子為施不祥言者也。說子亦欲殺子，不說子亦欲殺子，是所謂經者口也[5]，殺常之身者也[6]。」子墨子曰：「子之言惡利也？若無所利而不言[7]，是蕩口也。」

注釋

1 疾：與「痛」同。

2 拂：打。這裏應作防衛或抗拒之意。

3 「故我」句：俞樾認為此句應為「故我有殺彼以利我，無殺我以利彼」。

4 說：悦。

5 經者口也：意為「禍從口出」。

6 殺常之身者也：常，為「子」之誤。應為「殺子之身者也」。

7 不言：「不」字疑衍。

譯文

巫馬子對我們的老師墨子說：「我與你不同，我不能兼愛。我愛鄒人比愛越人多些，愛魯人比愛鄒人多些，愛我家鄉的人比愛魯人多些，愛我的家人比愛我家鄉的人多些，愛我的雙親比愛我的家人多些，愛我自己勝過愛我的雙親，這是因為切近我的緣故。打我，我會疼痛；打別人，不會痛在我身上，我為甚麼不去解除自己的疼痛，而去防衛別人（施加）的疼痛呢？所以我只會殺他人以利於我，而不會殺自己以利於他人。」我們的老師墨子問道：「你的這番道理，將要隱藏起來呢，還是打算告訴別人？」巫馬子答道：「我為甚麼要隱藏自己的道理？我將要告訴別人。」我們的老師墨子說：「既然這樣，那麼有一個人喜歡你的主張，這一個人就要殺你以利於自己；有十個人喜歡你的主張，這十個人就要殺你以利於他們自己；天下的人都喜歡你的主張，這天下的人都要殺你以利於他們自己。假如，有一個人不喜歡你的主張，這一個人就要殺你，因為他認為你是散佈不祥之言的人；有十個人不喜歡你的主張，這十個人就要殺你，因為他們認為你是散佈不祥之言的人；天下的人都不喜歡你的主張，這天下的人都要殺你，因為他們也認為你是散佈不祥之言的人。這樣，喜歡你主張的人要殺你，不喜歡你主張的人也要殺你，這就是人們所說的禍從口出，自己惹來殺身之禍的道理。」我們的老師墨子還說：「你的話，有甚麼益處嗎？假如沒有利益而還要說，這就是徒費口舌了。」

賞析與點評

墨子在這裏用了推到極端與兩難論證來反駁巫馬子。他抓住巫馬子所說「我只會殺他人以利於我，而不會殺自己以利於他人」，而不論巫馬子在甚麼情況下才會去殺他人，並將之推到極端；也就是只要聽到巫馬子的論調而贊同這種想法的人，去實踐這種想法就要殺他人——巫馬子；若不贊同巫馬子想法的人，擔心被巫馬子殺掉，因此也要先殺掉他。於是就構成了兩難論證：喜歡巫馬子主張的人要殺他，不喜歡巫馬子主張的人也要殺他。聽了他主張的人不管喜歡或是不喜歡，巫馬子都要被殺。墨子推到極端的方式，使兩難論證的大前提能否成立，還有待釐清，因此，此段的説服力不足。

本篇多為墨子弟子與墨子的對話，墨子究竟有多少弟子呢？孫詒讓在《墨子閒詁》的「墨學傳授考」中，根據《墨子》及先秦諸子的相關記載，指出：「凡得墨子弟子十五人，再傳弟子三人，三傳弟子一人，治墨術而不詳其傳授系次者十三人，褋家四人，大都不逾三十餘人，傳記所載，盡於此矣。」以下介紹確為親炙於墨子的十五位弟子：

見於〈耕柱〉篇的有：

1. 耕柱子：與墨子相當親近，曾惹墨子生氣，也被墨子所肯定。
2. 高石子：墨子使管黔敖遊高石子於衛，衛君置祿甚厚，設之於卿，而言無行。高石子去之。墨子悅，曰：「倍祿鄉義，於高石子見之。」
3. 治徒娛：與縣子碩曾問於墨子：「為義孰為大務？」
4. 縣子碩：與高何皆曾為齊國的暴徒，後求學於墨子，而成為天下之名士顯人，得到王公大人的尊重。
5. 管黔敖：高石子仕衛的中介人。

見於〈公孟〉篇的有：

跌鼻：有一次墨子生病，他問「好人為何會有生病之報應」的問題。

見於〈魯問〉篇的有：

1. 公尚過：墨子遊公尚過於越，越王悅之，使迎墨子，墨子辭。
2. 魏越：曾問墨子面對各國國君應如何宣揚墨家理念，墨子提出有名的「墨學十論」。
3. 高孫子：墨子弟子。

4. 曹公子：墨子曾與他談敬事鬼神態度的問題。

5. 勝綽：墨子曾罵他「言義而弗行」，批評他是「祿勝義也」。

見於〈公輸〉篇的有：

禽滑釐：禽子，名滑釐。與田子方、段干木、吳起受業於子夏。後學於墨子，盡傳其學，與墨子齊稱。

見於其他典籍的有：

1. 高何：齊人，學於墨子。（見於《呂氏春秋・尊師》）
2. 隋巢子：墨子之術尚儉，隋巢子傳其術，著書六篇。（見於《漢書・藝文志》）
3. 胡非子：墨子弟子，著書三篇。（見於《漢書・藝文志》）

卷十三

公輸

本篇導讀——

本篇描述墨子為了阻止楚國侵略宋國，千里迢迢前往說服。他先使公輸盤折服，再面見楚王，不但多番辯駁，還在楚王面前與公輸盤做實戰攻防推演，一方面以理服人，另一方面展示守禦實力以遏阻，終於制止了這場不義之戰。在墨子的整體思想中，〈天志〉篇是墨家的思想基礎，〈兼愛〉由〈天志〉推演出來，而〈非攻〉是兼愛思想的延伸，至於〈公輸〉篇則是墨子〈非攻〉的具體例證，內容刻劃出墨子的機智與義無反顧的大無畏精神。本篇是《墨子》一書中唯一完整的記敘文，曾被後人改編為小說、漫畫和戲劇。

公輸盤為楚造雲梯之械[1]，成，將以攻宋。子墨子聞之，起於齊[2]，行十日十

夜而至於郢[3]，見公輸盤。公輸盤曰：「夫子何命焉為[4]？」子墨子曰：「北方有侮臣[5]，願藉子殺之。」公輸盤不說。子墨子曰：「請獻十金[6]。」公輸盤曰：「吾義固不殺人。」子墨子起，再拜曰：「請說之[7]。吾從北方，聞子為梯，將以攻宋。宋何罪之有？荊國有餘於地[8]，而不足於民，殺所不足，而爭所有餘，不可謂智；宋無罪而攻之，不可謂仁；知而不爭，不可謂忠；爭而不得，不可謂強；義不殺少而殺眾[9]，不可謂知類[10]。」公輸盤服。子墨子曰：「然，乎不已乎[11]？」公輸盤曰：「不可。吾既已言之王矣。」子墨子曰：「胡不見我於王？」公輸盤曰：「諾。」

注釋

1 公輸盤：「盤」或作般、班。魯國巧匠，即魯班。雲梯之械：古時用以登高攻城的器械，因其高而名為雲梯。

2 齊：《呂氏春秋・愛類》和《淮南子・修務》作「魯」。

3 郢：楚國國都，故址在今湖北省江陵縣。

4 何命焉為：何為命焉，「有何指教」之意。

5 有侮臣：依俞樾應為「有侮臣者」。臣，墨子自稱。

6 十金：古代黃金一鎰稱為一金，十金就是十鎰。每鎰二十兩。

7 說：解釋。

8 荊國：楚國的別稱。

9 義：動詞，依其義。

10 類：推類，推理。

11 乎不已乎：前一「乎」字，《太平御覽》引作「胡」。意謂「何不停止」。

譯文

公輸盤為楚國建造了雲梯那種器械，將用它去攻打宋國。我們的老師墨子聽說了，就從齊國起身，行走了十天十夜才到楚國國都郢，來會見公輸盤。公輸盤說：「您將對我有甚麼指教呢？」我們的老師墨子說：「北方有一個欺侮我的人，希望能借助您的力量殺了他。」公輸盤聽了不高興。我們的老師墨子說：「我願意獻給您十鎰黃金。」公輸盤說：「我奉行正義，決不殺人。」我們的老師墨子站起來，對公輸盤拜了又拜，說：「請解釋一下您所謂的義。我在北方聽說您造雲梯，將用它攻打宋國。宋國有甚麼罪過呢？楚國有多餘的土地，人口卻不足，現在犧牲不足的人口，掠奪有餘的土地，這不能說是智慧；宋國沒有罪卻攻打它，不能說是仁；知道了這些，卻不去爭辯，不能稱作忠；就算去爭辯，但卻沒有結果，不能算是強；您奉行正義，不願去殺那一個人，卻願去殺害眾多的百姓，不可說是懂得推類。」公輸盤服了他的話。我們的老師墨子對他說：「為何不取消進攻宋國這件事呢？」公輸盤說：「不能。我已經對楚王說了。」我們的老師墨子說：「何不向楚王引見我呢？」公輸盤說：「好吧！」

賞析與點評

此段墨子用了「推」的方法來說服公輸盤。〈小取〉篇：「推也者，以其所不取之，同於其所取者，予之也。」就「推」的運用而言，由於公輸盤幫助楚王造雲梯以攻打宋國，正是墨子所反對的，因此墨子先設計一個請他殺人的情境，結果不出墨子所料，公輸盤強烈反對。於是墨子進一步讓公輸盤看到殺人與攻打宋國是同類的事，並且攻打宋國還要殺更多的人。如果公輸盤是依循義道而行，就不可殺人，當然也就不可助楚攻宋。

其中，公輸盤「其所不取」的是「殺人」與「其所取」的「攻國」兩者同類，墨子「予之也」則凸顯出公輸盤的自相矛盾，迫使公輸盤承認自己的錯誤，不得不放棄原本的觀點。

子墨子見王，曰：「今有人於此，舍其文軒[1]，鄰有敝轝[2]，而欲竊之；舍其錦繡，鄰有短褐[3]，而欲竊之；舍其粱肉，鄰有糠糟，而欲竊之。此為何若人？」王曰：「必為竊疾矣[4]。」子墨子曰：「荊之地，方五千里，宋之地，方五百里，此猶文軒之與敝轝也；荊有雲夢，犀兕麋鹿滿之，江漢之魚鱉黿鼉為天下富[5]，宋所為無雉兔狐貍者也[6]，此猶粱肉之與糠糟也；荊有長松、文梓、楩枏、豫章[7]，宋無長木，此猶錦繡之與短褐也。臣以三事之攻宋也，為與此同類，臣見大王之必傷義而不得。」王曰：「善哉！雖然，公輸盤為我為雲梯，必取宋。」

注釋

1 文軒：指漆有美麗文飾的車子。大夫以魚為飾，卿以犀皮為飾。

2 敝轝：破車。

3 短褐：指粗布褂子，是短而狹的「勞役之衣」。

4 必為竊疾：據王念孫說，「為」字下脫「有」字。

5 江漢之魚鱉黿鼉：江漢，指長江、漢水；黿（粵：元；普：yuán），鱉類；鼉（粵：駝；普：tuó），鱷魚的一種，俗稱為豬婆龍。

6 雉：野雞。狐貍：畢沅認為應是「鮒魚」，即鯽魚。雉兔鮒魚與上文犀兕麋鹿、魚鱉黿鼉相對。

7 楩枏、豫章：楩，一種喬木；枏（粵：南；普：nán），楠木，是珍貴的木材，豫章，即樟樹。

譯文

我們的老師墨子見了楚王，說：「現在這裏有一個人，捨棄他美麗文飾的車子，鄰居有一部破車卻想去偷；捨棄他華麗的絲織品，鄰居有一件粗布的短衣，卻打算去偷；捨棄他的酒肉佳餚，鄰居只有酒滓米屑，卻打算去偷。這是怎麼樣的一個人呢？」楚王回答說：「這人一定患了偷竊病。」我們的老師墨子說：「楚國的地方有方圓五千里；宋國的地方不過方圓五百里，這就像文彩的車與破車相比；楚國有云夢大澤，犀、兕、麋鹿充滿其中，長江、漢水中的魚、鱉、黿、鼉富甲天下，宋國卻連野雞、鯽魚都沒有，這就像酒肉佳餚與酒滓米屑相比；楚國有巨大松樹、楩枏、梓樹、樟樹等名貴木材，宋國沒有一樣好的樹木，這就像華麗的絲織品與粗布短衣相比。從這三方面的事情看，我認為楚國進攻宋國，與有偷竊病的人是同類的。我認為大王您如果這樣做，一定會傷害了道義，卻不能得到宋國。」楚王說：「說得不錯！雖然如此，公輸盤已經給我造了雲梯，一定拿得下宋國。」

賞析與點評

這裏我們看到論辯與説服的有限性，就算能夠以理服人，但是人的行為並不是以合理不合理為標準的，欲望、野心會主導人的抉擇，特別像楚王這種握有極大的權力、幾乎可以為所欲為的人，當然不容易改變原先的想法與做法。這時，墨子胸有成竹地展示實戰守禦的實力，使對手不得不退卻。

於是見公輸盤。子墨子解帶為城，以牒為械[1]，公輸盤九設攻城之機變，子墨子九距之[2]，公輸盤之攻械盡，子墨子之守圉有餘[3]。公輸盤詘[4]，而曰：「吾知所以距子矣，吾不言。」子墨子亦曰：「吾知子之所以距我，吾不言。」楚王問其故，子墨子曰：「公輸子之意，不過欲殺臣。殺臣，宋莫能守，可攻也。然臣之弟子禽滑釐等三百人，已持臣守圉之器，在宋城上而待楚寇矣。雖殺臣，不能絕也。」楚王曰：「善哉！吾請無攻宋矣。」

注釋

1 以牒為械：牒，即木片；一說是筷子。械，兵器。
2 距：同「拒」，抵禦。
3 圉：通「禦」，抗拒、防禦。
4 詘：屈，挫敗。指公輸盤攻技窮盡無可奈何。

譯文

於是又找來公輸盤見面。我們的老師墨子解下腰帶，圍作一座城的樣子，用小木片作為守備的器械。公輸盤九次展示攻城用的機巧多變的器械，墨子九次抵拒了他的進攻。公輸盤攻戰用的器械用盡了，我們的老師墨子的守禦戰術還有餘。公輸盤敗了，卻說：「我知道用甚麼辦法來對付你，但我不說。」我們的老師墨子也說：「我知道你用甚麼辦法對付我，我不說。」楚王問原因，我們的老師墨子回答說：「公輸盤的意思，不過是殺了我。殺了我，宋國沒有人能防守了，就可以攻宋。但是，我的弟子禽滑釐等三百人，已經手持我守禦用的器械，在宋國的都城上等待楚國侵略軍隊了。即使殺了我，守禦的人卻是殺不盡的。」楚王說：「好吧！那我真的不能攻打宋國了。」

子墨子歸，過宋，天雨，庇其閭中[1]，守閭者不內也[2]。故曰：「治於神者[3]，眾人不知其功；爭於明者[4]，眾人知之。」

注釋

1 閭：指村子的大門。
2 內：同「納」。當時楚將攻宋的消息已為宋人所知，守門人恐怕墨子是間諜，不許他進入。
3 治於神者：治，致力。神，指聖人的大智。
4 明：指俗人的小聰明。

譯文

我們的老師墨子從楚國歸來，半途經過宋國，天下着雨，他到閭門去避雨，守閭門的人卻不接納他。所以說：「運用神機的人，眾人不知道他的功勞；而於明處爭辯不休的人，眾人卻知道他。」

從這裏我們可以看到，墨子的「止楚攻宋」是有整體構思的。首先，他要設計一套說辭，讓公輸盤落入他的「不殺少而殺眾」的自相矛盾；其次，他必須設計與楚王的對話，如何能以「富有者偷竊貧窮者」的荒謬性說服楚王；再者，他要設想公輸盤的攻城戰術與如何防守的方法與技巧；最後，他也必須評估自己被殺掉的風險，以及如何破解。可見，要完成一件大事，必須要有周全的計劃，其中對於人性的掌握、對於事態發展性的評估、沉着冷靜的思考、敏鋭的反應，還有義無反顧的勇氣，這些讓我們可以更切近的了解墨子這個人。

最後一段，也讓我們看到，一個對宋國如此有貢獻的人，竟然連個避雨的地方都沒有。這使我們思考墨家所肯定的「仁」與「義」，「仁」是以所愛的對象為目的，而非手段；「義」是立志以謀求天下人的福祉為自己的本分，不一定要當官或圖謀自己的好處，而墨子的「止楚攻宋」正是體現墨家仁義的典例。

卷十四

備高臨

本篇導讀——

〈公輸〉篇提到，公輸盤九次展示攻城用的機巧多變的器械，墨子九次成功抵拒了他的進攻，這九次的攻防情況究竟如何？我們可以從〈備城門〉至〈雜守〉十一篇的內容一窺墨家守禦的軍事思想。本書選擇其中〈備高臨〉與〈備水〉，作簡單的介紹。

禽子再拜再拜曰：「敢問適人積土為高，以臨吾城，薪土俱上，以為羊黔[1]，蒙櫓俱前[2]，遂屬之城[3]，兵弩俱上，為之奈何？」

注釋

1 羊黔：土山的基址。

2 蒙櫓俱前：櫓，大盾也。俱前，一齊上前。

3 屬：接連、接近。

譯文

禽滑釐一再行禮後，問墨子：「請問敵人堆積土石築成了土山，以接近我們的城牆，木柴與土石一齊堆上來，已經築成土山的規模，士兵用蒙皮大盾作掩護從高臺土山上一齊攻來，逐漸接近我城，兵器弓弩齊用，怎麼辦呢？」

子墨子曰：「子問羊黔之守邪？羊黔者，將之拙者也[1]，足以勞卒，不足以害城。守為臺城[2]，以臨羊黔，左右出巨，各二十尺，行城三十尺，強弩射之，技機藉之[3]，奇器□□之[4]，然則羊黔之攻敗矣。

注釋

1 拙者：粗劣。

2 臺城：編連大木，從城牆橫出的守城設施，又叫行城。

3 技：巧。藉：岑仲勉謂當讀如「擲」。

4 奇器□□之：依孫中原，原脫之字可能為「害」。

譯文

我們的老師墨子回答說：「你問的是對付敵方築土山進攻的防守辦法嗎？敵方築土山這種攻城辦法，是帶兵打仗者的拙劣辦法，只會將自己的士兵弄得疲勞不堪，不足以給守城一方造成危脅。守城的一方只要在城頭上繼續加高做所謂的「臺城」，就可以對敵方所築土山保持居高臨下之勢，臺城左右用大木編連起來，兩旁各橫出二十尺。這種臨時做成的臺城又叫行城，高度為三十尺。在上面用強勁的弓箭射擊敵人，巧機拋擲，奇器加害，這樣一來，敵方築土山的進攻就失敗了。

「備臨以連弩之車，材大方一方一尺，長稱城之薄厚。兩軸三輪，輪居筐中，

重下上筐。左右旁二植，左右有衡植，衡植左右皆圜內[1]，內徑四寸。左右縳弩皆於植，以弦鉤弦，至於大弦。弩臂前後與筐齊，筐高八尺，弩軸去下筐三尺五寸。連弩機郭同銅[2]，一石三十鈞。引弦鹿長奴[3]。筐大三圍半，左右有鉤距，方三寸，輪厚尺二寸，鉤距臂博尺四寸，厚七寸，長六尺。橫臂齊筐外，蚤尺五寸，有距，搏六寸，厚三寸，長如筐，有儀[4]，有詘勝，可上下。為武重一石以材大圍五寸。矢長十尺，以繩繫箭矢端，如如弋射[5]，以磨鹿卷收。矢高弩臂三尺，用弩無數，出人六十枚[6]，用小矢無留。十人主此車。遂具寇，為高樓以射道[7]，城上以荅羅矢[8]。

注釋

1 內：同「枘」，榫頭，插入卯眼的木栓。
2 同：當為「用」。
3 鹿長奴：奴，畢沅認為奴同「弩」。孫詒讓認為是「轆轤」。
4 儀：表，用於瞄準。
5 弋射：用繩繫在箭上射。
6 出人：據孫中原，應為「出入」。

7 射道：據孫中原，應為「射敵」。

8 以荅羅矢：荅，即渠荅，一種禦敵的器具；羅，收羅。用渠荅收羅敵人射來的箭。

譯文

對付築土山居高臨下的進攻，還可以使用一種連弩車。造這種車的木材，需要大小一尺見方，長度與城牆厚度相等。兩根車軸，三個輪子，輪子裝在車箱當中，車箱上下兩個，左右各做兩根立柱，還有橫樑兩根，橫樑的左右兩頭都是圓榫頭，榫頭直徑四寸，把有把的箭都捆在左右兩邊的柱子上，弓弦相鉤，連到大弦上。弓把前後與車箱齊平，車箱高度為八尺，弓軸距下面的車箱三尺五寸。連弩的「機括」用銅做成，重一石三十鈞。用轆轤收引弓弦。車箱周長為三圍半，左右兩邊裝有「鉤距」，「鉤距」三寸見方，車輪厚一尺二寸，鉤距臂寬一尺四寸，厚七寸，長六尺。橫臂與車箱外緣齊平，臂端一尺五寸的地方裝有叫作「距」的橫柄，柄寬六寸，厚三寸，長度與車箱相應。還裝有一種瞄準儀，有出入時可以上下伸縮調整。再用大小一圍五寸的木料做一個弩床，床重一石。箭長十尺，用繩子栓住箭尾，就像用細絲繩繫住射空中飛鳥用的箭一樣，以便將箭收回，不過這裏是用轆轤捲收。箭高出弩臂三尺，用弩放箭沒有定數，一次可出入六十枚，用小矢可不用收回。十個人操縱連弩車。抵擋敵寇，建高樓以便射敵，城上用草編成厚厚的渠荅來遮擋和收取敵方射來的箭。

賞析與點評

〈備高臨〉敍述防備、抵禦敵方建築高臺、居高臨下的攻城方法。其中所述「連弩車」體形龐大，結構複雜，使用帶輪軸的簡單機械牽引弓弦，回收弓矢，一次可出入弓矢六十枚，在當時是一種威力強大的武器，用來對付築土山居高臨下的進攻。

備水

本篇導讀——

本篇敍述防備和抵禦敵方以水攻城的方法，包括在城內開挖排水溝、用船隊決堤放水等。

城內塹外周道，廣八步，備水，謹度四旁高下。城地中偏下[1]，令耳亓內[2]，及下地，地深穿之令漏泉[3]。置則瓦井中[4]，視外水深丈以上，鑿城內水耳。

注釋

1 城地中偏下：此當作「城中地偏下」。

2 耳：依孫詒讓耳為「巨」，篆文相近，即渠之省；渠，即瓦溝。

3 漏泉：使洪水洩漏至地下。

4 則瓦：依畢沅，則同「側」。

譯文

城內壕溝外設環城道路，寬八步，防備敵人以水灌城，必須要仔細地審視四周的地勢高低。城中地勢低的地方，要下令開挖瓦溝渠道，至於地勢更低的地方，則命令深挖成井相貫通，以便引水洩漏。在井中置放側瓦或砌石，以免井壁四周土質鬆軟崩塌，測量水位高低，如發現城外積水深有一丈以上，就開鑿城內的水渠。

並船以為十臨[1]，臨三十人，人擅弩計四有方[2]，必善以船為轒轀[3]。二十船為一隊，選材士有力者三十人共船，亓二十人人擅有方，劍甲鞮瞀[4]，十人人擅苗[5]。先養材士為異舍，食亓父母妻子以為質，視水可決，以臨轒轀，決外隄，城上為射機疾佐之。

注釋

1 並船：合併兩船。
2 計四有方：據馮成榮，計，應為「什」。依孫詒讓，方，為「矛」之誤。
3 轒轀（粵：溫；普：wēn）：攻城戰具，撞城門之戰車。
4 鞮瞀：即兜鍪，像今之鋼盔。
5 苗：應作矛，據岑仲勉校改。

譯文

每兩隻船連在一起為「一臨」，將船共組成「十臨」，每一臨備三十人，人人都擅長射箭，每十人中四個還須帶着矛。必須善於用這種船作衝毀敵方堤防的撞車。每二十隻船為一隊，挑選勇武力大的兵士，三十人共一條聯合船，其中二十人每人備有一矛，穿戴盔甲利劍，其餘十人手拿長矛，人人擅使。當然預先供養勇武之人，另供給房子，安排供養他們的父母、妻子兒女，作為人質。發現可以決開水堤時，用兩隻船並聯組成的「轒轀」衝決外堤，同時城上趕緊用射擊機向敵人放箭，以快速掩護決堤的船隊。

墨子的軍事思想，除上述兩篇之外，其他九篇思想大要如下：

〈備城門〉敍述重點在城門、城牆的守備技術與方法。

〈備梯〉有關敵方用雲梯攻城的防備和抵禦方法。

〈備突〉有關敵方襲擊城牆內每百步所設突門的防禦方法。

〈備穴〉有關敵方坑道戰的防禦方法。

〈備蛾傳〉有關敵方像螞蟻一樣密集爬城的人海戰術的防禦方法。

〈迎敵祠〉有關迎敵前的祭祀、誓師形式以及城防將士的職守、佈防等措施。

〈旗幟〉有關守城軍隊的旗幟、鼓、徽章、信符等軍事物品的含義和使用方法等。

〈號令〉有關守城軍隊的紀律、法規、獎懲辦法、人員佈防和徵集民財的措施等。

〈雜守〉有關敵方築土臺攻城的防禦方法，烽火、徽幟的管理辦法及城防工程設施等。

以下我們回顧本書所介紹墨子各篇的整體思路結構：

1. 天下之亂象為何？

〈明鬼下〉：「逮至昔三代聖王既沒，天下失義，諸侯力征。是以存夫為人君臣上下者之不惠忠也，父子、兄弟之不慈孝弟長貞良也。正長之不強於聽治，賤人之不強於從事也。民之為淫暴、寇亂、盜賊，以兵刃、毒藥、水火，退無罪人乎道路率徑，奪人車馬、衣裘，以自利者並作。由此始，是以天下亂。」

墨子所觀察到的亂象，主要着眼於人際的互動上，失去了原本應然的關係，不論在血親的父子、兄弟，家族的長幼、上下，社會的正長、賤人，國家的君臣關係，乃至民與民的關係，都失去了應有的禮節與秩序，諸侯間相互征戰、人人自私自利是此亂象的原因。

2. 天下何以會亂？

起於不相愛，天下之人虧人而自利。（〈兼愛下〉）

起於民之無正長以一同天下之義。（〈尚同下〉）

起於不能以尚賢事能為政也。（〈尚賢上〉）

起於天下士君子知小不知大，不明於天意。（〈天志上〉）

起於疑惑鬼神之有與無之別，不明乎鬼神之能賞賢而罰暴也。（〈明鬼下〉）

起於天下從事者無法儀。（〈法儀〉）

所引皆節錄自原典中，為凸顯其結構性之理路，故以較簡明的方式呈現。

3. 如何治天下之亂？

使天下人兼相愛、交相利。（〈兼愛下〉）

立正長以一同天下之義。（〈尚同下〉）

尚賢使能以為政。（〈尚賢上〉）

明天之義，義自天出。天下有義則生、富、治。（〈天志上〉）

明乎、信乎鬼神之能賞賢罰暴。（〈明鬼下〉）

建立思想、言論標準。（〈法儀〉）

4. 如何實際改善社會大眾的生活？

止息侵略戰爭。（〈非攻上〉〈公輸〉〈備高臨〉〈備水〉）

去無用之費，飲食、衣服、宮室、舟車、葬埋等提倡節儉。（〈節用中〉〈節葬下〉）

除民之患，避免虧奪民衣食之財以輔樂。（〈非樂上〉）

各人在自己的職分上強勁從事，努力不懈。（〈非命上〉）

立儀而言，以本之者、原之者、用之者三表法論說。（〈法儀〉〈非命上〉）

以上為墨子思想之基本結構，若從統合性方向思考，如：如何成明君平治天下之亂以實際改善人民生活？此與前述四大問題都相關聯，並與〈親士〉、〈所染〉兩篇有直接的關係。若從分析性方向思考，可以再分出更細的問題，以統合本書各篇之內容。如：

何謂賢能者？厚乎德行，辯乎言談，博乎道術者。（〈尚賢上〉）

如何厚乎德行？

君子以身戴行者也；（〈修身〉）

成為體愛、志以天下為分的仁者、義者；（〈經上〉〈經說上〉）

君子莫若審兼而務行之。(〈兼愛下〉)

如何「辯」乎言談?

以類取、以類予。又,如何取、予應用?辟、侔、援、推……(〈小取〉〈耕柱〉)

有諸己不非諸人,無諸己不求諸人(〈小取〉)

如何博乎道術?

墨家賢者在博乎道術方面,必須廣泛學習各種知識,就墨學所涉及的道術從今日的學術分科來看,包括:政治、經濟、倫理、科學、教育、語言、文學、藝術、哲學、邏輯、軍事等多方面的知識。此從《墨子》各篇思想性質可見。

透過統合性與分析性的進一步思考,就可對本書所導讀的各篇有結構性、系統性、整體性的了解,不但吸收墨子思想的精華,更能有所創新發展。

名句索引

一至三畫

四畫

六畫

七畫

八畫

九至十一畫

十三畫以上